Asian Mystery

toshihiko shishigu

アジアン・ミステリー

獅子宮敏彦

本格
M.W.S.
南雲堂

アジアン・ミステリー

加賀美雅之氏に捧ぐ

目次

装幀　岡　孝治

写真　© lily - Fotolia.com　© anankkml - Fotolia.com　© dola710 - Fotolia.com

アジアン・ミステリー

北京にはそのころ、宮廷用の象を飼育する馴象所《じゅんぞうしょ》があった。
それも、宣武門内のあの南堂のすぐ西に広大な一角を占め、
つねに十数頭を放っていた。
かれらは、皇帝のさまざまな盛儀にずらり居ならび、
その巨大なすがたで、
まるで太和殿のように、人びとを威圧するのだった。

——中野美代子『カスティリオーネの庭』

三つのプロローグ

一

紅島《こうとう》というのは、台湾《たいわん》沖に浮かぶ小島である。

当時、私は、日本を代表する本格ミステリー作家である島牙龍司《しまがりゆうじ》氏が主宰する賞を受賞して、ミステリー作家になったばかりであった。カリスマ映画監督と有名女優の夫婦が暮らす豪奢な館に一癖も二癖もある人物が集まり、魔獣を操る怪人が登場して密室殺人が起こり、怪人と魔獣は忽然と消える不可能興味満載の本格作品だ。

そのためだったのであろう。未知の読者から手紙が来た。台湾で私の作品にも劣らない奇怪な出来事が過去に起こっているという。

その場所が、紅島であった。

私は、それに興味をそそられて台湾まで足を運んだのだ。台湾を訪れるのは、その時が初めてであった。

私は、手紙をくれた人物の案内で紅島へ渡った。

紅島は、台南《たいなん》と高雄《カオシュン》のほぼ中間に位置する台湾西南の海上にあった。台湾はかつて——十七世紀の半ば頃だが、オランダに占領されていた時期があり、西洋風の城塞がいくつか築かれていた。台南のプロヴィンシア城、安平《アンピン》のゼーランディア城がそうで、紅島にも、そうした城塞があったらしい。

従って、紅島という名は、そこにオランダの城があったことからきているという。彼らが紅毛人《こうもうじん》と呼ばれていたので、そこから名付けられたといわれているそうだ。紅島の城は、台南の陥落に備えた避難場所——最終防衛拠点としての役割を持っていたのではないかと考えられているらしい。

事実、紅島は、島の周囲がほとんど切り立った険しい断崖で占められ、唯一といっていい船着場に降り立つと、そこから先も道の左右には高い壁がそそり立ち、その間を進むようになっていたという。その壁は、オランダ時代の遺構であったらしい。

しかし——。

私が紅島へやって来た時、壁は至るところが崩れていた。残っているところもあるのだが、半分以上は崩壊していたのだ。

「もう九十年近くも前のことなんですが、海から軍艦の艦砲射撃を受けて崩れてしまったそうです」

と、案内人が言った。

それは、日本海軍の軍艦であったらしい。攻撃直後は、崩壊した壁が道をふさぐようになっていたのを、それも日本軍が、なんとか通れるようにしたそうである。

私たちは、その道を進んでいった。地面は石畳になっていたということで、その痕跡もあちこちに残っている。船着場からの道は、最初が昇りの石段で、その先は平坦になっていた。道は、そのまま真っ直ぐに延びて、百メートルほど進むと直角に左へ曲がり、それも百メートルほどで、今度は直角に右へ曲がる。これで最初と同じ向きになったわけだ。しかも、右へ曲がってからの道は、船着場がある側から見て、紅島のほぼ真ん中に位置しているらしい。

この日は、常春《とこはる》の島である台湾に、もう夏といっていい日射しが照り付けていた。時折しっかり残っている壁の下に日陰ができていて、それがとてもありがたかった。

私は、滴る汗を拭いながら、前方に目をやった。

右へ曲がった道は、ここでも百メートルほど先に、何かが見えていた。

「あれは門の残骸です」

と、ここでも案内人が教えてくれる。

いうまでもないことだが、台湾は、先の戦争終結まで日本の統治下にあった。その時、紅島には、オランダ時代の遺構を利用して、日本人財閥の別荘が建てられていたそうである。門は、その別荘用に建てられたものであったらしい。

「物凄い別荘だったといわれています。なにしろ、その財閥は、台湾総督府の経済活動を一手に引き受けて、巨万の富を築いていたそうですから――」

門には、石でできたアーチ型の枠が残っていた。

私たちは、その下を潜った。

門の長さは二十メートルほどで、アーチの下が階段になっていて、残骸を潜り抜けた先には、これまでと同じような道が、そのまま真っ直ぐ延びて、百メートルほどで尽きている。

案内人によれば、道が尽きた先にある高台の上に、別荘が建っていたという。石造の立派な洋館であったらしい。

しかし、私の視線の先には建物などなかった。道が尽きている先には、やはり崩れた石の残骸が見えているだけだ。そこへ行くまでに——左側のまだ壁がしっかりと残っているところに階段があり、壁の上へ行けるようになっていたのだが、それを上がってみても建物はなかった。下から見えていた通り、石の残骸が散乱していて、火災の跡も見られたが、門のアーチのように形を想像できるようなものは何もなかった。

しかし、残骸の量を見るだけでも、そこに建っていたのが、かなり凄いものであったらしいということを充分に窺わせてくれる。

辺りには木もなく、殺漠とした廃墟が広がっているばかりだ。遮るものがないため、強い日射しが容赦なく襲い掛かってくる。

財閥の別荘も、日本軍の攻撃を受けて破壊されたということであった。原形をとどめるものが何もないことからして、この破壊が攻撃に付随するやむを得ないものでは決してなく、意図的に徹底して破壊されたことが、素人の私にもはっきりとわかる。しかも、この時、別荘には日本人がいたそうである。

日本人が日本人の攻撃を受ける。そこには、深刻で複雑な事情のあったことが想像されるが、そのせいか、事件の実相についてはほとんど明らかにされず、事件の存在を知っている者さえ限られていたらしい。

ただ紅島で恐ろしいことが起こったということは噂として知られていたようで、事件以来、日本が台湾から去った後も、紅島には人が寄りつかず、今なお無人島のままであるという。確かに人がいる気配はなく、他の建造物も見えない。

「この島には、象の呪いがあるといわれているそうです」

「象の呪い！」

案内人の言葉に、私は、首を傾げざるを得なかった。

いったい何のことか。

事件の存在さえほとんど知られていないということだが、私を案内してくれた人物は、祖父が日本軍の高級将校のもとで働いていたため、紅島の話を耳にしていたらしい。それは、案内人の寄越した手紙が決して誇張ではなく、私が書いた作品を遥かにしのぐほどの奇怪さと不可解さに満ちていた。

日本軍が攻め込む前、この洋館は、ローニンと称する連中によって襲撃された。五、六十人はいたらしい。しかし、ローニンたちは一人残らずやられてしまった。僅かに息のあった者が海から引き上げられ、いまわの際に、

――象にやられた。

と言い残した。

洋館から何頭もの象が出てきて、ローニンたちを蹴散らしたというのである。しかも、象たちは飛行機にさえ負けないほどのスピードで一気に襲い掛かってきたという。

「飛行機に負けない速さで疾走する象！」

私の声は、つい大きくなってしまった。それで詰め寄るように、

「本当なんですか」

と尋ねると、

「そういうふうに聞いたそうです」

案内人は、真面目な表情で答えた。私を騙そうとしているようには見えない。

実際、その後に日本軍が紅島へ上陸し、砲撃ではないものによって壁へ叩き付けられたとしか思われないような死体をいくつか発見したらしい。しかし、何頭もいた筈の象はどこにもいなかった。日本軍が上陸するまで、島から象を運び出すことは絶対に不可能であった。いや、象ばかりか、人間さえ逃げ出すことは不可能な状況にあったのだ。それにも拘わらず、象の姿はおろか、島に象がいた痕跡さえなかったというのである。

「しかも――」

と、案内人は付け加えた。

「紅島の洋館には、乾隆《けんりゅう》の黄金象があったようなのです。しかし、それも結局見つからなかったといわれています。乾隆とは、乾隆帝のことです」

「乾隆の黄金象とは、いったい何です？」

私は、聞き返さざるを得なかった。

乾隆帝が清の最盛期に君臨した皇帝であることぐらいは知っている。しかし、乾隆の黄金象など知らない。

「乾隆帝は、たくさんの象を飼っていました」

と、案内人は続けた。

「そして、その象を使い、アジアを侵略していた西洋人を懲らしめたといわれています。黄金象は、それを記念して造られたものだそうです。といっても、本物の象と同じ大きさをしているわけではなく、手で持てるほどの小さなものだったらしいのですが、その黄金象も、とうとう見つからなかったと聞いています」

「――――」

「ですから、この事件の後、こんな噂が日本軍の中で囁かれたといいます。乾隆の黄金象が本物の象となってローニンどもをやっつけ、そして、乾隆の時代に戻っていったのではないかと――」

「それが象の呪いだと――」

「ええ」

「まさか――」

私は、滴る汗を拭いながら、茫然とした面持ちで散乱する瓦礫を見つめていた。

すると、何かが目に付き、瓦礫を掻き分けて、その中から見つけたものを取り出した。石ではなく、銅のようなものでできている。大きさは子供の頭ぐらい。

「象だ」

私は、呻《うめ》くように呟いていた。

上を向いた長い鼻は途中で折れていたが、それは、確かに象の頭だったのである。

二

清の乾隆五十八年。

西暦では一七九三年。

イギリスの全権大使としてジョージ・マカートニーが北京《ぺきん》にやって来た。マカートニーの一行は、そのまま円明園《えんめいえん》に連れて行かれた。

円明園に入ると、最初は、いかにも中国らしい木造宮殿が建ち並び、中国風の庭園が設けられていたが、やがて、風景は一変した。そこには、西洋風の石造宮殿が聳え、噴水を備えた西洋式の庭園が造られていたのである。

マカートニーは、瞠目した。

「こんなものが、この国にあるとは――」

そう言って、副使の方を振り返る。副使も目を見張っていた。それは、二人に続くイギリス人の一行も同じであった。しかも、彼らを驚かせたのは、これだけにとどまらなかった。

「象がいる！」

と、マカートニーは叫んだ。

庭園の中で十数頭の象が彼らの方を向いて整列していた。その巨体で、万里の波濤を越えてきた異

国人を威圧・威嚇するかのように並んでいる。長い鼻を振りまわし、鼻の下の口が大きく開いて、

「パオー！」

という雄叫びが次々に響き渡ると、マカートニーたちは、腰を抜かし、地面に尻餅をついていた。

そこへ、

「ははははは」

という甲高い笑い声が聞こえた。その声がやむと、横に並んでいた象が二列になり、内側を向いて左右に分かれていく。

マカートニーは、そうしてできた象の間の道を、その向こうへと目を凝らした。そこには、大きな石塀風を後方に並べた高い壇のようなものがあって、石屏風の前に置かれた華麗な椅子に人が座っていた。

「ははははは」

そこから、また笑い声が上がる。

立ち上がったイギリス人の一行は、壇の方へ吸い寄せられるかのように、象の間の道を進んだ。象は、そんな一行をじっと見つめている。マカートニーたちは、その象に襲われるのではないかという恐怖に脅え、冷や汗を垂らしながら、必死に前へ進んだ。しかし、象は、ただ彼らを見下ろすだけであった。

マカートニーたちは、なんとか壇の前までたどり着くことができた。そこに座っていたのは、乾隆帝であった。後方の石屏風には、西洋の武具・武器が刻まれている。

乾隆帝は、この時、八十三歳。しかし、老いの翳りは微塵も感じられず、なお矍鑠《かくしゃく》とした威風を辺りに払い、鋭い目が炯々《けいけい》と光っている。

イギリス人たちは、乾隆帝の前に跪《ひざまず》いた。

乾隆帝は、彼らを冷ややかに見つめた。

「お前たちが象に驚くとは思わなかった。お前たちはインドを侵略して我が物としているではないか。だから象は見慣れている筈であろう。それなのに、どうして恐れる」

「い、いや――」

マカートニーは、額の汗を拭っていた。

「何も我が国民が全てインドへ行っているわけではありません。従って、象を見ていない者も数多くいるのです。それに、これだけの象をこれほどの間近で見せられれば驚くのも無理からぬことではありませんか」

「そうか」

と言って、乾隆帝は立ち上がった。

「インドを意のままにするイギリス人も、象を意のままにはできぬというわけだな。しかし、朕《ちん》は違うぞ。朕は、あの者どもを意のままに動かすことができる」

乾隆帝は、右手を一閃させた。

すると、一頭の象が進み出て鼻を伸ばし、副使を捕らえた。長い鼻を副使の身体に巻き付け、高々と持ち上げてみせる。

「た、助けてくれえ！」

副使の悲鳴が上がり、マカートニーは抗議した。

「何をなさいます！」

しかし、乾隆帝は、かまうことなく、また右手を一閃させると、副使を捕らえた象は、くるりと向きを変え、マカートニーたちが入ってきたのとは別の方へどんどん進んでいった。

そこには、石の壁がそそり立っていた。城壁のように高い。そして、壁の一画に設けられた門を潜ると、その中には建物があった。石の壁は円形をしていて、周囲をぐるりと取り囲み、その中央にぽつんと一つだけ建っていたのである。壁の中は広いのに、建物は小さかった。そのため、壁の中の大部分は何もないただの空間になっている。

マカートニーの一行は、乾隆帝と共に、建物の側までやって来た。建物の形は、高さも幅も奥行きも同じという真四角をしていた。但し、完全な方形ではなく、瓦の載っていない屋根部分には突起がある。そして、壁は向きによって色が異なり、しかも、その壁は幕であった。建物全体を覆うようにして、上から幕がすっぽりとかぶせられていたのである。

乾隆帝が、また右手を一閃させると、副使を捕らえた象が建物の前まで来て、開いている扉から副使を中へ放り込んだ。扉の部分には幕が掛からないようになっていた。副使が放り込まれると、まわりにいた兵が中へ入り、副使を床に縛り付けた。磔《はりつけ》のような格好で、大の字というよりは、×といっていい形だ。

建物の中は、天井も壁も床も石でできていた。これで幕に覆われた中身が、西洋風の宮殿と同じ石造の建物であることがわかる。建物の大きさは、×の字に縛り付けられた副使の手と足の先が壁の間近にくるほどの広さしかなかった。真四角であるから高さも同じだ。兵たちは、建物の外へ出てくると、扉を閉めた。

扉は木製で、周囲の壁には木枠がはめ込まれ、閉めてから頑丈そうな鍵を掛ける。

「これはどういうことです」

マカートニーが、再度抗議の声を上げたが、乾隆帝は、それを平然と受け止めた。

「この建物は龍骰殿《りゅうさいでん》という。龍は皇帝の象徴である」

乾隆帝は、自分の衣装を誇らしげに指し示した。皇帝の衣装を龍袍《ロンパオ》という。その名の通り、そこには龍が描かれている。

「屋根を見よ」

乾隆帝が、指差す場所を変えた。

「屋根から五つの突起が出ていよう。あれは龍の五本爪を表わしている。五本爪の龍は皇帝しか使うことのできぬものじゃ」

屋根の突起は、全体の大きさが大人の頭を二つ重ねたぐらいで、やはり大人の頭ほどの奥行きを持っている。五つとも屋根の端にあって、中央部が膨らみ、先端が尖った花びら状の形をしていた。そのため、龍の鉤爪に見えないこともない。五つのうち三つは屋根部分の扉側——その両隅と中央にあって、残り二つは扉と反対側の両隅に出ている。

「そして、上からかぶせてある幕の色は四神《しじん》を表わしている」

「四神？」

マカートニーには、何のことかわからないようであった。

「我らの国土は四方を四つの色を持つ霊獣に守られている。東が青い青龍《せいりゅう》、西が白い白虎《びゃっこ》、南が赤い朱雀《すざく》、北が黒い玄武《げんぶ》だ。そして、国土の中央には黄色の龍——黄龍《こうりゅう》がいる。この幕はそれに合わせてあるのだ」

乾隆帝の言葉通り、東の壁を覆う幕は青色をしていて、西は白、扉がある南が赤で、北は黒い色をしている。ここからでは見えないが、上は黄色になっているようだ。その証拠に、五つの突起は黄色に塗られている。

突起は、建物本体とつながり、石でできているのだが、その部分は幕に穴が開いていて、幕がずれないための役目も果たしているのである。

「そして、龍骰殿には龍が宿り、建物の中に五行《ごぎょう》の気を取り込む力を持っている」

と、乾隆帝は続けた。

「五行？」

と、マカートニーは、また首を傾げる。

「我が国では、古来より天は円形をして地は方形をなすと考えてきた。この場所が丸い城壁に囲まれ、建物が四角い形をしているのはそのためだ。そして、万物は木火土金水《もくかどごんすい》の五つの元素によって成り立っているとみている。これが五行だ。しかも、我が国では北の方角が最も尊く、そのため、北の壁に五行の気を取り込むための五つの穴を開けておる」

乾隆帝は、その穴も見せた。扉の対面にある北側の黒い壁で、副使の頭と手が向いているところだ。確かに壁の四隅と中央に穴が開いていた。四神の幕は、この穴の部分もくり抜かれた形になって、掛かっていなかったのだ。どの穴も、五本の指がなんとか入る程度の大きさしかない。それ以外には窓もなく、扉が閉ざされた今は完全に閉じ込められた状態となっている。

マカートニーは、必死に声を上げた。

「なんと時代遅れなことを仰せられる。我らが住むこの地は球体をしていて、天はそのまわりにどこまでも広がっていることがわかっているのです。元素も木や水といったものでないことが明らかになっております。ましてや四つの霊獣や龍などいる筈もない。そのような古い考えにとらわれていては、この国もやがては世界から取り残されてしまいますぞ」

「黙れ！　我が国には、その方らの国よりも遥かに古い、五千年にもわたって培われてきたさまざまな知識と力があるのじゃ。それを舐めるでない。そもそも、その方らは、我が国に貿易を求めておるが、そこにインドを蹂躙したような邪な野望がないといえるか」

「――――」

「なにしろ我が国にはその方らから買わねばならぬようなものなど何もないのじゃ。すると、その方らは我が国へ阿片《あへん》を持ち込んだ。人を人でなからしめる阿片で、いったいどうしようというつもりか。我が国を阿片で病ませ、インドのように意のままとするつもりではないのか！」

「い、いや――」

と言ったマカートニーの声は、一転して弱々しくなっている。

乾隆帝は、ますます顔をいからせ、猛禽《もうきん》を思わせる鋭い目でマカートニーを睨み付けてきた。

「それを朕は龍骰殿で確かめる。その方らが我が中国を苦しめ、害をなす者であれば、あの者には天罰が下ることになるのじゃ。龍が五行の気をこの中へ呼び入れ、あの者は閉じ込められたまま四肢を裂かれて死ぬことになる」

「閉じ込めたといわれても、鍵はそちらが持っているのではありませんか。それでは、いつでも開けることができます」

「ならば、鍵はそちに預けよう。しかし、鍵がまだこちらにあれば、それも意味はない。そこでじゃ――」

乾隆帝は、イギリス人たちに紙を渡してサインをさせ、兵が、その紙を扉と周囲の木枠にまたがる形で貼り付けた。

「これで扉を開ければ紙が破れてわかることになる。文句はあるまい」

マカートニーたちは宿舎に引き上げた。厳重に監視されているため、鍵を持っていても助けに行くことができない。眠れぬ夜を過ごし、翌朝、再び龍骰殿のある場所までやって来た。建物に異変はなかった。扉は閉ざされ、封印の紙も貼り付けられたままである。

しかし、開けられた扉から中を覗き込んだマカートニーたちは、ここでも腰を抜かしてしまった。龍骰殿の中で、誰も入ることができなかった建物の中で、副使が死んでいたのである。両の手足がちぎれて散乱し、血と肉片も辺りに飛び散っていた。しかも、建物の中は燃えた痕跡があり、死体にも焦げ痕があった。それ以外に、濡れた痕もあれば、床には土が撒かれ、木片と金属の破片も落ちていた。木火土金水の五行が揃っていたのだ。

凄惨な光景と凄まじい血臭・屍臭に耐えかねて、マカートニーたちは地面にうずくまり、激しく嘔吐している。

これに対し、乾隆帝は、鋭い目を炯々と光らせながら、イギリス人使節を一喝した。

「見たか！　人が入れぬ建物の中で人の身体が裂けてしまう。このようなことが、その方らの国でできるか。できまい。我らには、このような力があるのじゃ。わかったか。ならば、もう我が国を、いや、アジアを苦しめるのはやめにするがいい。我が国は我が国民のもの、アジアはアジア人のもの、お前たちが支配するところではないのだ。さっさと出ていけ。さもなくば、朕の象が貴様らを一人残らず踏み潰してくれるぞ」

その言葉に応じ、象が激しくいないて、足を踏み鳴らした。地響きがして、大地が揺れる。

「うわあああ！」

マカートニーたちは、また盛大に尻餅をつき、ほうほうの体で北京から出ていった。

三

塙照道《ばんてるみち》が初めて北京を訪れたのは、明治七年（一八七四）のことであった。

この年、日本は、台湾へ出兵していた。征韓論を唱えた西郷隆盛《さいごうたかもり》らが下野《げや》したばかりであったが、士族の不満を抑えられずに、結局、その矛先を台湾に変えたのである。そして、事後の談判を行うべく大久保利通《おおくぼとしみち》を全権とする使節団が北京に乗り込んできた。

塙照道は、これに加わっていたのであった。但し、その使命は、談判に参加することではなかった。当時、二十九歳で、陸軍大尉となっていた塙照道は、北京へ入るや、すぐさま中国の衣装に着替えて一行から離れた。同行するのは、七歳年下で陸軍少尉の祈藤智康《きとうともやす》だけ。

二人は、現地の様子を探るよう指令を受け、中国人になりすまして北京の街中へ潜入したのである。

二人とも中国語を話せることが、この任務を与えられた理由となっていた。維新まで薩摩《さつま》藩士であった塙照道は、薩摩が支配していた琉球《りゅうきゅう》で、琉球人に扮して清国との交渉役をつとめていたし、一方、維新に乗り遅れた鳥取《とっとり》藩出身の祈藤智康は、身を立てる術《すべ》として中国のことを学び、それを買われて陸軍へ入ったのである。

塙照道は、祈藤智康と共に、北京のあちこちを何日もかけて歩きまわり、ある日、円明園にやって来た。円明園は離宮で、十四年前、英仏連合軍の略奪・放火に遭ったという知識は、どちらにもあった。

しかし、塙照道は、その惨状に声を失くしてしまった。広大な円明園は、正に廃墟となっていたのである。壮麗な木造の宮殿が建っていたという場所は、すっかり焼け落ち、跡形もなくなっていた。

「これが西洋の侵略を受けるということか」

塙照道の呻きに、祈藤智康も茫然とした表情を返してくる。

そして、二人は、日本をこんなふうにさせてはならないと改めて痛感した。

二人が、そのまま廃墟の中を歩いていると、建物が残っているところに出くわした。木造ではなく石造であったから残っていたのである。といっても、やはり荒れ果て、なんとか形を保っているといった程度でしかない。

しかも、そこには人々が集まっていて、建物の残骸から石を持ち出そうとしていた。それを一人の男が止めようとしている。全員が中国人だ。

「そんなことはするな。我々の大切な遺産ではないか」

男は、必死に頼んでいるが、聞く耳を持つ者は誰もおらず、男がすがり付いても邪険に振り払っている。それでも屈せずに男がなおも止めようとすると、とうとう屈強そうな連中から殴る蹴るの暴行を受け始めた。

塙照道は、祈藤に目配せをして、その現場に割って入り、倒された男を助けてやった。暴行していた側は、二人が意外に強いことを知ると、

「ちぇっ！　運のいいヤツだ。いつもこうなるとは思うなよ」

そう捨て台詞を残して去っていった。運んでいたものを置いていくことはなく、二人も、それまで取り戻すことはできなかった。

二人が助けたのは、祈藤と同じ歳くらいに見える若者であった。

鄭秀斌《ていしゅうひん》と名乗った。

「あなた方はこの国の人ではありませんね」

礼を言った後、鄭秀斌は、ずばりと指摘した。

「そうだ。日本人だ」

塙照道も、あっさりと認めた。

「そういえば、今、日本の使節が北京に来ているのでしたね。しかし、日本人に助けられるとは奇遇だ。私の先祖は日本人の血を引いているのです」

どういうことだと聞く塙照道に対し、鄭秀斌は、鄭成功《せいこう》の子孫だと答えた。

「鄭成功！」

塙照道は、祈藤と目を見交わしていた。

鄭成功は、歌舞伎や人形浄瑠璃で演じられる『国性爺《こくせんや》合戦』の題材となった人物である。明が滅んで清が中国を支配していく時代に、復明の旗を掲げて清と戦った人物だが、実は、母親が日本人であったのだ。

誇るべき家系だが、鄭秀斌は、恥じ入るような表情で言葉を続けた。

「しかし、今ではすっかり落ちぶれてしまいました。清に降伏した時は、明への忠誠を却って誉められ公の称号を与えられたのですが、乾隆帝の時代には、円明園の建設にたずさわる身分の低い役人にまでなり下がり、今は、ここの石を盗っていく者たちと変わらないただの庶民です」

「――――」

「それでも、我が家は心まで落ちぶれてはおりません。かつてここには乾隆帝が西洋の宣教師に命じて造らせた西洋楼が建っていました。本場のものにも劣らない、いや、それさえをもしのぐとても立派なものだったといわれています。建物だけではなく、噴水を備えた見事な西洋庭園まであったのです」

鄭秀斌は、両手を広げて辺りを見まわし、憑《つ》かれたように話し出した。噴水の跡も、まだしっかり残っている。

「我が家の何代か前の当主も、西洋楼の建設にかかわっていました。ところが、その場所を英仏の野蛮人どもが壊してしまったのです。ただ壊しただけではなく、火を放ち、さまざまなものを盗んでいった。この時、我が家は、この場所の片隅に寝泊まりして、西洋楼や庭園の整備などをしていました。父は、異変に気付くと、すぐさま駆け付け、西洋楼の玉座の側に置かれていた乾隆の黄金象を持ち出し、これを守って逃げるよう、母とまだ幼かった私に告げました。そして、父は乱暴狼藉の限りを尽くす野蛮人どもを止めに入り、殺されてしまったといいます。まわりには他にも中国人がいたようなのですが、誰もが茫然と見ているだけで、止めにいったのは父だけだったそうです。国の危機を見逃すことができない先祖の血が、父を駆り立てたに違いありません」

朗々とまくし立てていた鄭秀斌であったが、そこで、ふと我に返ったような表情になり、

「ところで、あなたたちは日本人でありながら、どうして私たちと同じ格好をしているのです」

と聞いてきた。

塙照道は、微かに口元を緩めると、自分たちの任務を話した。

「なるほど。そういうことでしたら、どうぞ我が国の現状をしっかりと見ていって下さい。外で起こっていることから目を逸らし、自分たちだけの殻に閉じ籠って怠惰と安逸の眠りを貪ってきたツケがどういうことになるか。上海の租界では公園に『犬と中国人は入るべからず』という看板まで掲げら

れながら、それに耐えなければならないのです」

塙照道も、その話は知っていた。

「しかし、あなた方の国は、近頃、古い体制を打ち倒して新しい時代を切り開いたそうですね。それに対し、我が国は阿片戦争から三十年以上も経つというのに、未だ昔ながらの体制が続いている」

そう言うと、鄭秀斌は、はたと手を打ち、どこかへ走っていって、しばらくしてから戻ってきた。その手に金色の袱紗《ふくさ》に包まれたものを抱えている。袱紗の中は木の箱のようだ。日本なら雛人形でも入っていそうな大きさである。

「この中には乾隆の黄金象と呼ばれているものが入っています」

鄭秀斌の言葉に、塙照道も祈藤智康も首を傾げた。二人とも、そのようなものなど知らなかったのだ。

鄭秀斌は、その由来を話した。乾隆帝が象を使って西洋人を懲らしめたという話である。

「黄金象は、それを記念して造られたといいます。しかも、ただそれだけにとどまらず、乾隆帝は、この黄金象にいずれはインドへ遠征して非道な西洋人どもをアジアから追い出すという決意を込めていたそうです。しかし、乾隆帝は、それを果たすことなく死んでしまい、跡を継いだ皇帝たちは、乾隆帝には遥かに及ばず、この惨状を招いてしまった。この地には、もう黄金象の決意を受け継ぐ者はいません。ですから、これをあなた方にお渡しします」

鄭秀斌は、決然とした口調で言った。

「これを私たちに――」

塙照道は戸惑った。

「しかし、これはこの国にとってとても大事なものなのでしょう」

「いえ、アジアにとって大事なのです。それに、我が家が持っていてはいつ盗られてしまうかわかりません。あなた方は、円明園の廃墟から中国人がまだ残っている石を奪っていくところをご覧になったでしょう。彼らは、それを別のものに使っているのです。中国の大切な遺産なのに、どうしてそれを自らの手で壊していくのか。中国人はここが自分たちの国だということをまだはっきりと認識できていないのです。今中国を支配している清は満州族の王朝です。中国人の大部分を占める漢民族からすれば、夷狄《いてき》の支配を受けるということで、清も西洋も大して違いはないように思っているのです。だから、ここにあるものも自分たちの国の大切なものだという意識がなかなか生まれてこない」

「――――」

「しかし、いつまでもそんな状況が続くとは思っていません。中国もいずれは目覚めます。そして、その時がアジアから西洋を追い払う時になるでしょう。勿論、中国の力だけでは無理です。日本と力を合わせるべきだと思っています。あなた方も、西洋の脅威から自国を守らなければいけないと思っているのでしょう」

と、塙照道は頷いていた。

「ええ」

「それならば、アジアが力を合わせて西洋に立ち向かっていくべきではありませんか。中国人と日本人の血を引く我が家の先祖が国の危機に立ち向かったように、両国が力を合わせてこそアジアの危機を救うことができるに違いないのです。鄭成功は、若くして死んだために志を果たすことができませんでしたが、今度は必ず成し遂げなければなりません。黄金象は、その時のために活かして下さい」

差し出された箱を、塙照道が受け取ると、鄭秀斌は、

「これも一緒に持っていって下さい」

そう言って、懐から別のものを出してきた。

薄い冊子のようなものであった。

訝る塙照道に、鄭秀斌は言った。

「それには、できもしない、できる筈のない私の身勝手な願望が書いてあります。しかも、これは中国人の願望でもあります。やはりここにあると盗られるか焼かれるかしてしまうでしょう。ですから、再会の時まで預かっていて下さい」

箱を持って手がふさがっていた塙照道に代わり、冊子は、祈藤智康が受け取った。

【第一部】

乾隆魔象

第一章　大陸雄飛

一

私が、その男というか、その探偵と出会ったのは、紅島を訪れて一年以上が経った時であった。

あれから私は、紅島で起こった事件のことを調べていた。

しかし、それは困難を極めた。紅島の事件について記した――いや、事件のことだけではなく、あそこに建っていたという洋館、そこに住んでいた人間――つまりは日本統治時代の紅島について記した史料が、台湾でも日本でも見つけることができなかったのだ。

それは、関係者についても同じことであった。私を案内してくれた人物は、あそこで話したこと以外は何も知らず、日本軍将校のもとで働いていたという彼の祖父も、すでに他界していた。彼の周辺にも紅島の事件を知っている人物はいなかった。

なにしろ、祖父が働いていた将校の名前さえわからないのである。勿論、紅島を攻撃した日本軍の部隊がどういうものであったかもわからない。当時、台湾に駐留していた日本軍は、台湾軍と呼ばれていたから、その方面から当たっていくしかないのだが、当然ながら生存者はなかなかいなかった。

ただ当時、台湾にいた財閥のことは少しだけわかった。

それは、祈藤財閥であった。四代目の台湾総督として台湾統治を軌道に乗せた児玉源太郎《こだまげんたろう》の時に台湾へ来て経済面を任され、財閥といわれるまでに成長したようである。

台湾の産業を独占していたのであるから、扱っていた商品は多岐にわたるが、祈藤財閥は、特に樟脳《しょうのう》王国と呼ばれていたという。台湾が一時《いちじ》世界の九割を占めるほどの樟脳生産地であったからだ。

樟脳王国の系譜は、今も日本を代表する企業の一つである富士見フィルムとして残っている。富士見フィルムは、台湾の樟脳から化学商品を製造していた大和セルロイドから派生した企業だ。大和セルロイドは、もともと祈藤財閥の傘下に属していて、祈藤財閥の崩壊後に独立している。それは、紅島事件とほぼ同じ時期のようであった。

つまり祈藤財閥は、紅島事件を機に潰れた——いや、潰されたようなのである。しかし、その経緯がやはりわからなかった。どうやら、紅島事件に関する資料・記録の類《たぐい》が故意に抹殺されているらしい。

調査に行き詰まった私は、ネットで情報提供を呼び掛けてみた。それでも、最初は全く進展がなかった。たまに反響があっても、明らかにガセか、悪戯《いたずら》とわかるものばかりであった。

そうして半ば諦めかけていた時、思わず目を吸い寄せられるような書き込みがあった。

『乾隆魔象』を知っているか。

相手は、そう尋ねてきていた。

『乾隆魔象』？

勿論、知るわけはない。ただ紅島で聞いた乾隆の黄金象の話を思い出し、そのことを返信した。すると、さらなる反応が返ってきた。

『乾隆魔象』とは、中国で書かれた密室殺人の話であるという。そして、それと同じような出来事が、台湾の祈藤財閥のもとで起こったというのだ。

密室殺人！

本格ミステリーを愛好する者にとって、これほど惹き付けられる言葉はない。

私は、詳しく聞きたい旨を返信し、それに対し、相手は、会おうと書き込んできた。私も、それがいいと思った。ネットでのやり取りはどうももどかしい。しかし、一抹の不安がないでもなかった。相手の名前が、なんとも奇妙なものであったからだ。勿論、偽名というか、ハンドルネームのようなものなのであろうが、相手は、こう名乗っていた。

ダーク探偵！

結局、私は、誘惑に抗しきれず、ダーク探偵なる人物と会うことにした。

指定された東京駅前のある場所で待っていると、黒塗りの高級車が現われ、運転手がダーク探偵の秘書だと名乗った。探偵の館へ案内するという。私が後部座席に乗り込むと、前後左右が黒いカーテンで覆われ、外を見られないようにされてしまった。しかも、カーテンをめくったりすると、その時点で帰っていただくとまで念を押される。

私は、ますます胡散臭《うさん》いものを感じ、このまま拉致されるのではという恐怖にも駆られたが、覚悟を決めて、素直に従った。大袈裟にたとえるならば、虎穴に入らずんば虎子を得ずという心境であった。

車は、途中、高速へ乗ったりして結構長く走り、目的地に着いた。まわりを木々に囲まれた立派な洋館が、爽やかな陽光に燦然と照り映えていた。

私は、秘書によって応接室へ案内された。すると、そこでは、一人の男が豪奢なソファに座っていた。

小柄でほっそりとした身体に、長袍《チャンパオ》という中国服を身に着け、小柄な身体にマッチした小さな顔には、中国のラストエンペラーがしていたような丸いサングラスを掛けて、丸いお椀を逆さにしたような帽子をかぶっている。

その帽子も、清朝時代のもので、辮髪帽《べんぱつぼう》とか瓜皮帽《クワピーマオ》などと呼ばれているものであった。正《まさ》しくラストエンペラーの時代へ逆戻りしたかのような格好なのである。

サングラスのせいで目が隠れ、表情などがよくわからないのだが、顔に深い皺がいくつも刻まれていて、老人であることがわかる。

私が、この老人をダーク探偵だと思い込んでいたところ、不意に背後から、

「よく来た」

と、声を掛けられた。

振り返ると、さっき私が入ったばかりのドアを開けて、老人よりもさらに異形の人物が立っていた。

私より低い背と、私より横幅のある身体をしているのだが、前身頃と袖口に毛皮の飾りを施したダ

ブルの上着を着て、その上に鮮やかな緋色の裏地を見せた濃紺のマントを羽織り、ふくらはぎまであるブーツを履いている。そして、頭には鍔広の帽子をかぶり、顔の大部分が黒いマスクで覆われていた。これまた現代の服装とは思われない格好である。

しかも、その異形の男は、

「俺がダーク探偵だ」

と名乗った。

ダーク探偵は、悠然とした足取りで、老人の近くにどっかと腰を下ろし、茫然と突っ立っている私に、

「さあ、君も座りたまえ」

と、向かいの席を示した。

私は、座ってからも目がテンになったままであったが、探偵は、平然と見返し、

「俺は、仮面の探偵ということで通っている。君も島牙龍司氏の賞をとるほどの本格マニアなら、勿論、シャーロック・ホームズは読んでいるんだろう？」

と聞いてきた。

私は、ようやく我に返り、

「全部は読んでいません。有名なものだけです」

と、正直に答える。

「なにしろ、あの時代のイギリスは苦手でして――」

「そうか。しかし、有名なものを読んでいるのなら、この格好を見てピンと来る筈だぞ。これは、『ボヘミアの醜聞』に出てくる依頼人の格好だ」

『ボヘミアの醜聞』は、勿論読んでいる。長編二作が出た後に書かれたホームズ物の短編第一作である。それで思い出した。細かなところまでは覚えていないが、この時の依頼人は、濃紺のマントに黒いマスク姿でホームズのところへやって来るのである。

「原作通りなら帽子は手に持っているのだが、そこまで細かいところはいいだろう。しかし、俺も、単なるお遊びで、『ボヘミアの醜聞』の格好をしているわけではない。まあ、それはおいおいわかってもらうとして、まずは君が知りたがっていた『乾隆魔象』を見せよう」

そう言うと、探偵は、老人の方へマスクの奥の目を向けた。

「申し訳ないが、それを彼に見せてやってくれんか」

そこで、私は、老人が手に一冊の書物を持っていることに気付いた。

老人は、その書物を拝むようにしてから、私の方へ差し出してくる。ページ数がそれほどない薄っぺらなもので、紙質は明らかに古い。そして、表紙に記されているタイトルを見ると、確かに『乾隆魔象』と書かれていた。

「君は大学時代、歴史を専攻していたから、古い文字でも大丈夫なんだろう。読んでみたまえ」

そのへんの経歴については、受賞した時のインタビュー記事になって公表されている。探偵は、それを見ていたようだ。

勧められるままに、私は、『乾隆魔象』に目を通した。短い話であったが、不思議なことが記されていた。

乾隆帝のもとにイギリスの全権大使であるマカートニーの一行がやって来るのだが、副使が象に捕らえられ、建物の中に閉じ込められた。そして、誰も出入りができない、その建物の中で副使が手足を引き裂かれて死んでいたという。

正しく密室殺人ではないか。

「でも、これは事実ではありませんね」

と、読み終えた私は言った。

「乾隆帝のもとにマカートニーが来訪したのは事実ですが、副使が殺されたというようなことはなかった筈です。それに、乾隆帝とマカートニーが会ったのも円明園ではなく、熱河《ねっか》の避暑山荘だったと記憶していますが——」

「その通りだ」

ダーク探偵は、ニヤリと笑った。

「俺も調べてみた。円明園のことはいうまでもないだろうな」

「ええ」

と、私は頷く。

円明園は、乾隆帝の父の代から造られ始めた離宮である。乾隆帝の時代には、飛躍的に拡張され、円明園に隣接して長春園《ちょうしゅん》・万春園《ばんしゅん》が造られ、円明園は、その三園を総称する名前ともなった。そして、この中には、乾隆帝がイエズス会の宣教師に造らせた西洋楼や西洋庭園もあったのだ。確か長春園の一画に造られていた筈である。

「マカートニーの一行は、確かに円明園に泊まったようだが、彼らが西洋楼を見た形跡はなく、その後、熱河に向かっている。勿論、副使が殺されたようなこともなかった。だがな、『乾隆魔象』が単なるホラ話ではなく、多くの史実を反映させていることも間違いではない。マカートニーの来訪は、『乾隆魔象』に記されている通り、乾隆五十八年（一七九三）のことだ。来訪の目的は、乾隆帝の八十歳を祝うためなのだが、マカートニーが来た時、乾隆帝は八十三歳になっていた。まあ、中国とイギリスの距離、当時の渡航事情などを考えれば仕方のないことなのであろう。但し、イギリス使節の真の目的は、制限されていた貿易を促進することにあり、これについては全く成果を上げることができなかった」

「そのことは知っています」

と、私は応じた。

貿易がうまくいかなかった理由は、中国が朝貢という古い貿易形式に固執したことも一因だが、『乾隆魔象』の中で乾隆帝自身が言っているように、中国にイギリスから買うようなものがなかったのも確かであった。そのため、イギリスは、インド産の阿片を売り付け、その害毒はすでに社会問題化していたのだ。

「それに、乾隆帝がたくさんの象を飼っていたことも事実だ」

と、黒マスクの探偵は続ける。

「乾隆帝に限らず、中国の宮廷と象には古くから密接な関係があった。なにしろ紀元前の殷墟《いんきょ》から象の骨が出たり、象の形をした玉器や青銅器が見つかっていて、三世紀には象が儀仗《ぎじょう》用として使われていたという記録も残っているのだからな。清でも代々象が儀仗用として使われ、毎年六月に象を洗う洗象の儀式が北京の風物詩として定着し、多くの見物人が集まっていた。殷墟からは、象遣いの人間の骨も出ているようで、象を飼いならし、使いこなす技術も古くから確立されていたと考えられる。だから、乾隆帝が象を操っていたとしてもおかしくはない」

「――――」

「しかし、龍骰殿という建物については、何の記録もなかった。だから、これは、多くの史実の上にいくつかの嘘を織り交ぜた小説なのだよ」

私がテーブルの上に置いた『乾隆魔象』へ、ダーク探偵が、二重顎をしゃくってみせた。

『乾隆魔象』が知られるようになるのは、阿片戦争の前後だということらしい。西洋の侵略に苦しむ状況が、こういう話を創らせたのであろう。君には言わずもがなのことだが、阿片戦争は、一八四〇年から一八四二年にかけての出来事だ。では、世界最初のミステリーといわれているポーの『モルグ街の殺人』――こちらも密室殺人を扱っているが、世に出たのはいつか知っているかね」

「さあ、詳しい年代までは――」

「一八四一年のことだ」

「それでは阿片戦争と――」

「ぴたりと重なっている。だから、もし『乾隆魔象』が阿片戦争以前に知られていたとしたら、『モルグ街』に先立つ密室小説になるかもしれないのだ。同じアジア人として誇らしいことだと思わんか」

「でも、『乾隆魔象』と『モルグ街』には決定的な違いがあります。『乾隆魔象』には解決編がない。これではミステリーとはいえません。まあ、それも無理はないでしょう。阿片戦争の頃の中国人には、不可解な謎を合理的・論理的に解こうとする考え方がなかったんです。なにしろ当時の中国軍は、イギリス軍の正確な砲撃を見て、相手にまじない師がいると思い、わざわざまじない避《よ》けの対策を立てるほど遅れていたんですから――」

「果たしてそうかな――」

ダーク探偵は、ニヤリと笑った。

「そもそも俺が『乾隆魔象』を知ったのは、さる筋から戦前の華族の家でこれが見つかったという話を聞いたからだ。密室の話だから興味があるだろうと思われたのだ。勿論、興味があって、その家を訪れたところ、『乾隆魔象』の由来と共に、これと同じ出来事が戦前の台湾で起こったという話を聞いた。それが本当なら、この密室は解決できるということになる。しかし、その家の人間が知っていたのは、それだけで具体的なことが何もわからなかった。そこで俺は、『乾隆魔象』と同時に、台湾での事件のことも調べ、この老人を突き止めた」

「この人は――」

「結城琢馬《ゆうきたくま》氏。君が紅島とやらで聞いた疾走する象の現場と、『乾隆魔象』と同じ密室殺人が起こった現場にいた人物だ」

「な、な――」

なんですってと言おうとした私の口は、驚愕の余り、そのまま凍り付いてしまった。

「しかも、この『乾隆魔象』は、かつて結城氏自身が手にしていたものでもある。それで俺は当時の話を聞かせてもらおうと思ったのだが、俺にはダメだと言われてね。困っていたところ、君のことを知った。そして、君のことを伝えると、君と一緒ならいいと言われて、ここへ来てもらったわけだ」

「僕ならいいとは、どういうことです」

「さあな」

と、探偵は、肩を竦める。

私は、結城氏の方へ身体を向けて尋ねた。

「二つの現場にいたというのは本当なんですか」

「本当です」

と、結城氏は、しっかりとした口調で答えた。

「失礼ですが、紅島での事件に遭遇した時、あなたはおいくつだったんですか」

「二十二でした」

「二十二！」

私は、絶句していた。

紅島の事件は九十年近くも前だから、百十歳前後ということになる。老人ではあるが、とてもそれほどの歳には見えなかった。声だけではなく、身体も健康そうで、矍鑠とした雰囲気が全身から伝わってくる。

「これでも、紅島へ行く前から大陸に渡り、さまざまなことをしていました」

それで、今なお中国服を愛用しているということなのであろうか。

私は、持参したバッグの中を探り、紅島から持ち帰っていた象の頭を取り出した。

すると、結城氏の表情が崩れた。

「ほう。これも懐かしい」

「覚えておられるのですか」

「忘れるものですか」

老人は、テーブルの上に置いた象の頭をいとおしそうに手にとって、しばらくじっと見入っていた。口からは嗚咽のようなものが洩れ、手も明らかに震えている。紅島へ行っているのは本当であるらしい。

やがて、老人が顔を上げると、さっきまでの激情は消え失せ、声も平静なものに戻っていた。

「わしも、今はミステリーというのでしたか、そういう話が結構好きでしてな。大陸へ渡る前にはホームズとか、確かルパンとかいった翻訳物をよく読みました。実は、紅島や『乾隆魔象』に関連して、その二つの出来事よりもっと不思議な話も聞いているのです。それは人が過去へ行くという話です」

「人が過去へ！」

私は、大きな声を上げていた。

「それはどういうことだ」

と、探偵も、肥満気味の身体を乗り出してくる。聞きたくてたまらんという気持ちが隠しようもなく露《あらわ》になっている。

結城氏は、それをやんわりとたしなめた。

「焦らずともすぐにわかります」

「ということは話してくれるのだな」

「そういう約束でここへ来ましたからな。ですから、しばらくわしの話に付き合って下され。そう、わしが大陸へ渡るところから始めましょうか」

こうして私は、ダーク探偵と一緒に、結城琢馬氏の話を聞くこととなった。

従って、これ以降は主に結城氏から聞いた話を、私が文章に書き起こしたものとなる。本来なら結城氏の一人称で書いてもいいのだが、客観性を持たせ、私が調べたことも書き加えるため、三人称の文章とした。

また途中、別の人物が語る話を、その人物の一人称として書いているが、これも私が、結城氏から聞いたことをもとに書き起こしたものである。

これから記す話は、正しく不可思議な出来事の連続に他ならなかった。

二

結城琢馬が大陸へ渡ったのは、中国では民国十一年、日本は大正十一年——西暦でいえば、一九二二年のことであった。

この時、琢馬は十九歳。どうして大陸へ渡ったのか。時代の空気、雰囲気がそうさせたのだとしかいえないであろう。少なからぬ日本人が大陸雄飛を夢見た時代であった。

おれも行くから君もこい
せまい日本にゃ住みあいた

という『馬賊《ばぞく》の唄』というものが流行《はや》っていたくらいである。

琢馬も、孫文《そんぶん》の革命を助けようとした日本人、ロシアの脅威にさらされていた内蒙古《うちもうこ》の王宮に単身赴いた日本女性、日露戦争で特別任務に従事して帰らぬ人となった憂国の志士たち――そういった話に胸躍らせ、血をたぎらせていた。

本を読むのが好きだったから、押川春浪《おしかわしゆんろう》の冒険小説などにも感化された。押川春浪は海洋物が多かったが、海のない長野県で生まれ育った琢馬は、広大な大陸への憧れが強かった。

それと十七歳の中学五年の時、松本に来ていた鄭雷峯《ていらいほう》の講演を聞きに行ったことも大きかった。鄭雷峯は、孫文の片腕といわれている中国革命派の大物である。日本に留学経験のある鄭雷峯は、流暢な日本語で、孫文の革命を多くの日本人が助けてくれたことに謝意を表《ひよう》し、欧米列強の侵略から中国を、いや、アジアを守るためには中日の提携が不可欠であることを力説していた。そのためには、まず中国に安定した統一国家を作り上げなければならないことも――。

中国が日本の助けを必要としていることを、琢馬は実感した。そして、琢馬は、狭い日本を飛び出そうと決意したのである。

しかし、若い頃の結城琢馬も、精悍な面構えに身体は頑健、度胸も性根も据わって、やや粗暴の気がある屈強な男子というわけではなく、小柄で貧弱な身体付きをしていて、実際の歳よりも下に見える童顔の持ち主でしかなかった。広大な大陸を疾駆するというよりも、部屋に籠って本でも読んでいる方が似合っている感じの若者であったのだ。

だが、琢馬には、大陸へ行くことについては、具体的なアテがあった。松本に近い上田で生まれ育った琢馬と同郷——それも僅か数軒しか離れていないところから大陸へ出ていった先輩がいたのである。

風巻顕吾《かざまきけんご》。

琢馬より十歳以上年上で、幼い頃によく遊んでもらった記憶がある。歳の離れた兄といったような感じの人物で、琢馬は、顕兄さんと呼んでいた。その風巻顕吾が、琢馬と同じような年齢の時に大陸へ渡り、陸軍の偉い軍人のもとについて大層活躍しているという噂が郷里に伝わっていたのだ。

この風巻の活躍も、琢馬の背中を押した。

(顕兄さんを頼れば、なんとかなるだろう)

余り深刻に考えることなく、琢馬は、海を渡った。風巻が今どこにいるのかということはわからなかったが、大連《だいれん》に大陸雄飛を志す日本人の世話をしている人物がいると聞き、そこへ行けば居場所もわかるのではないかと考えて、まず大連に行った。目当ての場所を訪ねると、

「風巻顕吾か。知っているぞ」

と言われた。活躍しているという噂は本当だったらしい。

しかし、以前は北京政府の顧問をしている諸墨駿作《もろずみしゅんさく》中将のもとで働いていたのだが、今はどこにいるかわからないという。

「だが、風巻の知り合いということであれば、無道大河《むどうたいが》に紹介状を書いてやろう」

と言ってくれた。

諸墨中将がいる諸墨公館には、彼のもとで働く浪人たちが大勢いて、無道大河は、彼らの束ねをしているらしい。大陸浪人の頭領というべき人物のようである。

結城琢馬は、大連から北京へ行き、諸墨公館の扉を叩いた。そこでも風巻の知り合いということで、無道大河との面会があっさりかなった。

無道大河は、正に『水滸伝《すいこでん》』の豪傑を思わせる人物であった。丸い頭を青光りするほどに剃り上げ、額や頬には幾筋もの傷が刻まれていて、人を射抜かんばかりの視線で睨み付けてくる。身体も大きく、筋肉が服を突き破りそうなほどに盛り上がっている。

琢馬は、正直震え上がった。

「大陸へ来て、何をするつもりだ」

無道大河は、雷鳴のような声で聞いてきた。

「この国のために働きたいんです」

琢馬は、必死にふんばって答えた。

「中国は阿片戦争以来、欧米列強の侵略に苦しめられてきました。上海にある公園の入り口には、『犬と中国人は入るべからず』というような看板が出ているそうではありませんか。こんなことが、こんな侮辱が許されていいわけがありません。しかも、欧米は中国だけでなく、アジア全体を苦しめています。上海の看板は、彼らのアジアに対する差別意識をはっきりと表わしているものなのです」

「――――」

「ですから、そんな欧米をまず中国から追い出し、そしてアジアからも追い払う。僕は、その手助けがしたいんです。それがアジアで唯一近代化を成し遂げ、世界の一等国となった日本の役目――その国に生まれた人間の責務だと思っています」

「ふん、なかなか立派なことを言うではないか。風巻の知り合いだというだけのことはある。だがな、言葉だけでは何も成し遂げることはできん。ここでは何をするかという行動が全てだ。明日の命もどうなるかわからん。その覚悟はあるか。中国から欧米のヤツらを追い出すためなら、なんだってするか」

「します！　命を賭けてやり遂げます！」

琢馬は、声を震わせながら、きっぱりと答えた。

「ほんとだな」

「はい！」

無道大河は、琢馬をしげしげと睨んでから、

「がははははは！」

と、豪快に笑い、琢馬に公館の中で暮らすことを許した。ただ風巻顕吾の行方については、やはり、

「俺にもわからないのさ」

という答えが返ってくるだけであった。

とにかく、結城琢馬の浪人としての生活がこうして始まったのである。

勿論一番の下っ端で、最初は雑役係とか単なる使いっ走りしかさせてはもらえなかった。なにしろ中国語もほとんどできなかったのだ。

それでも、言葉は瞬く間に上達した。外へ出れば、当然中国語が飛び交っているし、公館の中でも琢馬へ言う時には中国語がしばしば使われた。どうやら嫌がらせであったらしいのだが、それは却《かえ》って琢馬を鍛えることになった。琢馬も、なにくそと思って一生懸命習得につとめた。学ぶのは嫌いではない。そうしたことの成果である。

一方、諸墨公館の浪人たちは、諸墨中将の命令を受けて、しばしば外へ出ていった。すぐ戻ってくることもあれば、なかなか戻ってこないこともある。よそから浪人が来て、また出ていくこともあった。

そんなある日のことであった。

無道大河が、部下たちのところへやって来て、

「二日前に円明園で外人の死体が発見された」

と告げた。

勿論、琢馬は、円明園とは何かを知っていた。今は廃墟と化したその離宮の中の西洋楼があったとされる場所で、外人——西洋人が死んでいたという。

「しかし、それがおかしな話なんだ。死体の側には従者だったという男が腑抜《ふぬ》けのような状態になって、へたり込んでいやがったんだが——」

その男は、ジャンルカ・ゲロの従者だと名乗ったらしい。ジャンルカ・ゲロは、フランス人の富豪で、半月ほど前、天津《テンシン》と南京《ナンキン》対岸の浦口《ホコウ》を結ぶ津浦《しんぽ》線の列車内から連れ去られ、行方不明となっていた。

フランス人従者の話によれば、彼らは列車内で中国人らしき男から声を掛けられ、途中で下車したという。主人と男が二人きりで話をしていたため、その内容について従者は全く知らないそうだが、ジャンルカ・ゲロは、大いに喜んでいたという。しかも、ことは内密を要するということで、ゲロと従者は、こっそりと目立たぬように列車を降りることになった。

そして、用意されていた車に乗り込み、連れて行かれた貴族の館のようなところで出されたお茶を飲んだところ、意識を失ってしまった。それで気が付くと、今度は円明園にいたらしい。それも、今現在の円明園ではなく、六十年以上も前の円明園だったというのだ。

正確にいえば、六十二年前の西暦一八六〇年——円明園は、英仏連合軍の略奪・放火に遭い、廃墟と化した。ゲロと従者は、その略奪と放火が行われている渦中にいて、ゲロは、象に踏まれ、死んでしまったと言っているそうだ。西洋楼も、まだきちんと建っていて、それが燃え上がるのも見たらしい。

「しかも、象の上には清の皇帝が乗っていたそうだぜ。清の、なんと言ったかなあ、円明園を造った皇帝だ」

無道大河が、眉間の皺を指でつまみながら考え込んでいるのを見て、琢馬は、思わず声を出していた。

「け、乾隆帝ですか」

「そうそう、乾隆帝だ」

「でも、乾隆帝は円明園が壊される何十年も前に死んでいますよ」

「だろう。もう無茶苦茶な話だ。しかも、象と乾隆帝は忽然と消えちまったんだと――」

「なんですかい、それは――」

と、呆れたように言ったのは、和倉巖次《わくらがんじ》である。和倉は、無道の片腕といわれている男だ。胡麻塩頭の額が突き出て頬の削げた顔と痩身は、無道とは違った威圧感をかもし出している。

「阿片でも吸わされて、変な夢を見たんじゃないんですか」

「確かに、その従者には阿片中毒の症状が出ていたから、そんなところだろうとは思うんだが、そのゲロとかいう野郎が何か重たいものに胸を押し潰されて死んだのは間違いがないそうだ。それに、ゲロは円明園と関係があるらしい」

そこで、琢馬は、

「あっ」

と、また声を上げていた。

「なんだ」

と、和倉が睨んでくる。

「円明園を襲撃したフランス軍の司令官がゲロという男爵だったんです」

「ほんとか。するってえと、その司令官が自分の壊した円明園で殺されたっていうことか」

「いや。司令官じゃあない」

と、無道が言った。

「司令官が今も生きてりゃあ、物凄い歳になっている。だから、もうとっくに死んでいるそうだ。円明園で死んでいたゲロは、司令官と同じ一族で円明園の襲撃に十代で参加したらしい。それでも八十前の爺いだ。だが、まだまだ元気だったそうだぜ。円明園を襲った時にしこたま物を奪ってきて、それで大金持ちになり、そのうえ今でもバーンズ・モンゴメリ商会と組んで阿片売買にかかわり、これでまた随分と儲けているってえ話だ」

バーンズ・モンゴメリ商会とは、イギリスの阿片商人である。

和倉が、そうだったのかと頷き、また口を開いた。

「中国人に怨まれる原因が一杯ありますねえ。けど、外国人を殺したとなれば、またもめるでしょう。列車から外国人がいなくなっただけでも大問題になるんだ。フランスが犯人を早く捕まえろ、賠償金を出せとねじ込んできますぜ」

「確かにゲロって野郎がいなくなっただけで、国際問題になりかけていた。だがな、今度の件では、フランスも困っているそうだ。なにしろフランス人の従者が六十年以上も昔の時代に行って、そこで象に踏み殺されたと言っているんだからな。おまけに乾隆帝まで見たと言われちゃあ、頭がおかしいのははっきりしている。だから、その従者が主人を殺したんじゃねえかと疑っているみたいで、フランスは今のところおとなしいんだが、その一方で中国人が騒いでやがる」

「それはいったいどういうことで――」

「円明園の泥棒が円明園で殺されたのは当然と、反帝国主義の集会を天安門広場でやっていやがるんだ」

ジャンルカ・ゲロの死体が発見されたのは、十月九日のことであった。円明園の略奪と放火は、十月六日から九日にわたって行われた。ゲロの死体発見は、奇しくもその期間の中に入っているのだ。そのため、これは円明園での悪行の報いだ、天罰だという声が上がり、一気に反帝国主義の機運が盛り上がったのだという。

「だから、これからそいつを偵察に行く」

そして、無道は、その一員として琢馬にも声を掛けた。こんなことは初めてである。

「それにしても、乾隆帝やゲロ男爵をよく知っていたじゃねえか。さすが風巻のダチだ。あいつもそういうことには詳しかったぜ。おもしろい、付いてきな」

とても誉められているようには聞こえない言葉を掛けられて、琢馬も、天安門広場へ行った。浪人たちは、公館でも中国服を着ていることが多く、琢馬もそうであった。長袍に馬褂《マークア》というチョッキを着て、頭に瓜皮の帽子をかぶり、中国の群衆に紛れて集会を見た。

後に知ったことでは学生や労働者を中心におよそ二万人が集まっていたそうだ。広場のあちこちに帝国主義打倒とか反米・反英・反仏などの幟《のぼり》が掲げられ、円明園の怨みを忘れるな、盗品を取り返せ、外国を追い出せという演説がぶたれていた。しかも、その中には、反日を掲げる幟もあった。

琢馬も、北京の街には何度も出ていて、抗日・排日の運動が行われていることは知っていた。孫文の革命を助け、欧米列強の侵略から中国を守るパートナーの筈の日本にどうしてそんなことをするのか。

中国は、孫文の革命が軍閥に乗っ取られ、以後、各地で軍閥が割拠する戦国乱世のような分裂状態が続いていた。そして、どの軍閥も外国と関係を持ち、現に今の北京政府を牛耳っている直隷《ちよくれい》派は、イギリスやアメリカの支援を受けている。

琢馬は、先輩たちから、こうした欧米の支援を受けた軍閥が抗日運動をやらせている。あるいは、ロシア革命によって誕生した世界初の社会主義国家ソヴィエトが中国を赤化しようとして工作員を送り込み、民衆を扇動している。そう教えられていた。

しかし、琢馬の目には、デモや集会をしている人々が、軍閥やソ連の手先のようには見えなかった。ごく普通の人が外国に苦しめられている自国を憂い、なんとかしようと考えているように感じられたのである。

今集まっている人たちも、そうであった。

やがて、反日の幟を掲げる一団からリーダーらしき若者が壇上に立ち、演説を始めた。この頃には琢馬も、中国語が随分とわかるようになっていた。

若者が話していたのは、旅順《りよじゆん》・大連の租借《そしやく》問題であった。かつてロシアが清から旅順・大連を租借し、日露戦争の勝利によって、その権利を日本が引き継いだ。しかし、租借期間は二十五年で、その通りであれば、来年――一九二三年に返還される筈であった。ところが、日本は、この租借期間を九十九年間に延ばしてしまったのだ。

次に若者は、山東問題を語っていた。先の世界大戦（第一次世界大戦）において、日本は、連合国側に参戦し、山東に権益を持っていたドイツを破ったのだが、この権益も中国側が返還を要求していたにも拘らず、自分のものにしてしまったのである。

いずれの問題も、七年前（一九一五年）に日本が中国にいわゆる二十一ヵ条の要求を突き付け、強引に認めさせたものの一つであった。若者は、これを武力の威嚇によって不当に認めさせられたものだとして、このような条約は無効だと主張していたのである。まわりからは、賛同の拍手と歓声が嵐にように巻き起こっていた。

琢馬は、大いに衝撃を受けていた。

日本が中国で権益を持つのは、力のない中国に代わって、それらが西洋に奪われないように日本が守ってやっているのだと、日本にいた頃から琢馬は、そう聞かされ、そう信じ、北京に来てからもそう教えられてきたのだ。

しかし、これも違っているように思われてならない。

演説が終わると、集会はデモに変わり、集団は、執政府である国務院へ向かって行進を始めた。琢馬たちも、やや離れて付いていった。すると、前の方で突然銃声が起こった。それによって集団は乱れ、絶叫と悲鳴を轟かせながら人々が逃げ散っていく。

その時、無道大河が琢馬の肩を叩いた。

「お前、あの連中をつけろ」

と、ある方角を指差す。

そこには、反日の幟を掲げる集団がいた。彼らも旗を担ぎながら逃げている。

「あの中にさっき演説をしていたヤツがいる筈だ。あいつの後をつけて、どこに住んでいる野郎か突き止めてくるんだ。なあに、心配はいらねえ。お前みたいのが付いてきたって、誰も日本の浪人だとは思わないさ」

無道に背中を押され、琢馬は、混乱の中、無我夢中でその一団を追い掛けた。

確かに、無道が言った通りであった。諸墨公館にいる他の浪人は、無道ほどの迫力はないものの、いずれもただならぬ面相と威圧感を持つ者ばかりであった。正に諸墨公館は、『水滸伝』の梁山泊《りょうざんぱく》であったのだ。

それに比べると、琢馬は、ひよっ子みたいなもの。怪しまれることなく、なんとか家を突き止め、公館に戻った。

その後、聞かされた話によれば、銃声が起こったのは、国務院に迫ったデモ隊に対し、そこを守っていた直隷派の兵が発砲したためであったらしい。四十名を超える死者と百名を超える負傷者が出たという。

これが、後に十・一一事件と呼ばれることになる惨劇であった。

その後、数日して、琢馬が後をつけた男が死体となって紫禁城《しきんじょう》近くの北海《ほっかい》に浮かんでいたという話を聞かされた。北京大学の学生で、どうやら抗日運動のリーダーの一人であったようだ。

琢馬は、複雑な気持ちであった。

しかし、先輩たちからは、

「でかしたぞ」

と誉められ、夜の歓楽街へ連れ出された。先輩たちは女を抱き、酒をガンガン飲んでいた。

琢馬は、全く飲めない。

「だから坊やなんだよ」

と、先輩たちがからんでくる。

琢馬は、それをなんとかかわしていたが、先輩たちは興が乗ってきて、和倉巌次が、懐から拳銃を取り出した。

和倉は、すっかり酔った目で、中国人の女給にリンゴを頭に乗せて壁の前へ立てと命じた。女給は、脅えて嫌がったが、他の先輩が無理やり立たせた。

和倉は、そこへ拳銃を向けた。

「よっ！　ロビンフッド」

という声が掛かる。

頭の上のリンゴを矢で射たのはウィリアム・テルじゃないかと、琢馬は思ったが、それよりも、

「ちょ、ちょっと本当に撃つんですか」

と、そのことに驚いていた。しかし、まわりは、

「和倉さんは公館一、いや、大陸浪人一の腕前なんだぞ。しくじるわけがない」

そう言って、止めるどころか、笑いながら囃し立てている。和倉巌次の「巌」は、宮本武蔵《みやもとむさし》が佐々《さ さ》

木小次郎《きこじろう》と戦った巌流島《がんりゅうじま》からとっていて、武蔵の剣に劣らぬ銃の達人になったというのだ。

和倉は、狙いを定めて、銃を撃とうとした。すると、その時、

「よおっ、和倉！　ここにいたのか」

という声がして、直後に銃声が響き、女給が壁に当たって倒れた。血が辺りに飛び散る。

「ちっ」

和倉の口から舌打ちが洩れた。

弾はリンゴに当たらず、女給の額を撃ち抜いていたのである。今の声で狙いが狂ったのか、酔いのせいなのかはわからない。とにかく女給は倒れたまま動かなかった。

「なんだ。随分と腕がなまっているんじゃないのか」

声を掛けたのは、日本の軍人であった。諸墨公館によく出入りをしている軍人だ。しかし、倒れた女給を気遣う様子もなく、

「話がある」

と言って、和倉をさっさと連れ出した。それに他の者も続き、茫然としていた琢馬も、引き立てられるようにして連れ出された。

「あの、あの――」

と呻くのが、精一杯であった。

後で女給は死んだと聞かされたが、この一件は事故として処理されたようで、和倉が捕まることはなく、浪人たちは、その後もしばしば歓楽街へ繰り出していた。死んだ女給を悼むような感じは全く

なかった。

琢馬は、次第に違和感を覚えるようになっていた。日本で聞いていたのとは違う。そう思われて仕方がなかったのだ。

それが決定的になったのは、和倉たちと共に山東省にある村を訪れた時であった。そこでは、芥子《けし》が大量に栽培されていた。芥子は、阿片のもととなるものである。しかも、琢馬たちをここへ案内した中国人の男は、誇らしげに芥子畑を見せつけ、

「随分と大きくなっただろう」

と、自慢してみせた。

それを聞いて、和倉が満足そうに頷いている。

軍閥がてっとり早く金を得る手段として阿片の売買を行っていることは、琢馬も知っていた。阿片戦争の時は、インド産のものを輸入していたのだが、今では中国の国内でかなりの芥子が栽培されているのである。

しかし、これも欧米と手を結ぶ軍閥のせいだと聞かされていた。こうした軍閥には劣悪なものが多い。中国にはまともな人間は兵にならないという格言があるくらいで、兵になるのは、あぶれ者・やくざ者の類だと見なされている。軍閥の兵は、正にそれを証明するようなものであった。行軍中に民家から食糧を奪い、物資の運搬に男たちを拉致同然に連れ去るなどは日常茶飯事といっていい。行く先々で略奪・暴行を働くのも日常茶飯事で、現代の感覚でいえばマフィアやギャングとさして変わらないのである。

だから、そうした軍閥が金を稼ぐために芥子栽培に手を染め、栽培を断る村には見せしめとして、男ばかりか女子供まで殺して脅していると聞いていた。そして、その劣悪な軍閥を日本が滅ぼしてやるのだと——。

だが、これも違っていたのだ。

「ここには和倉さんたちもかかわっているんですか」

と、琢馬は聞いた。

和倉が、突き出た額の奥の目を剝いて吠えるように言った。

「俺たちも金がいるんだ。いや、日本軍自体が必要としている。軍の機密費だけじゃあ、大陸での工作はそんなにできやしないし、諸墨閣下もこれだけの浪人を養うことなんてできないのさ。お前だって、これのおかげで飯が食えているんだぜ。文句があるのか！」

琢馬たちを案内した男は、郭岐山《かくぎざん》といった。

山東省に大きな勢力を持つ軍閥——剽檄麟《ひょうげきりん》の腹心であった。剽檄麟は、馬賊上がりで、文字は自分の名前しか書けず、読む方は全くダメという無教養な男だが、郭岐山は、裕福な商家の出身で、麾《き》下《か》随一の教養人といわれているらしい。

「それにしても、剽将軍は、近頃またまた新しい税を取り立て出したそうだな」

と、和倉が、中国語で郭岐山に聞いている。

「ああ。自分の銅像を造るというんで、銅像製造税というのを集め始めた」

「そんなので税が集まるのか」

「集まらないとどうなるかを思い知らせてやれば簡単さ。ちょうどいい、ここからそんなに遠くないところで、その見せしめをやったところがあるんだ。ちょっと見てみるかい」

郭岐山が嬉しそうに言い、琢馬たちは、彼の部隊と一緒に別の村へ行った。

そこには、この世のものとは思われない惨状が広がっていた。村中のあちこちが燃えて灰燼となり、そうした廃墟の至るところに、死体が散乱していたのである。死体は腐乱が進み、耐え難い腐臭を辺りに放っている。

琢馬は、死体を見るのが初めてというわけではなかった。北京の街中でも行き倒れや何かよからぬことに巻き込まれたらしい死体を何度も目にしていた。来たばかりの頃に比べれば慣れたつもりでいたが、この時は、込み上げてくるものを抑えることができず、道端にしゃがみ込まざるを得なかった。

それでも、琢馬は、なんとか立ち上がり、先輩たちの後について惨状を見てまわった。死体は、すっかり焼け焦げたものや一部が焼け爛れたもの、火を免れたものなど、さまざまなものが転がり、老人や女子供までもが含まれていた。女は、老幼を問わず全て衣服を付けておらず、明らかに陵辱を受けたようである。その中には、腹を裂かれている死体もあって、傍らに捨てられている小さな肉塊は、胎児と思われた。

男の死体にも、五体満足なものはほとんどなかった。首や手足が切断されているだけならまだいい方で、中には首と身体の一部を残し、後は原形をとどめぬ肉塊と化しているものもある。

和倉は、それをしげしげと見て、

「どうやら凌遅《りょうち》の刑をやったようだな」

と言った。

「凌遅？」

琢馬が聞き返すと、生きている人間をゆっくりと切り刻む恐ろしい刑罰だと教えてくれる。

「そんな刑があったんですか」

「中国では石川五右衛門が釜茹での刑にされる二千年以上も前から人を煮殺したという記録が残っている。他にも車裂《しゃれつ》や皮剝ぎ、腰のところで真っ二つに斬る腰斬《ようざん》とか、尻から腸を引っ張り出す抽腸《ちゅうちょう》なんていうのもあったそうだぜ」

琢馬は、その光景を思わず想像してしまい、また気分が悪くなって、しゃがみ込みにいった。

「村人は皆殺しか」

和倉が、郭岐山に聞いていた。

「ああ」

「見せしめのためにここまでするのか」

和倉の口調は、呆れている感じこそあるものの、非難するような響きはない。

一方、郭岐山も、誇らしげに答えていた。

「ここの話が広まったおかげで、さっきの村もきちんと税を払ってくれたよ。おまけに芥子栽培も順調だ」

教養人だという面影など微塵もない。

「お前の部隊がやったのか」

「剽将軍と一緒に乗り込んできたが、やったのはロシアの連中だ。俺たちは見ていただけ」

「しかし、あんまりひどいことをすると、将軍を支援している日本も怨まれ、ますます抗日運動が盛んになってしまうじゃねえか」

「なあに、その時は抗日運動をやっている連中を皆殺しにすればいいのさ」

「ははは。それはそうだな」

和倉と郭岐山は、笑い合っていた。

(日本もこんな軍閥を応援していたのか。これでは欧米と同じじゃないか)

琢馬は、しゃがみ込んだまま愕然としていた。

三

結城琢馬は、北京に戻ってから剽檄麟のことを自分で調べてみた。

すると、なんともひどい軍閥であることがわかった。

剽檄麟は、数十年先の地租まで無理やり徴収するというでたらめぶりをやっている他に、五十種類以上の税を課して贅沢三昧をしていながら、兵たちに支払うべき給料までほとんど自分の懐に入れていた。そのため、兵たちは、阿片の密売や略奪を行い、病院や学校まで勝手に召し上げて自分たちの兵舎にしてしまう傍若無人ぶりを発揮していたのである。

しかも、剽檄麟は、郭岐山が言っていたように白系ロシア人部隊を擁していて、この連中のすることが最早人間ではなかった。剽檄麟は、自分に逆らう者を容赦なく虐殺していたが、そういう現場に必ずといっていいほど同行していて、相手の目を抉り、鼻や耳を削ぎ、内臓を引きずり出しているのだという。正に琢馬が見た惨状そのものであった。白系ロシア人部隊は、そうしたことをブランデーを飲みながら、ヘラヘラと笑ってやっているそうだ。それを剽檄麟も嬉々として見ているらしい。

鼠鬼《ソクイ》将軍。

それが、剽檄麟に付けられた綽名《あだな》であった。小柄で前歯の出た風貌が鼠そっくりだということから来ている。とびっきりといっていいほどの劣悪な軍閥なのである。

一方、郭岐山は、実家の商家が馬賊に襲われて辛くも生き残り、その馬賊への復讐のために剽檄麟のもとへ身を投じたそうだ。動機にはいくらか同情の余地があるかもしれないが、今は剽檄麟の腹心となって、正に鬼といっていい彼の悪行の片棒を担いでいる。

日本は、そんな剽檄麟を支援していたのだ。現在の北京政府は親英米の直隷派に牛耳られているが、いずれは親日派の軍閥が支配することを、日本は望んでいる。日本が後押ししているのは、満州に君臨する奉天《ほうてん》派の巨頭張作霖《ちょうさくりん》であった。この男も馬賊上がりだ。

張作霖は、この年の第一次奉直戦争に敗れて満州へ引っ込んだところであったが、山東で親張・親日を標榜し続けている剽檄麟は、貴重な存在なのだ。剽檄麟も、日本企業の工場がストをやった時には労働者を徹底的に弾圧するなどして、日本の支援に応えているらしい。諸墨公館用の芥子畑も同じである。

（これでは日本も他の欧米列強と変わりがないじゃないか）

と、琢馬は思った。彼らの仲間と見なされるのも当然といえてしまう。

そして、琢馬は、ローニンという言葉が、中国の人々の中でひどく忌まわしい意味を持ち、恐れられていることも知った。北海に浮かんだ抗日運動家の死体や山東の芥子畑からわかるように、浪人たちが胡散臭いことに手を染めているのは明らかであった。

「どうして剽檄麟の悪行を改めさせようとはしないんですか」

無道に直言するのは恐いので、和倉巌次に聞いたことがあった。

「なんだとお！」

突き出た額の奥から狐のように吊り上がった目で睨まれ、琢馬は、竦《すく》み上がっていた。和倉でも充分に恐い。

「お前は孫文を結構買っているようだが、あいつだって余り変わりはないんだぜ。あいつは自前の軍隊を持たないから、まわりの軍閥の兵を使っている。そして、あいつも過酷な税を取り立てている。なにしろ商人からどんどん税を取るんで、商人たちは私兵を雇い、その横暴に対抗しようとしているくらいだ。この国には似たような連中しかいないんだよ」

孫文は、未だ広州《こうしゅう》のみを支配する地方の小さな勢力に過ぎなかった。そのため、北京では地方の小軍閥と見られていることを、琢馬も知っていた。

（これが現実なのか）

琢馬は、大陸へ渡ってきた時の昂揚感がすっかり萎《しぼ》んでいることに気付いていた。

剽檄麟の暴虐は、とどまることを知らないかのように思われたが、翌年の二月になると情勢が変わった。

剽檄麟の余りの非道に我慢ができなくなったのか、配下の軍団長から叛旗をひるがえす者が出て、これにまわりの軍閥も呼応したのだ。裏で直隷派の手が伸びているという噂があり、事実そうなのであろうが、これまでの悪行が大きな原因となっていることは間違いがなかった。張作霖もまだ満州から出てくる力はなく、剽檄麟は、一気に追い詰められて日本に庇護を求めてきた。

そんな時、諸墨公館の浪人に出動命令が下ったのである。

「剽檄麟を日本へ亡命させることになった」

と、無道大河が言った。

「これに俺と和倉、それに琢馬が同行する」

このことを聞いて驚いたのは、琢馬だけではなかった。他の浪人から、

「こんな坊やを連れて行って大丈夫なんですか」

と、半ば非難の混じった声が上がった。

すると、無道大河は、人を射抜く目で部下たちを見まわした。

「別に俺だって連れて行きたくはねえんだが、それが相手の要望なんだ」

「相手？」

和倉の訝しげな視線に、

「剽の受け入れ先だよ」

と、無道が憮然としたように応じる。

琢馬にも何のことかわからなかったが、とにかく無道、和倉と一緒に剽檄麟の隠れ家へ向かうこととなった。

北京は、冬の最中で気温が氷点下になることも多い。この日も、夜には雪が舞っていた。その中を琢馬たちは、北京の郊外にある寂れた屋敷にやって来た。もとはさる旧家の別荘であったという。防寒服を着た日本軍の兵が周囲を物々しく固め、剽檄麟は、屋敷内の一室に押し込められていたのである。

琢馬は、この時、剽檄麟を初めて見た。

（これが鼠鬼将軍！）

貧相で醜いというのが嘘偽りのない感想である。まだ四十代だと聞いているが、琢馬とは異なる老け顔は、皺が多いせいもあって老人のように見える。鼻の下に伸ばした八の字髭が全く似合っていないばかりか、キラキラ光る勲章をやたらと貼り付けた軍服も、余興の仮装のようにしか思われない。軍閥の一人として山東の一画を支配していた威厳などは微塵も感じられなかったのである。

一応立派な椅子を宛がわれている剽檄麟には、傍らに部下が二人しかいなかった。やはり軍服姿だが、一人は前に会った郭岐山で、もう一人は、ひょろりとして異様に背が高い白人である。身長が二メートル近いのではないか。小さな酒瓶のようなものをしきりと傾け、ヘラヘラといやらしい笑みを浮かべている。剽檄麟麾下の白系ロシア人部隊に属するグリゴーリ・ルキアンチコフであると教えられた。

他には、数人の兵を従えた日本軍の将校がいた。いつかの歓楽街で拳銃を撃とうとした和倉に声を掛けた軍人である。支那駐屯軍の渡会《わたらい》中佐であることを、琢馬は、すでに知っている。諸墨中将の腹心でもあるらしい。

剽檄麟は、本人でさえ何人いるのかわからない多くの愛妾を持ち、やはり無数の使用人にかしずかれて、白系ロシア人部隊や郭岐山の馬賊部隊を含めた数万の軍隊を擁していたのだが、そうした連中がいる気配は全くなかった。部屋の外にも日本兵がいて、ほとんど虜囚に等しい扱いを受けている。

剽檄麟は、不機嫌さを露にして、無道大河に不満をぶちまけた。

「よく来てくれた兄弟。なんとかしてくれ。わしがどうして日本軍にこのような扱いを受けねばならんのだ。部下はどこへ行った。女や使用人どもはどうした。彼らは何も答えてくれんのだ」

どうやら二人は旧知の仲らしい。

「将軍、ご心配には及びません」

と、無道は言った。勿論、中国語の会話だ。

「麾下の精鋭部隊も愛しい女たちも我々の後からやってくることになっております。そこで再起を図りましょう。日本が衷心より支援させていただきます」

「そうか。さすが兄弟、話がわかる」

現金なもので、剽檄麟は、あっさりと機嫌を直した。

「では、再起の場所へ早く連れて行ってくれ」

そう促して、郭岐山に支えてもらいながら立ち上がろうとしたが、フラフラして、また椅子の上にドシンと腰を落としてしまった。

そして、

「ちょっと吸わせてくれんか」

と言う。仕草から煙草ではなく、阿片のことだとわかった。よく見れば、小さな目がどんよりと濁っていて、阿片中毒者であることをはっきりと示している。皺が多いのもそのせいかもしれないと思ってしまう。

無道大河が、渡会中佐に目をやった。

「ここではいかんぞ。神聖なる帝国陸軍の前で阿片を吸うことはまかりならん。我々は貴様ら浪人とは違うのだ」

中佐は、そう怒鳴り、汚らしいものでも見るかのように剽檄麟を睨んでから、無道へ顎をしゃくった。

「将軍、それは後にしましょう」

無道の目配せで、和倉と琢馬も手を貸し、郭岐山と一緒に剽檄麟をなんとか立ち上がらせた。ルキアンチコフというロシア人は、さっきから酒瓶を傾け、ヘラヘラと笑っているばかりで、主人を助けようとする気配が全くなかった。いったい何のためにいるのか。

琢馬たちは、剽檄麟を軽々と運んで部屋を出た。小柄な琢馬よりも、さらに小さかったのだ。すると、閉めたドアの向こうから、

「やれやれ、これでようやく厄介払いができたぞ」

という渡会中佐の聞こえよがしといっていい大きな声が響いてくる。

つまり軍の人間も、剽檄麟を好ましい人物とは思っていないのだ。日本に協力してくれるから利用価値を見出し、支援をしているだけだ。だから、軍が自ら動いて亡命させる気はなく、嫌なことを浪人に押し付けた。芥子の栽培といい、今回のことといい、手を汚すようなことは浪人にやらせ、それで自分たちは神聖だと誇らしげにいばっているのである。

現に渡会中佐も、撃たれた中国人の女給には何の関心も持たなかった。彼らも、中国を助けるために中国へ来ているわけではなかったのだ。

琢馬は、暗澹たる思いに駆られていた。

傍らでは、和倉巌次が、日本語で無道大河に聞いている。

「配下の部隊や女どもが後から来ると言ってましたが、本当なんですか」

無道も、日本語で応じた。

「そんな話は聞いてない。俺たちが運ぶのはこいつらだけだ。それにあのロシア人部隊が日本へ来たらたいへんなことになる。連れて行けるわけがないだろう」

「それはそうですね。でも、そうとわかったら、この鼠将軍、後で暴れるんじゃないですか」

「それはこいつらの引き取り先が考えてくれるさ。俺たちは、そこまで責任が持てねえ」

剽檄麟と二人の部下は、日本語がわからないようであった。

「なにをごちゃごちゃ言ってるんだ、兄弟」

そう剽檄麟が聞き、無道大河は、平然と答えていた。

「なあに、飯はどうしようかと思いましてね」

それから琢馬たちは、乗ってきた車の荷台に剽檄麟主従を隠し、北京を離れると、途中からは剽檄麟たちにも変装させ、列車に乗り換えて大連まで行った。大連も寒かった。そこからは船に乗るようで、大連港には、その船がすでに入港していた。

それは、海軍の一等巡洋艦『香芝《かしば》』であった。しかも、海軍の士官に混じって、琢馬たちを意外な人物が出迎えた。最初、黒いサングラスを掛けていたのでよくわからなかったのだが、相手がサングラスを取ると、琢馬は勿論、無道大河と和倉巌次も目を見張っていた。

無道が、その人物を見つめながら、

「風巻!」

と、呻くように言ったのである。


そう。

大連港にいたのは、風巻顕吾であった。

郷里を出てから、すでに十年以上もの歳月が流れていたが、琢馬も、すぐにわかった。

無道大河のように筋肉の塊といった身体付きではなく、和倉巌次のように痩せているという感じでもない。身体はほどよく引き締まっていて、手足も長ければ、背も高かった。一メートル七十を超えるぐらいだ。

風巻も、その身体に中国服を着ていた。といっても、琢馬たちよりも遥かにおしゃれ——現代風にいえばダンディであった。防寒服の下に長袍を着ているのは同じだが、長袍の下には西洋のズボンを穿き、頭にも西洋風の広い鍔の出た帽子をかぶり、マフラーを巻いている。

顔も魁偉《かいい》な豪傑風というよりは、精悍と表現した方が似合っていて、無道と違い、目が涼やかな光を放っている。髪の毛も、日本を出ていく時の坊主頭とは違って、一般人と変わらないほどに伸びていた。諸墨公館の浪人によく見られる粗野な雰囲気が全く感じられない。風巻は、昔からそうであった。

風巻も、琢馬のことを覚えてくれていた。

「久しぶりだな」

と、向こうから声を掛けてきたのだ。

「まさか大陸へ渡ってくるとは思わなかったよ」

「顕兄さん」

琢馬は、そう言い返すことしかできなかった。

一方、無道大河は、例の人を射抜く目でかつての部下を睨み付け、やや険のある声で問い質した。

「お前がどうしてここにいるんだ」

「剽檄麟を連れて来るように言われたからです」

「つまりお前が向こうの案内役というわけか。すると、この坊やを指名したのもお前か」

「ええ。でも、無道さんだって、俺をおびき出すために彼を公館にいさせたんじゃありませんか。諸墨公館に風巻の知り合いがいるという話をわざとあちこちにばらまいていたでしょう」

「えっ。そうだったんですか」

琢馬は、風巻と無道の顔を交互に見ていた。

「ふん」

と、無道大河は、ゾッとするような笑みを唇の端に刻み、琢馬の問いは無視して、風巻に聞き続けた。

「それで諸墨公館を出てからどうしていたんだ。剽をどこへ連れて行く」

「これから台湾へ行きます」

「台湾だと！　確かに日本には違いねえが——ってことは、お前の今の雇い主もそこにいるわけか。そいつはいったい誰だ！」

「着けば嫌でもわかりますよ」

風巻は、無道の舌鋒をさらりとかわし、翌日、一等巡洋艦『香芝』は大連を出た。

そのままどこにも立ち寄ることなく、台湾まで行った。北京や大連と違って、台湾は、常春の島である。二月でも昼間の気温が二十度前後になる。琢馬たちは、慌てて防寒服を脱ぐ必要に迫られた。

台湾では、まず北部の基隆港《キールン》へ入り、そこからすぐさま列車に乗り換えた。

剽檄麟が船酔いになっていたため、本当なら休憩をとりたいところであったが、出迎えた台湾軍の関係者が有無も言わさず列車の中へ移るよう命じたのだ。剽檄麟を人目に触れさせたくない。そういう思いが露骨に出ていた。

しかし、琢馬たちが乗った列車は、複数の貴賓車を連結していた。まるで高級ホテルに来たかのような客室を備えた豪勢な車両であった。寝室もあるため、剽檄麟は、そこへ担ぎ込まれて列車は出発した。

そして、台北《たいぺい》まで行った。台北には、台湾総督府があり、台湾軍司令部がある。台湾統治の中心で、いわば台湾の首都だ。しかし、琢馬たちが台北で降りることはなく、しばらく停車をした後で、列車はまた走り出した。

台湾では、清朝時代から鉄道の建設が始まっていたが、日本の統治下に入ってからは、飛躍的に整備・延伸され、基隆から高雄までの南北縦貫線ができた他に、いくつもの支線も造られていた。列車が進んだのは、そうした支線の一つであったが、驚いたことに官営のものではなく、台湾の財閥が造った私設路線であると教えられた。

それが祈藤財閥で、その私設路線は、祈藤線と呼ばれているらしい。

祈藤線は、台北から内陸部へ向かって伸び、高粱畑《こうりやん》が散見する平原地帯を抜けて山間部へ入り、峨々《がが》たる山稜が聳える麓で終点になっていた。台北から一時間ほどかかった。この支線の線路を敷いているところだけが祈藤財閥のものだというわけではなく、沿線一帯もかなり広い範囲にわたって祈藤財閥の所有地になっているという。

そして、終点に着くと、駅に四台の自動車が迎えに来ていた。これも、高級車であった。当時の琢馬には、自動車の知識などなかったが、風巻が、キャデラックのツインシックスだと教えてくれた。V気筒エンジンを搭載し、当時のアメリカ大統領も使っていたという。つまりアメリカ車だ。

琢馬たちは、それに分乗し、深い森の中へ入っていったのである。こちらは十分ほどの道のりで、森の右手に大きな湖が見えてきたかと思うと、大きな鉄門を潜り、庭園と思《おぼ》しき場所へ入っていった。門の左右からは、高い塀がのびている。庭園を通っていく途中で、もう一台、やはりキャデラック・ツインシックスが停まっているのを見た。

しかし、琢馬の目は、すぐさま前の方へ吸い寄せられることとなった。前方に豪奢な建物が現れていたのである。

石造の見事な洋館であった。しかも、単なる洋館ではなく、屋根は中国風の形をしていて、瑠璃瓦が使われている。瑠璃瓦は、北京にある帝宮――紫禁城にも用いられているものだ。そして、建物の左右に時計塔が聳えている。

風巻と先頭の車に乗っていた琢馬は、その威容に茫然と見惚れていたが、不意にハッと目を凝らした。

向かって右側の時計塔――その周囲を取り巻いている回廊に人が立っていたのである。すぐ中へ引っ込んだが、琢馬の目には、満州族の帽子と衣装を着ている人物に映った。

満州族といえば、辛亥革命で倒れた清が満州族の王朝であった。そのため、琢馬たちが着ている中国服や、中国の女性がまとういわゆるチャイナドレスにも満州族の風俗が大きく影響している。しかも、回廊にいた人物の帽子は、大きなお椀が上を向いた形をしていて、頭頂部に飾りのようなものがあり、その服も立派で黄色に輝いているように見えた。それは、肖像画に描かれている清の皇帝の姿と似ている気がした。黄色は、皇帝しか使うことができない色である。

しかし、車が玄関前に着くと、琢馬は、そんなことなどたちまち忘れてしまった。

車が停まると、運転手の男が真っ先に降りて、ドアをサッと開けてくれた。それで琢馬も車を降りたのだが、玄関前には、一人の女性が立っていた。

「このようなところまで、ようこそお出で下さいました」

と言ってくる。

琢馬は、その人物を見て、洋館を見た時以上に茫然と見惚れていた。

チャイナドレスを着た若い女性であったのだが、その女性が、たとえようもなく美しかったのである。

第二章　台湾西洋楼

一

琢馬たちを迎え入れた洋館は、壮麗な外観をしていたが、内部にも目を見張るほどの贅が凝らされていた。

その部屋も――応接室だということだが――高い天井では眩いばかりにシャンデリアが煌めき、絨毯を敷き詰めた床の上には、紫檀のテーブルを真ん中に置いて、そのまわりに豪華なソファが並べられている。

結城琢馬は、そのソファの一つに腰を下ろしていた。傍らには、無道大河と和倉巌次がいて、向かい合う位置に、風巻顕吾とあの女性が座っている。風巻は、サングラスをとっている。

剽麒麟と二人の部下はいなかった。船酔いが完全に治っていない剽麒麟は、着くとすぐ寝室へ案内されていたのである。郭岐山とグリゴーリ・ルキアンチコフは、彼の側についていた。

従って、その部屋にいるのは五人だけであった。部屋は、ゼロを一個足した人数が入っても充分過ぎるほど広い。

風巻と同じ歳ぐらいの男が、テーブルの上に飲み物を置いていった。琢馬が乗っていた車を運転していた男である。どうやらここの使用人らしい。いかにも大邸宅の使用人といった格好をしていて、背も風巻と変わらないほど高く、スマートな体型で洗練された動きをしている。出されたのは、台湾茶であった。

無道大河が、苦虫を嚙み潰したような表情で茶を一口啜り、部屋の中をぐるりと見渡してから、

「ここはいったいどういうところなのかね」

と、凄みのある声を出した。

いくつもの傷が刻まれたその魁偉な容貌と相まって、普通の人間なら縮み上がってしまうところだが、女性は、平然としていた。

「ここは祈藤家の本宅で、紫仙館《しせんかん》といいます」

そうはっきりとした声で答える。

まだ二十代の前半であろう。サラリとした黒髪が肩にまで流れ、切れ長の目は意志の強そうな光を放って、やや濃い目の眉もそれを補強しているかのようだ。化粧はそれほど濃くないようだが、唇の赤さが鮮やかで、やはりその美しさにハッとさせられてしまう。

しかも、女性が着ている深紅のチャイナドレスがまた悩ましかった。女性は、ヒールを履いていたが、それがなくとも小柄な琢馬より背が高いようであった。身体はほっそりとしているが、出ているところはしっかりと出て、引っ込むべきところは引っ込んでいる。そのスタイルは、欧米の令嬢にも決して引けをとらない。そういう身体の線がすっかり露になっているのだ。そして、腿の上まで切れ

上がったスリットから、真っ白な脚が覗いている。

琢馬は、目のやり場に困っていた。

一方、無道と和倉は、無遠慮に女性の身体を見ていた。それでも、相手の様子は変わらない。

「祈藤財閥の本宅が、どうしてこんな辺鄙なところにあるんだ。台北にあるべきだろうが――」

それは、無道の声が一層の凄みを増しても同じであった。切れ長の目で大陸浪人の頭領を真っ直ぐに見返している。

「勿論、台北にもあります。それは祈藤産業の本部というべきところで、祈藤家の本宅はあくまでもここなのです」

「それにしても、私設路線まで造るとは大仰なことだな」

「全ては台湾総督府の意向だったそうです」

「総督府がねえ」

すると、ここで風巻が口を挟んだ。

「総督府が秘密の会合をする場所を必要としていたんですよ」

「秘密の会合だと！」

「台湾は日本が初めて獲得した植民地。そこを治めていくためには実にさまざまなことをやらなければならなかった。きれいごとではすまされないこともたくさんあったことでしょう。そういうことを話し合うには、こういうところがよかったようです」

実際、総督府の要人たちがしばしばここを訪れ、秘密の会合を行っていたらしい。時には、華やかなパーティーが催されることもあったという。そして、そのような場合、万が一の事態から要人たちを守るため、軍が駐屯することもあったようだ。

「なるほど、それであの貴賓車か。お偉いさんをあれで運んでいたというわけだな」

無道が、したり顔で頷いている。

「しかし、祈藤財閥の当主祈藤智康は、確か三年前（一九二〇年）に死んでいたよな。今は誰が引き継いでいるんだ。智康には子供がなかったと聞いているが――」

そこで、風巻が薄っすらと笑った。

「この人ですよ」

と言って、女性の方へ顔を向ける。

「なに！」

「なんだって！」

無道と和倉が驚いていた。勿論、琢馬も同じだ。

「こんな若い女が、これだけ巨大な財閥を率いているというのか。そんなこと、誰が信じる！」

「信じる信じないは無道さんの勝手ですが、この人が祈藤智康氏の遺産を継いで、祈藤財閥の主《あるじ》になっているのは事実です。だから、この人がみなさんをお出迎えしたのではありませんか」

風巻の言葉を受けて、今度は、女性が笑みを浮かべた。

「勿論、私が祈藤産業の事業を取り仕切っているわけではありません。それは、智康様の手となり足となっていた方々がきちんとやってくれています」

「いったいあんたは何者なんだ！」

「失礼をいたしました。まだ名乗りもしていませんでしたね」

そう言って、女性が打ち明けた身の上話は、実に意外なものであった。

明への忠義を貫き、清と戦った国姓爺鄭成功は、台湾と関係が深い人物であった。鄭成功は、当時、台湾を支配していたオランダ人を追い出し、台湾に抵抗の拠点を置いたのである。外国勢を駆逐したことから、台湾では英雄として崇められ、台湾を植民地とした日本も日中の混血児である鄭成功の廟を神社にして大いに顕彰している。

その鄭成功は、明の亡命政権の皇帝となっていた永暦《えいれき》帝を主君として仰いでいた。

永暦帝は、鄭成功が死ぬのと同じ年に清に捕まり、一族と共に殺されたことになっているが、実は、その前に一人だけ台湾へ逃げて来て、鄭成功に庇護されていた子供がいたそうだ。そして、その子孫は、鄭氏が清に降伏した後も台湾の人々によって匿われ続け、台湾が日本に接収された時、日本軍によって保護されたというのである。

「それが私の父でした」

と、女性は言った。

日本軍が、どうして明の末裔を保護したのかはわからない。将来に備え、何かの利用価値があると思ったのかもしれない。実際、女性の父の存在は、その後も秘匿され、当時はまだ財閥といわれるほど大きくはなかった祈藤智康に預けられたという。

「そして、父は智康様の妹を妻に迎え、私が生まれたのです。父も母も智康様より先に他界いたしました」

　女性は、琢馬より二つ年上で、この時、二十二歳であった。

「彼女は、周囲から永暦公主《こうしゅ》と呼ばれています」

　と、風巻が付け足す。

　それを聞いて、茶を啜りかけていた無道大河が、思わず噎《む》せていた。

「永暦公主だと！」

　公主とは皇帝の娘――即ち内親王を意味する。大仰な名乗りだといえよう。

　これに対し、和倉巌次は、ほおと感心していた。

「明の子孫が生きていたとはなあ。そのうえ、中国人の父親と日本人の母親から生まれたというのは鄭成功と同じ――正に女鄭成功じゃないか」

　琢馬は、まるでおとぎ話でも聞いているような相手の素姓に口をポカンと開けることしかできなかった。

　永暦公主は、嫣然と微笑んでいた。その仕草は、年齢よりも大人びて感じられる。

　それから琢馬たちは、永暦公主に洋館を案内された。

　洋館の外観は、琢馬がここへ着いた時に見ている。洋館は平屋で、中央に大きな中国風の屋根を戴く棟があり、その左右に同じ形をした翼棟がくっ付き、翼棟は、二階部分に時計塔が聳えていた。時計塔は、方形をしていて、その上に三角錐の屋根を載せている。

　時計塔がある部分は、中央棟よりも前に突き出していて、公主の話によれば、建物全体は上から見ると凹の字の形をしているらしい。突出部が短く、底辺部分が大きく膨らんだ凹の字である。

塚馬たちは、左翼側の時計塔に上がり、外の回廊に出た。勿論、右翼側の時計塔にさっき見かけたような人の姿はない。

「紫仙館は、外観を遠瀛観《えんえいかん》とそっくりに造られています」

と、永暦公主が言った。

「えんえいかん！」

奇妙な言葉を聞かされ、無道も和倉も訝しげな表情になっていた。塚馬も同じだ。

「遠瀛観は、円明園にあった西洋楼の一つです」

乾隆帝は、イエズス会の宣教師に命じて、西洋風の宮殿と庭園を造らせた。遠瀛観は、その西洋風区画の中心に建てられていた宮殿であったという。

「ですから時計塔も西洋式の鐘楼時計で、他にも遠瀛観にはフランス国王のルイ十五世から送られたタペストリーが飾られていて、香妃《こうひ》が住んでいたそうです」

「香妃って誰だ」

和倉が首を傾げていたので、

「乾隆帝のお妃《きさき》さんですよ」

と、塚馬は教えた。

「確か乾隆帝に滅ぼされたウイグル族の王妃で、身体からいい香りがしたので香妃と呼ばれていたそうです。それが無理やり乾隆帝のもとへ連れて来られて、刃を離さずに乾隆帝を拒み続けるんですが、香妃にゾッコンの乾隆帝は咎めることもせず、そのままにしておきます。でも、息子の身を心配した乾隆帝の母親が息子のいない時に香妃を殺させて、乾隆帝は、大いに嘆き悲しんだといわれているんですよ」

これを聞いて、永暦公主がニッコリと微笑んだ。

「まあ、よくご存知ですのね」

「いやあ、それほどでも――」

琢馬は、頭を搔いていた。美しい女性から笑顔を向けられて、思わず顔が火照ってしまう。

風巻も、わざわざ補足してくれた。

「小さい頃から本を読むのが好きでしたからね。中国のこともよく勉強したんだと思います」

「それは顕兄さんが中国のことを考えるなら、中国のことを知る必要があると言ったからで、よく勉強したとまではまだまだいえないんですが――」

「そうですか。でも、中国のことを知ろうとするのはいいことですわ」

永暦公主に涼やかな目でまじまじと見つめられ、琢馬は、すっかり舞い上がっていたが、

「但し、今の話はあくまでも伝説で、実際にいたウイグル族の王妃は乾隆帝の母親よりも後で死んでいるようなのです」

と言われて、

「えっ、そうなんですか」

と、一気に挫けた。

それでも、公主は、笑顔を浮かべ続けていた。

「たとえ伝説であっても、香妃の話は中国の多くの人が知っていますから、それを知っていることは決して無駄ではありません」

風巻が、また口を挟んできた。

「なにしろ日本と中国は共に漢字を使うことから意思の疎通がしやすいと思われがちだが、これはとんでもないことなんだ。たとえば没落という言葉がある。日本では敗れ去った意味に使われるが、中国ではまだ落ちていない――つまりまだ負けてはいないという意味になるんだ。日本と中国では同じ言葉でもこれほど掛け離れている。だから、中国のことを知らなければならない」

「おっしゃる通りです。その国へ行くからには、その国のことをよく知る。当然のことではありませんか」

そこで、永暦公主は、涼やかな目を無道と和倉の方へ向けた。

「それで、こちらの方々はどうですか。香妃のことをご存知でしたか」

しかし、二人は、むっつりと押し黙ったままで顔を背けている。

永暦公主は、特に気にする素振りは見せず、

「では、円明園にあった西洋楼のことはご存知ですか」

と、また琢馬に話し掛けてきた。

「建物の名前までは知りません。ただヴェルサイユ宮殿を模しているというような話は聞いたことがあります」

琢馬は、正直に答えた。

「確かに乾隆帝から西洋楼と西洋庭園の建造を命じられた宣教師たちは、それまでに自分たちが見聞きしたものを手本にしたようですから、ヴェルサイユ宮殿に似たところがあったとしてもおかしくはないでしょう。でも、紫仙館のもととなった遠瀛観がそうであるように、屋根が中国風になっているなど、随所に中国の意匠が取り入れられていて、本場の西洋宮殿とは異なったものになっています。これは円明園にあった他のものについても同じことです」

「――」

「円明園には噴水がいくつもあって、円明園を象徴するものの一つになっています。そして、ヴェルサイユ宮殿にも噴水があることはよく知られています。遠瀛観の前にも噴水があったのですが、海晏《かいあん》堂《どう》という西洋楼にも噴水がありました。それは、羅漢《らかん》の衣装を着た十二支の銅像が並び、二時間ごとに十二支の口から水が出てくるという、おもしろいものでした。丑《うし》の刻（午前二時頃）だと牛の像の口から、寅の刻（午前四時頃）なら虎の口からというように水が出てきて、正午の時刻だけは全ての動物から水が出るようになっていたそうです。いうならば噴水時計ですね。このような仕掛けは、ヴェルサイユにはありません。いえ、ヴェルサイユどころか、噴水時計そのものが西洋にはないのです。これだけでも円明園が西洋の模倣でないことは明らかでしょう」

永暦公主の口調は、どこか誇らしげに聞こえた。

琢馬は、回廊から前庭を見下ろした。確かに、そこには噴水がある。じっと噴水に目を凝らしている琢馬を見て、公主が言った。

「ここにある噴水は、円明園のものに似せてありますが、中身は全く違います。本物には到底及ばない紛《まが》い物でしかありません。それは、この紫仙館も同じです。本物はもっと凄いもので、そうした西洋楼がいくつも建っていたのですよ」

琢馬は、改めて建物を見まわした。

「そんなに凄い洋館が乾隆帝の時代にあったんですか」

琢馬は、啞然としていた。紫仙館でも相当に凄いことは間違いないのだ。それを上まわっているなんて――。しかも、乾隆帝がいたのは、日本だと江戸時代になるのである。

「確かに建っていました。ですから、ヴェルサイユ宮殿を模したというような話は、円明園にあった西洋楼の凄さを貶《おとし》めるためにフランスやイギリスが意図的に流した話ではないかと、私は思っています。西洋が東洋に劣っているなどということが、彼らには許せなかったのでしょう」

永暦公主は、一転して厳しい表情を浮かべている。

「それなのに今の中国は西洋に蹂躙されている」

琢馬は、ぽつりと呟いた。

そこへ、風巻も口を挟んでくる。

「歴史には波がある。栄枯盛衰が歴史の倣いだ。だから今栄えている国でも、それに奢ればいずれは衰え、今は衰えている国でも、これではいけないという思いがあれば、いつかはそこから抜け出すことができる。永遠に栄え続ける国もなければ、衰えてばかりの国もないんだ。それは中国と西洋の関係だけにとどまらない」

すると、無道大河が、辛辣な言葉を投げ掛けてきた。

「なんだか貴様の口ぶりだと、日本と中国もそのうちにそうなると言いたげに聞こえるぞ」

風巻は、じっと無道を見つめただけであった。

二

その後、琢馬たちは、中央棟の玄関から前庭に出た。

そこにある噴水に、永暦公主が案内してくれたのである。

「本物の遠瀛観には大水法《だいすいほう》と観《かん》水法がありました」

と、公主が説明した。深紅のチャイナドレスが陽光に映えて眩いばかりである。

「水法というのは噴水のことです。しかし、観水法は噴水ではありません。乾隆帝が大水法を見るためのものでした。西洋の剣や盾・大砲などを彫刻した五枚の石屏風を並べた前に玉座が設けられていたといいます。しかも、中華の皇帝は北に座して南を向くのが決まりであるにも拘らず、大水法が北にあったことから、観水法の玉座は北を向くという異例の形になっていました」

その大水法は、左右に鋭く尖った剣先を思わせるようなピラミッド形の塔を並べ、その中央――やや奥まったところに、鹿とそれを追う猟犬という意匠を配した池があって、池の奥に西洋風の建物があったらしい。水は、ピラミッド状のものや犬の口、鹿の角などから噴き出したそうである。

紫仙館の噴水も、それと同じような形をしていた。左右にピラミッド形の噴水があり、中央に池、その向こうに西洋風の建物。但し、その建物はただの装飾で、中身はないそうだ。違っているところといえば、池に配されているのが鹿と猟犬ではなく、象になっていることだ。

三体いる象は、前脚を上げ、後ろ脚だけで立つような格好をして、鼻も高々と上げている。その鼻から水がチョロチョロと流れていたが、不意に激しく水が噴き出し、琢馬や無道たち浪人を驚かせた。

「館の中から水の量を調整できるようになっているのです。そして、噴水の水は近くの湖から引いています」

永暦公主の言葉に、琢馬は、森の右手に湖が見えていたことを思い出した。

一方、噴水を見るための施設は、観水法と同じく五枚の石屏風を並べているが、その前にあるのは玉座ではなく、少し立派なベンチであった。ベンチの前にはテーブルまで置かれている。そして、屏風には多くの象を従えた皇帝らしき人物と、その前に跪く西洋人が描かれていた。

「紫仙館の噴水は、とても大水法といえる代物ではありません。差し詰め小水法といったところでしょうが、智康様は、これを象水法と呼んでおられました。それを見るためのものも観象法といいます」

紫仙館の玄関を背にして象水法があり、観象法は、象水法と向き合う位置に建っている。

「どうして象なんですか」

琢馬が聞くと、永暦公主がまたニッコリと微笑んだ。

「それは、すぐおわかりになります」

琢馬は、噴水に興味をそそられていたが、無道と和倉には、そうした風流心などないようであった。

無道大河は、石屏風の前のベンチにどっかりと腰を下ろして、ふんぞり返った。

「まあ、あんたが永暦帝の子孫だろうが、公主様だろうが、別にかまやしねえし、ここが円明園のマネをしていようがいまいが、俺にはどうでもいいことだ。しかしなあ、あんたは、剽檄麟がどういう野郎かを知っていて、今回の件を引き受けたのか。あんたはとんだ厄介者をしょい込んだことになるんだぜ」

「はい、知っています。中国人でありながら、罪もない中国人を大勢殺す鬼畜のような人間。いえ、けだものといった方がいいでしょうね」

永暦公主は、美しい顔の眉間に皺を寄せ、厳しい声を放った。

「しかも、きれいな女を見れば、見境なく襲い掛かってくる」

「それも知っています」

「へえ、そうかい。そこまで知っていて、どうしてあんな剽を引き受けた。さっきはへばっていたから、あっさり寝室へ引っ込んだが、元気になると、あんた、ただじゃあすまねえぜ」

無道がいやらしい笑みを浮かべ、公主が、それを真正面から見返していると、風巻顕吾が割り込んできた。

「そんなことはさせませんよ」

「さあて、そううまくいくかな」

無道が、今度は射抜くような目を風巻に向ける。それで、無道と風巻が睨み合うことになった。

するとその時——。

なにやら大きな物音がして、それと共に大きな喚き声も響いた。中国語だ。しかも、剽轍麟の声ではないか。

「お待ち下さい、お待ち下さい」

と、やはり中国語で狼狽したような声も聞こえてくる。紫仙館の玄関がある方角からだ。

しかし、観象法の石屏風の前にいた琢馬たちには、象水法の西洋風建物が邪魔になって、玄関が見えなかった。そのため、琢馬たちは、ピラミッド形をした噴水の側まで行ってみた。

やはり剽轍麟であった。長身のルキアンチコフと中背の郭岐山を従え、小柄な鼠鬼将軍が玄関を出て、こちらへ向かっている。三人とも軍服姿だ。

「俺をこんなところへ呼んだヤツはどこにいるんだ！」

と、剽轍麟は、顔を真っ赤にして喚いていた。それを使用人の男が止めようとしていたのだ。さっき琢馬たちに台湾茶を持ってきた男ではない。

剽轍麟は、すっかり元気になっていた。皺に埋もれかけた目が異様にギラギラと光っている。

「あいつ、阿片を吸ってきたな」

と、無道大河が呟く。

たぶんそうなのだろうと、琢馬も思い、そのただならぬ形相にうろたえていたが、永暦公主は、全くためらう素振りを見せずに、前へ出ていった。そして、

「かまいませんから、あなたは下がっていなさい」

と、使用人に告げる。使用人は、言われた通りに引き下がった。

剽檄麟は、ポカンとした表情で公主を見ていた。

永暦公主は、やはりためらうことなく、そちらへ一歩二歩と近付き、

「まあ、将軍様！」

と、明るい声を掛けた。

「お身体の具合がどうか、お見舞いに伺おうと思っていたところでしたのよ。もうよくなられたのですか」

ついさっきはけだものとまで罵倒して嫌悪の表情さえ浮かべていたのに、そんなことなど微塵も窺わせない豹変ぶりである。しかも、流暢な中国語であった。

「お前は――」

と、剽檄麟が聞いている。

「私が将軍様をお招きした者です」

剽檄麟は、もともと出ている前歯をさらに剝き出しにして、醜い笑みを浮かべた。

「そうか、わしを呼んだのはお前か。なるほど、日本軍はわしのためにいい女を用意してくれたようだな。わしのどの愛妾よりも遥かに美しいではないか」

剽檄麟は、血走った目で永暦公主を睨み、剝き出しにした前歯からは涎《よだれ》を垂らして駆け寄ってきた。

そして、短い腕を伸ばし、公主のチャイナドレスを摑むと、それを一気に引きちぎったのである。あの小さな身体のどこにそんな力があるのかと思わせるほどの強さであった。

永暦公主は、さっと身体を引き、胸を手で覆った。それで衣装がちぎれたところを隠している。

それでも、動揺している素振りはなかった。むしろ堂々としていて、

「お戯れはおやめになって下さい」

そう毅然とたしなめている。

しかし、剽檄麟が、聞く耳を持っているようには見えなかった。

「これなら愛妾たちが少しくらい遅れても退屈しないですみそうだ。さあ、こっちに来い。存分に楽しませてやろう」

と、ますます興奮を露にして、来るのを待つどころか、飛び掛かろうとしている。鼠鬼将軍が猫となって、公主をいたぶっている感じだ。

永暦公主が、今度は一歩二歩と下がり始める。

剽檄麟の二人の従者が主《あるじ》を止めるわけはなく、無道と和倉も楽しげに眺めているだけであったため、琢馬は、勇を鼓して助けに行こうとしたが、その前に、風巻顕吾が、公主と剽檄麟の間に割って入った。

「やめなさいと言っているのがわからないのか」

と、険しい声を放っている。

「なんだとお！　わしの邪魔をするな！」

剽檄麟は、風巻を突き倒そうとした。しかし、その短い腕は簡単に摑まれ、

「痛い、痛い！」

風巻が、それほど力を入れているようには見えないのに、泣き喚くような悲鳴を上げている。そし

て、風巻が、手を離して突き飛ばすと、無様に尻餅をついた。

「何をするんだ」

剽檄麟を助け起こした郭岐山が、毒々しい目で風巻を睨んでいる。

これに対し、ルキアンチコフは何もしなかった。相変わらず酒瓶を傾け、ヘラヘラと笑っているだけだ。琢馬は、その酒がブランデーであることを、ここへ来るまでの間に知っていた。

剽檄麟は、そんなルキアンチコフに、

「あいつを、あいつを殺せ！」

と、風巻を指差しながら喚いた。

長身のロシア人は、ゆっくりと酒瓶をポケットにしまうと、ヘラヘラと笑ったまま、風巻に近付き、摑み掛かってきた。

背丈はロシア人が風巻を圧倒していて、そのうえ力もかなりのものであった。風巻が吹っ飛ばされたのだ。風巻は、石屏風に激突して、倒れてしまう。

「風巻があっさり飛ばされるとは、なんてつええんだ」

和倉が呆気にとられていた。

しかも、ルキアンチコフは、石屏風の前にあったベンチの一つを持ち上げている。三、四人が並んで座れるベンチは鉄製で、相当に重い筈だが、それほど苦労しているようには見えない。まだヘラヘラと笑っているのだ。その分、余計不気味に見える。

ルキアンチコフは、ベンチを頭の上にまで差し上げ、倒れた風巻に近付いていった。琢馬は、なんとかしなければと思ったが、身体が竦んで動けない。

女性である永暦公主の方が遥かに勇敢であった。

「やめなさい！」

と、声を張り上げ、衣装の裂け目が露になるのもかまわずに駆け寄ろうとする。

それを、

「ダメです」

と、風巻が止めている。

いったいどうなるのか。琢馬がハラハラしていると、前庭にエンジン音を響かせながら三台の車が入ってきた。琢馬たちがここまで乗せてもらったキャデラック・ツインシックスだ。先頭の車が大きくクラクションを鳴らし、スピードを上げてルキアンチコフの方へ突っ込んでくる。これには、ヘラヘラと笑っていたルキアンチコフも真顔に戻り、ベンチを車に向かって放り投げると、慌てて飛び退いた。

先頭の車は巧みなハンドル捌きでベンチを避け、派手な音を立てて落ちるベンチを尻目に、琢馬たちのすぐ側で停まる。そこから三人の人間が降りてきた。一人は、琢馬が乗った車の運転もしていた背の高い使用人で、残り二人は軍服を着ている。

「何をしている！」

そのうちの一人が鋭い声を放った。

陸軍の将校で、階級章からすると少佐だ。もう一人は少尉である。

残りの車も慌ただしく停まり、そこからは運転手の他に五人の兵が降りてくる。

少佐は、永暦公主のもとへ行き、無惨に裂けたチャイナドレスを見て、

「大丈夫ですか」

と、労《いたわ》りの声を掛けている。

「ええ、大丈夫です」

公主は、はっきりとした声で答え、

「それよりも――」

と言って、風巻の方へ気遣いを見せた。

風巻は、琢馬が駆け寄るよりも先に、自分で立ち上がっていた。

「私も大丈夫です。ちょっと油断をしました。申し訳ない」

と、苦笑めいたものを浮かべている。

その時、

「危ない！」

と、永暦公主が叫び、少佐を脇へどかした。

そこへルキアンチコフが飛び込んでくる。少佐と公主の前には、少尉と兵と使用人たちが立ちはだかり、少佐が敢然と言い放つ。

「おとなしくしろ。ここは貴様たちが好き放題に暴れまわっていた山東ではない」

少佐も、中国語を使った。

しかし、もう笑っていないルキアンチコフは、目が怒りの色に燃えたぎっていて、少佐の言葉を聞くことなく、さっき投げ捨てたベンチのところへ行き、また持ち上げようとしている。

「如何しましょうか」

と、少尉が日本語で聞いていた。

「かまわん。向かってくるなら撃て」

と、少佐も日本語で応じる。

少尉の命令で、五人の兵が持っていた拳銃を構えた。琢馬と風巻、公主に使用人たちは、その背後に逃れる。傍観者であり続けている無道と和倉は、修羅場からやや離れたところにいたままだ。剽檄麟は、郭岐山に助け起こされたままで、二人とも固まっている。

一方、ルキアンチコフは、動きを止めることなくベンチを持ち上げた。白い顔が真っ赤になり、正に赤鬼である。そして、少佐たちの方へ向かってこようとしている。

「撃て！」

と、少尉が命じた。

兵たちが一斉に発砲し、ルキアンチコフの身体がガクンガクンと何度も揺れて、ベンチがまた落ちた。しかし、ルキアンチコフは、倒れずになおも進み続けている。

（こいつも阿片を吸ったのか。それともブランデーであゝなるのか）

と、琢馬は戦慄する。

「撃て！」

再度少尉が命じ、また発砲。それでも、ルキアンチコフは迫ってきて、軍人たちの方へ摑み掛かるかのように手を伸ばし、

「撃てぇ！」

少尉がほとんど絶叫した三度目の発砲で、ようやく前のめりに倒れた。

兵の一人が恐る恐るといった感じで、ロシア人の身体を足で蹴り、動かないのを見て顔を覗き込み、

「死んでいます」

と報告する。

それを聞いて、少尉が声を震わせた。

「なんてヤツだ」

「本当に化け物みたいだな」

と、少佐も呻くように言っている。

琢馬も、ホッと息をついていた。

一方、剽檄麟は、無惨な部下の最期を見て、ようやく呪縛が解けたようであった。また猛然と喚き出す。

「な、なんてことをするんだ。日本軍はわしを匿ってくれるのではなかったのか」

少佐は、冷ややかな目で鼠鬼将軍を見つめ、

「匿って欲しければ女性への乱暴は厳に慎まれよ」

と、中国語で厳しい声を放った。

「たとえ日本の協力者であっても、私は、そのような者を認めない。もし聞き入れてもらえないのであれば――」

兵たちの銃が、今度は剽檄麟に向けられた。これには阿片中毒者もたちまちにして怯《ひる》んでしまう。

「わ、わかった。あの女には二度と乱暴しない。だから愛妾どもを早くここへ寄越してくれ」

「結局女か。あなたは自分がどうして中国を追われるはめになったのか、そのわけを考えないのか」

「それは裏切った部下とそいつを助けた連中のせいに決まっているだろう。しかし、勝敗は兵家の常。今回はしてやられたが、必ず再起を成し遂げ、この借りをきっちりと返してやる」

「つまり自分がこれまでやったことを悪いとは思わないのか」

「なんだと、わしがいったい何をした。わしは自分の領地を治めていただけではないか。そこをわしの好きにして何が悪い。他の連中だって、みな同じようなことをやっているんだ。みんな阿片を造り、自分に逆らうヤツは容赦なく殺す。それのどこがいけないんだ。しかも、わしは日本のためにいろいろと尽くしてきたではないか。工場のストは鎮圧してやったし、阿片もこいつらにやった」

と、無道たちを指差す。

「それに再起のことは諸墨中将が約束してくれたのだ。中将はお前より偉い！」

剽檄麟が、今度は短い指を少佐に突き付けてくる。

琢馬は、少佐がまた発砲を命じるのではないかと思ったが、少佐は、一転して表情をやわらげた。

「確かにあなたは、日本軍の資金のために芥子を栽培してくれた。これについては礼をしなければなりませんな。では、お礼の印として果物を進ぜましょうか」

「おお、果物、果物。食わせてくれ」

剽檄麟は、部下の一人が殺されたのを忘れたかのようにすり寄っていた。

阿片を吸うと、どういうわけか果物が欲しくなる。これは、琢馬も聞いたことがあった。

そこへ永暦公主も口を添えた。

「それでは台湾名物のバナナを持ってこさせましょう。私は着替えにまいりますので、高瀬《たかせ》さん、お願いします」

と、少佐の車を運転していた使用人に頼んでいる。

そして、永暦公主は、使用人たちを引き連れて館へ戻り、しばらくして、高瀬だけがバナナを皿に盛ってやって来た。

剽檄麟は、石屏風の前にまだ残っていた別のベンチにどっかと腰を下ろし、テーブルの上に載せられたバナナを猛然と食べ始めた。すると、剽檄麟が突然クラクラとなり、くずおれるようにして顔を皿の中へ突っ込ませた。そのまま動かなくなってしまう。

「どうした！」

無道大河が、慌てて駆け寄ったが、死んだわけではなさそうであった。小さな身体の背中が上下に動いていて、琢馬のところにまで、その身体に似合わない大きな鼾《いびき》が聞こえてきたのである。

「いったい何をした！」

無道が、例の目で少佐を睨み付けた。

「薬で眠ってもらっただけだよ」

と、少佐は平然と言い返す。

「薬だと——。剽将軍の部下を殺したばかりか、将軍を薬で眠らせるとは、いったいどういう了見だ。いくら軍人さんでも好き勝手が過ぎるんじゃないか。あんたいったい何者なんだ。諸墨閣下に報告させてもらう」

無道は、少佐に詰め寄っていた。諸墨中将の威光を精一杯笠に着た言い方である。

これに対し、少尉が進み出て、

「浪人風情《ふぜい》が口を慎まんか！」

と一喝した。

「ここにおられるのは塙照正《てるまさ》少佐だ」

「塙少佐！」

それを聞いて、無道は顔を引きつらせた。和倉も同じだ。

琢馬も驚いていた。

「塙少佐って、もしかして塙侯爵の——」

風巻の方へ振り返ると、そうだと言われた。

塙侯爵は、名を照道という。薩摩藩の出身で、中国語に堪能であったことから中国に関する任務に数多く就き、陸軍屈指の中国通として力を持つようになった。そして、甲午《こうご》（日清）と日露の両戦争で多大な武勲を立て、台湾経営にも功績があって、元帥・侯爵となったのである。

塙侯爵は、この時、七十八歳。なお矍鑠として往年の精気を失わず、陸軍の最高実力者として、軍のみならず政界・官界・財界にも多大な影響力を持っていた。

塙照正は、その侯爵の孫であった。しかも、侯爵の息子はすでに死んでいたため、侯爵家の跡取りでもあったわけだ。

(どうりで少佐にしては若過ぎると思った)

琢馬は、改めて塙照正を見た。

どう見ても、まだ二十代である。それで少佐にまでなっているのは、侯爵の威光によるものが大きいに違いない。しかし、ただのお坊ちゃんでもないようである。

顔は、欧米の映画に出てきてもおかしくはないほどの二枚目で、そのうえ、侯爵家の跡取りらしい気品を漂わせている。背も風巻や高瀬と変わらないほど高く、軍服を着ていなければ軍人とはわからないであろう。その軍服の着こなしも、貴族がパーティーに行く時の正装に見える。だが、それだけではなかった。顔の表情や物腰から、才気の迸《ほとばし》りを明らかに感じさせるのである。

琢馬も後に知ったことだが、実際、塙照正少佐は、侯爵の威光だけではなく、その才気で軍の逸材としても認められ、ワシントン会議にも随員として参加していたのである。今は台湾軍司令部に勤務しているということであった。

傍らの少尉は、同じく台湾軍司令部に属する里中久哉《さとなかひさや》であるという。こちらは、塙少佐よりいくらか年下のようで、身体付きも小柄であった。精一杯強面《こわもて》の表情を作っているが、顔にはまだ学生といっても通用しそうな青っぽさが残っていた。

「なるほど。侯爵様の御曹司か」

無道大河は、顔をまだ微かに引きつらせたまま、唇の端を醜く歪めた。

琢馬は、やはり後で知ったのだが、諸墨駿作中将は、かつて塙侯爵の副官をしていたのである。

三

祈藤財閥の本宅は、豪奢な建物だけではなく、敷地もかなり広かった。

結城琢馬は、洋館を出て裏手にまわり、森の中の道を歩いていた。細い小道のようなものではなく、自動車でも充分通れるほどの道幅がある。

まわりにいるのは、象水法と観象法での騒ぎに何らかの形で遭遇していた面々であった。風巻顕吾と高瀬が先頭に立ち、琢馬は、その後ろにいて、傍らに塙照正少佐と永暦公主が並んでいる。公主は、着替えをすませていた。あでやかなチャイナドレスではなく、ズボンを穿いた乗馬姿のような格好をして、手に四角い箱を持っている。

剽檄麟は、大鼾をかいたままで、荷物を運ぶ大八車に乗せられていた。それを里中少尉に指揮された五人の兵が動かし、傍らには郭岐山と他の使用人三人が付いている。使用人は、高瀬を含め、みな車の運転手もしていた者たちである。全員が高瀬と同じ格好をしていた。無道大河と和倉巌次は、一番後ろにいる。

そして、十分ほども歩いただろうか。森が途切れて開けた場所に出た。目の前には背丈の倍ほどもある石の壁がそそり立っていて、アーチ型の門が道幅を遥かにしのぐほどの大きな口を開けている。

琢馬たちは、門の中へ入っていった。大きな学校の運動場ぐらいの広さがあった。壁が円の形にまわりをぐるりと取り囲み、その真ん中辺りに建物がぽつんと建っている。他には何もなかった。従って、大部分が空き地のようになっている。

「あれがリュウサイデンだ」

塙照正が、中央の建物を指差し、

「こう書きますのよ」

と言って、永暦公主が、箱の中から紙を取り出し、琢馬に見せた。

そこには、
龍骰殿
と書かれている。

「龍は中国の皇帝を象徴するもの、骰とはサイコロのことだ」

と、風巻顕吾も口を添えた。

「サイコロか。それであんな形をしているんですね」

琢馬は、建物をしげしげと見た。

高さも幅も奥行きも同じ真四角の形をしている。確かにサイコロである。しかし、完全な方形をしているわけでもなかった。瓦の載っていない屋根部分には突起がある。それも五つ。扉側の両隅と真ん中、扉とは反対側の両隅にあり、全体の大きさは大人の頭を二つ重ねたぐらいで、奥行きも大人の頭ほどある。

「屋根にある五本の突起は龍の五本爪を表わしている。五本爪の龍は元《げん》の時代以降、皇帝しか使えないことになっている」

と、これも風巻が教えてくれる。突起は花びら状の形をしていて、鋭く尖った先端は、龍の鉤爪に見えないこともない。

そして、龍骰殿の壁は、向きによって色が違っていた。

琢馬たちが近付いていくと、色が違っていた壁は、上から幕ですっぽりと覆っているものだとわかる。風巻が、幕を少しだけめくってくれたので、幕の中は石の壁になっていて、建物全体は紫仙館と同じ石造であることがわかった。

「幕の色は四神を表わしている」

と、風巻が言った。

琢馬も、四神は知っている。東は青い青龍、西は白い白虎、南は赤い朱雀、北は黒い玄武に守られているという思想だ。幕の色は、東西南北がそれらと同じ色をしていた。

「そして、四神に守られた中央には黄龍がいるということなので、ここからは見えない上の部分は黄色になっている」

と、風巻が続ける。

実際、建物本体とつながった石造の突起は黄色に塗られていた。幕は、その部分に穴が開けられていて突起を通し、幕がずれない役目も果たしているという。正面の赤い南側に木の扉があり、それは開けられていたので中を覗くと、天井も壁も床も、やはり石でできていた。しかし、中には何もなかった。

風巻に聞くと、扉は正面だけで窓は全くないということであった。ただ扉と向き合う奥の壁には、四隅と真ん中に穴が開けられているという。扉口から覗いても、穴があることは充分にわかった。

「中国では古来より天は円形をして地は方形をしていると考えてきた。つまり天円地方だ。日本で地方といえば都の外にある地域を指すが、これはその語源でもある」

と、塙照正が説明した。

「丸い壁の中に方形の建物があるこの場所は、その天円地方を表わしている。そして、龍骰殿に五つの穴が開いているのは五行を意味している」

琢馬も、五行は知っている。万物は木火土金水の五つの元素で成り立っているという、やはり中国古来の考え方で、これは日本の陰陽道にも使われている。

塙照正の指示を受け、五人の兵が大八車から剽轍麟の小さな身体を担ぎ上げて、龍骰殿の中に運び入れた。北側を頭にして剽轍麟が床の上へ寝かされる。寝かされた剽轍麟の頭と足先から壁までは、人一人がなんとか立てるほどの間隔しか開いていない。

突起が関係ない龍骰殿の内部は、完全な方形なので高さも同じである。龍骰殿は、それだけの広さしかなかった。そのため、琢馬たちは、入ることができずに扉の外から見ていた。

龍骰殿の中で兵たちは、剽轍麟を床に縛り付けていた。床に突起物があるらしく、その穴へ縄を通しているようだ。大の字というよりは×のような形に縛られ、縄の先がまだ随分と余っていた。剽轍麟は、ずっと鼾をかき続けている。

兵たちが出てくると、風巻が扉を閉め、里中少尉が扉に南京錠をしっかりと掛ける。

塙少佐が、その鍵を琢馬へ渡すように言った。

「君が一番信用できそうだ」

と、穏やかな笑みを向けてくる。

そして、無道と和倉に対しては、

「彼から無理やり鍵を取り上げて、剽を助けに来ても無駄だ。その時は容赦なく撃つ」

と、釘を刺した。

兵たちが、拳銃をカチッと鳴らす。

「いったい何をするつもりなんです」

無道大河が、険しい表情で塙少佐に詰め寄った。

塙照正は、涼しい顔で逆に聞き返した。

「君は龍骰殿の話を知らないのか」

「そんなの、知りませんな」

無道は、そっぽを向いていたが、琢馬も、知らなかった。

すると、永暦公主が、今度は箱の中から薄い書物を取り出して、琢馬たちに見せた。表紙に『乾隆魔象』と書かれている。

「後でお渡ししてもかまいませんが――」

と言って、公主は、その内容を話してくれた。

琢馬は、それを聞いて、ハッと思い当たった。

「それじゃあ、観象法の石屏風に描かれていたのは――」

「『乾隆魔象』の一場面を表わしたものです」

「噴水に象を使っていたのも、それに因んでのことですか」

「はい」

永暦公主は、ニッコリと笑って琢馬を見ている。

琢馬が、思わず顔を火照らせていると、塙少佐が、郭岐山に向かって言った。

「つまり中国を苦しめる者を龍骰殿に閉じ込めると、龍骰殿に宿る龍が五つの穴から五行の気を呼び入れ、中にいる者の身体を切り裂くというのだ。天罰のようなものだな。中国ではよく知られている話だと聞くが――」

剽檄麟の腹心は、身体を震わせていた。教養人といわれるだけあって、この話を知っているようだ。

一方、無道大河は、馬鹿にしたような顔を相手に向けていた。

「天罰だなんて、そんなことが起こると本当に思っているんですかい。どうせ『乾隆魔象』とやらもただの作り話でしょうが――」

琢馬も信じられなかった。イギリスの副使が殺されたという話も聞いたことがない。

しかし、塙少佐は動じなかった。

「だから、それを確かめようとしているのだ。剽檄麟は、紛れもなく中国の人々を苦しめている」

少佐の言葉を受けて、永暦公主が、無道と和倉と琢馬、それに郭岐山の四人に紙を渡した。どの紙にも、龍骰殿と書かれている。そこへ各人が署名をするよう墨に浸した筆も渡され、四人は、それぞれの紙に名前を書いた。そして、それを使用人たちが木の扉とそのまわりを囲む木枠にまたがる形で貼っていく。扉のところは幕が掛からないようになっていた。

全ては『乾隆魔象』の話と同じである。

「さあ、これで扉が開けられたりすれば、紙が破れてわかることになる。もし紙がそのままで中の剽轍麟が死んでいれば、正しく天罰だということだ」

それから琢馬たちは、扉とは反対側の黒い北壁に開いている五行の穴を見にいった。さっき風巻が言った通り、壁の中央と四隅に開いていた。その部分も幕はくり抜かれた形になっていて、穴に掛かっていない。どの穴も五本の指が入るかどうかという程度の大きさで、拳まで通ることはなかった。

「君は紫微《しび》のことを知っているかね」

塙少佐が、無道大河に向かって、そんなことを聞いた。

「紫微？　知りませんねえ」

無道は、それがどうしたという感じで答えている。

「君は長く大陸にいながら紫微のことも知らないのか。君はどうだ」

塙少佐は、和倉に矛先を向け、和倉も首を振ると、琢馬に聞いてきた。

「中国では北の空に天帝がいると信じられ、天帝の宮殿があるところを紫微といいます。だから北の方角が重視されるんです」

「紫微までご存知とは、さすがですわね」

と、永暦公主が、華やかに微笑み、塙照正に時計塔の回廊で交わされた話の内容を伝えた。

「なるほど――」

少佐も、琢馬に笑顔を向けてきた。

そして、

「彼の言う通りだ」

と、称賛めいた言葉を掛け、説明を続ける。

「北京にある帝宮が紫禁城と名付けられているのも、紫微からきていて、北の方角から南を向くように建てられている。天子は北に座して南面するという考え方も紫微からきた考え方だ。そして、この考え方は日本でも使われ、内裏の正殿を紫宸殿《ししんでん》といい、同じように南を向いている。祈藤智康氏がこの洋館を紫仙館と名付けたのも同じことだ」

「――」

「従って、紫仙館も南を向き、その裏手から真っ直ぐ続いて紫仙館の真裏に位置する龍骰殿も、やはり南を向いて、五行の穴は北の壁に開けられている。このことは幕の色が示している通りだ。君たちも大陸に長くいるなら、中国人の基本的な考え方ぐらいは知っておくのだな」

「けっ。龍が宿って五行の気を呼び入れるだけじゃなく、北の空に天帝がいるなんて、そんなことが信じられるか」

無道大河は、ふてくされたようにますます顔をしかめている。

　すると、この時――。

　ズウウウーン！

　という鈍い音が轟いて、大地が揺れた。

「砲声じゃないか」

　和倉が、遠くを見つめながら言った。

　これに対し、

「今日はこの近くで台湾軍が夜通しの演習を行う。少し寝づらいと思うが、我慢してくれ」

　と、塙少佐が、なんでもないことのように答える。

「さっき軍が要人警護のため駐屯することもあったと言ったでしょう。そこでやっているんです」

　と、風巻も付け加え、無道の顔が、さらに険しくなっていた。

　琢馬たちが洋館へ戻ってきた時、日はほとんど沈みかけていた。琢馬たちは夕食を振る舞われ、それぞれに客室を宛がわれて、そこへ入った。高級ホテル並みの立派な客室であった。

　しかし、砲声が本当に一晩中続き、途中からは間断なく連続で響くという状態になったため、琢馬は、全く眠ることができなかった。他の人たちもそうではなかったかと思う。琢馬は、鍵をしっかりと握ったまま客室の窓からぼんやりと外を見つめていることが多かった。

　そして、朝を迎え、琢馬たちは、再び龍骰殿まで行ったのである。

　扉に異常は見られなかった。しっかりと閉まったままで、南京錠も掛けられ、封印の紙も貼り付けられている。

しかし、龍骰殿をまわってみて、北側の壁まで行った時、異変が感じられた。五行の穴から異臭が漂っていたのだ。

「これは――」

と、無道大河が呻いて、和倉と顔を見交わしている。

琢馬が風巻へ鍵を返し、風巻によって南京錠が外されると、兵たちが紙を剝ぎ取り、扉が開けられた。異臭が一気に押し寄せてくる。そして、中を覗き込むと、

「うわあっ！」

と、和倉が叫んで、大きくのけ反った。

琢馬は、声を上げなかった。上げられなかったのだ。口がワナワナと震え、それが顔から全身へと伝わり、身体中が震え出すのを抑えることができなかったのである。それでも、目は龍骰殿の中へ釘付けとなっていた。

そこでは、なにやら黒いものが散乱していた。目を凝らして、それが剽檄麟だとわかる。剽檄麟は、手足をバラバラにされていた。その手足が散乱していて、手足や身体の至るところが黒く焦げていたのである。どうやら火が点いたらしい。

顔はほとんどそのままであったが、恐ろしいまでの苦悶に表情が歪んでいた。血や肉片らしきものが壁や床や天井のあちこちに飛び散っているようである。

火によって縄もかなり燃えていたが、他にもおかしなことがあった。龍骰殿の中には、木の枝や鉄の欠片、それに土が落ちていたのだ。そのうえ、死体や床に濡れているところまであった。つまり燃

えた痕と合わせ、木火土金水が揃っていたのである。

これも、昨日聞かされた『乾隆魔象』の話と同じではないか。

「あわわわわ」

昨日からすっかり脅えていた郭岐山は、腰でも抜かしたのか、地面の上にべったりと座り込んでしまう。

しかし、塙照正と風巻は、平静であった。それればかりか、永暦公主も、恐れる風を見せずに、中の無惨な有様にじっと目を注いでいる。そして、冷ややかな声で告げた。

『乾隆魔象』の話は決して根拠のないものではなかった。イギリスの副使が殺されるようなことはなかったとしても、龍骰殿にそうした力があることは本当だったのです。『乾隆魔象』は、それをもとに創られたといっていいでしょう」

「それじゃあ、これは天罰！」

和倉が、喘ぐように言葉を絞り出した。

永暦公主の声が、冷厳さを増す。

「無辜の民を大勢殺してきた報いが天から下されたのです」

琢馬は、山東の村で見た無惨な死体の数々を思い出さずにはいられなかった。五体満足な死体などほとんどなかったあの惨状。今の剽檄鱗の姿はあれと同じだ。正に自らの所業の報いとしか思われない。

しかし、無道大河は、納得できないようであった。

「そんな馬鹿なことがあるわけないだろう！」

と喚いている。

これに、塙少佐が、やはり冷ややかな声で応じた。

「龍骰殿へは誰も入ることができなかった。それは君も認めるだろう」

「諸墨閣下にどう報告すればいいんだ」

「見たままを言えばいいではないか」

「信じてもらえる筈がない」

「それなら私も行こう。諸墨中将には、私の祖父――侯爵閣下の考えも聞いてもらわねばならない」

「侯爵閣下の？」

「そうだ」

「てことは――」

「今回の件は侯爵閣下もご承知である。だから、海軍の巡洋艦が大連まで行ってくれたのではないか。私に、そこまでの力はない」

「――――」

塙侯爵が認めているとなれば、無道大河もさすがに口をつぐむしかないようであった。

琢馬は、この時になって金縛りが解けたかのように、ようやく龍骰殿の中から目を離すことができた。以前の時のようによくしゃがみ込まなかったものだと、自分に感心していた。

大きく息をつき、背後を何気なく振り返る。そして、ハッとした。龍骰殿を囲んでいる円形の壁の門のところに人影が見えたのだ。琢馬が振り向くと同時に壁の向こうへすぐに隠れたが、満州族の格好をしているように見えた。

琢馬は、

「あっ」

と、声を上げていた。紫仙館へ来た時、時計塔の回廊にいた人物と同じだ。やはり皇帝の格好をしているように思われてならない。

琢馬の隣では、郭岐山も、

「あっ、あっ――」

と、言葉にならない呻き声のようなものを繰り返しながら、へたり込んだまま門の方を指差していた。どうやら同じものを見たらしい。

「どうした」

と、無道大河に聞かれ、琢馬は、今見たことと前に見たことを話した。

「満州族の、それも皇帝の格好をしたヤツだと」

無道の目配せを受け、和倉巌次が門のところへ走っていったが、誰もいないと言って戻ってくる。

「ここにそんなヤツがいるんですかい。いったい誰なんです」

無道は、険しい表情を塙照正に向けた。

これに答えたのは、永暦公主であった。

「乾隆帝でしょう」

落ち着き払った声で、さらりと言ってのける。

「なにい！　乾隆帝だと――」

無道の表情が、ますます険しくなった。

「乾隆帝はとっくの昔に死んでいる。生きて、ここにいるわけがないだろう」

「たとえ昔に死んだ人でも時を超えて後の時代に現われることがあるのです。それとは逆に現代の人間が過去へ行くこともあります」

「そんな馬鹿なこと、本気で言っているのか。頭おかしいんじゃねえか」

無道は、魁偉な顔をぐいと突き出し、今にも怒りを爆発させかねない形相になっていたが、永暦公主の態度は変わらなかった。

「さっきも馬鹿なとおっしゃいましたが、実際、誰も入ることのできない建物の中で人間の身体が切り裂かれていたではありませんか。今回のことだけではありません。去年、円明園でフランス人の死体が発見されたことは、私も聞いています。フランス人の従者は、過去の円明園に行き、そこで主人が乾隆帝に殺されたと言っているそうですね」

「――」

「この世にはあり得ないと思われていたことが起こる場合もあるのです。龍骰殿は、乾隆帝が考えたものといわれています。そして、紫仙館も乾隆帝が建てさせた遠瀛観に模したもの。ここに時空を超えて乾隆帝が現われたとしてもおかしくないとは思いませんか。乾隆帝は、中国の民を苦しめている非道な輩《やから》の最期を見届けに来たのです。いえ、もしかしたら、これも乾隆帝自らがやったことなのかもしれません。中国の民を苦しめる者はたとえ同じ中国人であっても許さないという乾隆帝の決意の表われです」

永暦公主の口調は、どこまでも毅然としていた。無道の形相にも全く怯むことなく、涼やかな目で相手を真っ直ぐに見返している。からかっているようには、とても思われない。

「くっ――」

無道大河は、ここでも言い返すことができなかった。

確かに信じ難いことだが、剽檄麟が誰も入ることのできない建物の中で身体を引き裂かれていたのは事実であり、ジャンルカ・ゲロの従者が過去へ行ったと証言していたのも本当なのだ。

(もしかしたら、本当に時間を行き来するということが起こっていたのかもしれない)

結城琢馬は、そう思ったのである。

第三章　時の魔女

一

塙照正少佐は、その言葉通り、自ら北京へ赴くことにした。

数日後には紫仙館を発ち、列車で基隆港まで行って、そこから今回は、民間の客船に乗った。

琢馬たちも、これに付いていった。諸墨公館の浪人だけではなく、風巻顕吾と里中久哉少尉、郭岐山、それに、永暦公主も同行している。

その船で――。

「うわあああ！　ぎやあああ！」

一等デッキに奇声が響いていた。

「だから外へ出すなって言っただろうが」

と、和倉巌次が叱り、結城琢馬は、神妙に頭を下げていた。

「すいません。ちょっと目を離した隙にやられちゃって――」

「いつまでもそんなのを読んでるからだよ」

琢馬は、公主に渡された『乾隆魔象』を手に持っていた。言葉は随分わかるようになったのだが、文字を読みこなすのはまだまだであったため、時間が掛かっているのである。

「こんなのほっといて、早く捕まえろよ」

和倉は、琢馬の手から『乾隆魔象』を取り上げようとして、紙がビリッと破れてしまった。

「あっ！　なんてことを——」

「知るか！　それよりもあっちだ」

と、和倉は、奇声の主《ぬし》を指差した。

それは、郭岐山であった。

「け、けけん、りゅう、ていだあああ。象が、象が来るううううう！」

と、喚き続けている。

琢馬は、『乾隆魔象』を取り敢えず近くに置き、郭岐山と向き合った。しかし、小柄だった剽檄麟ならともかく、郭岐山は手に余った。

結局、

「仕様がねえなあ」

とぼやいて、和倉が取り押さえることになった。

「とっとと連れ戻せ」

そう言って、無道大河が、船室の方へ顎をしゃくる。

まわりにいる他の船客たちは、脅えた様子で遠巻きに見つめているだけだ。

琢馬たちは、一等船室に部屋をとっていた。侯爵の孫である塙照正の威光というよりは、祈藤財閥の当主である永暦公主の力によるところが大きい。この船会社にも、祈藤財閥の資本が少なからず入っていたのだ。台湾とかかわりを持つ企業に、祈藤財閥がかかわっていない事例を探す方が困難であろう。

和倉と二人でなんとか郭岐山を部屋へ担ぎ込むと、無道大河が冷たく言い放った。

「阿片をどんどん吸わせておけ。廃人になったってかまわねえよ。もう役には立たねえんだから——」

剽檄麟の無惨な最期を見てからというもの、郭岐山は、こんな感じになってしまったのである。主の無惨な姿と乾隆帝らしき人影を見たことが､彼の理性と精神の均衡を吹き飛ばしてしまったらしい。阿片を吸うと少しは落ち着くようで、そのため主に劣らぬ中毒者になりかけている。

気は進まなかったが、琢馬は、郭岐山に阿片を吸わせた。剽檄麟が使っていた——いや、生きていれば、これから使おうとしていた阿片だ。

無道大河は、気乗りのしない琢馬の様子を見て、例の射抜くような目で睨み付けてきた。

「お前は阿片を嫌っているようだが、台湾でも阿片は売られているんだぜ。日本の国内は禁止なのにな。だから、あの公主とかいう女の贅沢な生活も、そのいくらかは阿片の利益で成り立っているんだ。ようく覚えておけ」

そして、郭岐山がおとなしくなってくると、

「今度はぼやっとするなよ」

和倉が、そう言い捨て、無道と二人で部屋を出ていこうとした。すると、ドアのところに風巻が立

っていた。

「だいぶ悪いようですね」

風巻は、部屋の奥にじっと目を注いでいる。

「ちょうどいいところへ来てくれた。お前もあいつを見てやってくれ。坊や一人じゃ頼りなくてなあ。顕兄さんというからには、お前、あいつの保護者なんだろう」

和倉の皮肉たっぷりの言葉に、無道も笑い、二人は、風巻の脇を通り過ぎようとしたが、

「申し訳ない。俺が来たのは、琢馬を呼ぶためなんですよ」

「なんだと」

「塙少佐と公主様が昼食を是非彼も一緒にと――。もし俺でダメだったら、次は里中少尉が呼びに来ると思いますよ」

「くっ」

和倉は、無道大河と顔を見交わし、無道が、不承不承に頷く。

それで、琢馬が部屋を出て、無道と和倉が残ることとなった。

食堂へ行き、塙少佐と永暦公主、里中少尉がいる席に、琢馬は、風巻と一緒に座らせてもらった。少佐と少尉は軍服、永暦公主は、チャイナドレスである。但し、以前の深紅ではなく、白地に淡い花模様をあしらったおとなしめのドレスだ。

琢馬は、まずページの一部が破れた『乾隆魔象』を差し出して、永暦公主に謝った。

「まあ、そうでしたか。でも、これは塙少佐の持ち物なんです」

琢馬は、少佐にも謝る。

「悪気があってこうなったわけではなし。別にかまわないよ」

塙照正は、鷹揚に笑いながら『乾隆魔象』を受け取った。

「それにしても、郭氏は相当に悪いようだね」

琢馬が正直に様子を伝えると、永暦公主が、はっきりと言った。

「彼が剽檄麟の部下となった経緯には同情するところもありますが、あれも天罰といえるでしょう」

そして、

「どうします」

という塙少佐の問いには、

「大連に着いたら、軍から病院を紹介して下さいませんか。あのままにしておくわけにはやはりいきません」

と答える。

「そうですね」

永暦公主は、琢馬を真っ直ぐに見つめてきた。

「私は、剽檄麟のような軍閥を憎み、それを支援する日本にも強い反対の思いを持っていますが、私も偉そうなことは言えないのです。お聞きになっていると思いますが、台湾でも阿片は売られ、祈藤産業は、それにかかわっています」

台湾では、日本の国内並みに阿片の厳禁策をとると、中毒者の苦痛が甚だしいため、徐々に減らしていく漸禁策がとられていた。阿片は、台湾総督府の専売となっていて、その財政を潤すことに貢献し、総督府の商業活動を担っている祈藤財閥も、これにかかわっているのだという。

「このことについての言い訳はしません。しかし、私は、いつか阿片が根絶されることを願っています。厳禁策よりも漸禁策の方が現実的だとは思いますが、どちらをとるにせよ、阿片を根絶しなければ中国に明日はない。ですから、そのためにも阿片を手っ取り早い金儲けの手段としている劣悪な軍閥と、それを支援する帝国主義の国は排除しなければならないのです」

真摯な目で、公主は、琢馬を見つめ続けた。

「ですが、残念ながら、今のままでは劣悪な軍閥を支援する帝国主義の国に日本が含まれています。私は、日本がそうした軍閥と早く手を切り、日本がこれまでに得た権益も全て返還すべきだと思っています。台湾も韓国もそうです」

琢馬は、公主の落ち着いた物言いの中に熱い気迫を感じ、その迫力に茫然としてしまった。すると、ガタンと音がして、里中少尉が椅子を後ろに引き、腰を上げようとしていた。まだ学生臭さが抜けきらない童顔が真っ赤で、今にも噴火しそうな形相になっている。

それを、塙少佐が制していた。

「公主の血の半分は中国人なのだ。わかってあげたまえ」

「し、しかし――」

里中少尉は、明らかに不服そうであった。

「そうした権益は日本軍が多くの血を流して獲得したものではありませんか。それを手放せと言われるのですか」

　里中少尉は、ほとんど泣きそうな顔になっている。

　塙少佐は、静かな笑みをたたえて、やんわりとたしなめた。

「里中君。君は日本のどこかが、たとえ小島一つであったとしても他国に奪われたとして、それを我慢することができるか」

「できません。できるわけがないではありませんか」

「そうだろう。そして、その思いは日本人だけのものではなく、どの国の人間も等しく持っている。自国のものを奪われて喜ぶ国民などどこにもいないのだよ」

「ですが、今の中国に自国を守る力はありません。日本が手を出さなければ、みんな西洋諸国に奪われてしまうだけです。なにしろ日本はアジアで唯一の一等国なのですから、日本の力でアジアを守らなければならない」

「それは思い上がりというものだよ。日本だってロシアを打ち破るまではいつ西洋の植民地になるか、わからないような状態だったではないか。まだ二十年前のことだ。それを忘れてはいけない。その逆でいえば、ロシアは日本に敗れるまで世界最強国の一つだった。それが日露戦争の敗北から二十年足らずで社会主義のソ連になってしまった。今の日本は確かに世界の一等国となったが、だからといって未来永劫一等国であり続けられる保証はないのだ。現に中国も乾隆帝の時代は紛れもなくアジアの最強国だったのに、乾隆帝の死から阿片戦争に敗れるまで四十年余りしかかかっていない。おごれる者は久しからずだ。自分たちの欲望だけを押し通していては、いつか坂道を転げ落ちてしまうことになりかねない。私はそう思っているのだよ」

塙少佐の話を聞いて、琢馬は、思わず風巻の方を見ていた。歴史には波がある、栄え続ける国もなければ、衰えてばかりの国もない。紫仙館での風巻の言葉と相通じるものがあるではないか。

ちょうど食事が運ばれてきたこともあって、里中少尉も口をつぐみ、琢馬たちは食事を始めた。料理は洋食であった。紫仙館で何度かご馳走になったとはいえ、琢馬は、ナイフとフォークにもマナーにもまだ全く不慣れだ。里中少尉も同じで、共に四苦八苦している姿を見て、琢馬は、同病相憐れむような笑みを向けたが、少尉からはムッとした表情を返されただけであった。

思わず首を竦めていると、塙照正が琢馬に尋ねてきた。

「ところで君はどうして大陸へ渡ろうなどと思ったのかね」

琢馬は、これも正直に答えた。

「なるほど、それで中国のこともよく勉強したというわけか。だが、今いるところは君の望みをかなえてくれているのかね」

「それは——」

琢馬は、言葉に詰まってしまった。

「どうやら、かなえられているわけではなさそうだね」

琢馬は、風巻を見た。

風巻が、徐《おもむろ》に口を開く。

「俺も諸墨公館ではいろいろとやった。無道さんや和倉と組んで、親日派の軍閥と対立している相手の宿営地に火を放ったり、井戸に毒を投げ込んだり、向こうが移動に使う列車の線路を爆破したこともあった。それと、向こうが売りさばこうとしていた阿片を強奪したことも——。無道さんと二人で、相手の親玉を屋敷ごと吹っ飛ばしたこともあったな」

「——」

「とにかくひどい軍閥が多かった。だから、その軍閥をやっつけることは日本のためだけでなく、中国の人々の役にも立っていると思っていた。しかし、何のことはない。日本が支援している軍閥も同じような連中ばかりだった。しかも、俺は、剽檄麟のために女をさらってきたこともあった。剽が抱えていた何十人いるかわからない妾の半分ぐらいは、俺たちが世話したんだ。剽の芥子畑から作った阿片で俺たちが養われていることも知った」

「——」

「俺はこうした実態を知るにつれ、与えられた任務を素直に実行できなくなっていった。特に抗日運動の活動家を拉致・殺害した時などはそうだ。彼らの中には中国の行く末を真剣に悩み、なんとかよくしようと考えている連中が多かった。それを考えているからこそ抗日になったといった方がいいだろう」

　琢馬は、チラッと里中少尉の様子を窺った。

　里中少尉は、必死に自制しているようであった。口こそ挟まないが、手に持ったナイフとフォークが止まってブルブルと震えている。

　しかし、風巻は、それを気にすることもなく言葉を続けた。

「そんな時だった。永暦公主と会ったのは——。俺は、公主のやろうとしていることを聞いて、無道さんたちと訣別する決心をし、諸墨公館を出たんだ。そして、台湾へ行った」

「公主がやろうとしていること？」

琢馬は、永暦公主に目を移した
食事を終えた公主は、琢馬に笑みを向けている。

そこへ、塙少佐も口を挟んできた。

「実は、私も何年か前までは君や風巻君と同じことを信じていたのだ。日本が進出することで、欧米からアジアの土地が奪われるのを防いでいる、そして、それが日本を守ることになるとね。しかし、永暦公主と会ったことで、間違いに気付かされた」

やはり食事を終えた塙少佐は、真っ直ぐに琢馬を見ていた。その目は真摯な光を帯び、風巻が抗日運動に理解を示すかのような言葉を放った時も特に変化を見せず、静謐な雰囲気を漂わせている。これは、他の軍人からは決して感じられないものであった。

「間違い——ですか」

琢馬が聞こうとすると、

「あのう」

という声が掛かった。

琢馬が見ると、永暦公主の背後に、一等の客にしては、それほど身だしなみのよくない、そして余り風采の上がらない男が立っていた。日本人のようだ。手になにやら荷物を抱えている。

「なんだ、貴様は――」

精一杯強面を作った里中少尉に睨まれて、男は、ビクッとして身体を震わせたが、必死に言葉を絞り出した。

「厚かましいお願いで申し訳ないのですが、できれば絵を描かせてもらえないでしょうか」

男は、手に抱えていた画材道具を見せ、永暦公主の方へ窺うような視線を向けた。

「なんだと!」

「あんまりきれいな人だったので、どうしても描きたくなって――。軍人さんのお連れのようなのでどうかなと思ったのですが、お食事も終わったようですし、どうしても気持ちを抑えられなくなって――」

「貴様、こちらの女性がどういう人か知っているのか。この少佐殿がどういうお方か知っているのか!」

里中少尉は、ますますいきり立ち、男は完全に萎縮していた。

「あっ、いやっ、知りません。でしたら諦めます。すいませんでした」

男は、すごすごと立ち去ろうとした。

すると、永暦公主が声を掛けた。

「かまいませんわよ」

これには、その男だけでなく、琢馬も里中少尉と一緒に、

「えっ」

という声を上げていた。

しかし、永暦公主に気にする様子はない。

「きれいだと言われて嬉しくならない女性はいません。ですから私は、少しこの人のお相手をしてきます」

そう言うと、永暦公主は、さっと立ち上がり、自分からどこで描くのか、どういうポーズがいいのか話し掛け、画家を却って戸惑わせながら、食堂を出ていった。琢馬たちも何となく後に続いていくと、結局デッキチェアーに腰掛け、その傍らで画家が筆を走らせることになったようだ。

それを見て、塙少佐と風巻は、笑いながら顔を見合わせ、

「降参だな」

と、少佐は、両手を上げた。それから琢馬の方へ顔を近付け、

「さっきの話の続きを聞きたいかね」

と言ってくる。

「ええ。聞きたいです」

と、琢馬は答えた。

「では、私の部屋へ来なさい」

これに、里中少尉は割り込んできた。

「よろしいのですか、あのままで――」

少尉は、困惑の目を公主に向けている。

「それならすまないけど、ちょっと見ていてくれるか。但し、何かが起こらない限り二人の邪魔をしないように――」

「は、はあ」

塙照正は、風巻にも頼みごとをした。

「風巻君も、すまないけど郭氏の様子を見ていてくれないか。あのままでは前の君の仲間があそこから出られなくなってしまう。昼食もあそこでとらせるのはちょっと可哀想だからね、その間に食堂へ行くように言って欲しいんだ」

「わかりました」

こうして琢馬は、塙照正少佐の部屋へ行き、二人きりで話を聞くこととなった。

「実はね、永暦公主はとんでもないものを私に見せてくれたのだ」

こう言って、塙照正は話を切り出した。

しかも、少佐の言葉は、決して誇張ではなかった。それは到底信じ難い、正にとんでもない話だったのである。

二

それは、私がワシントン会議に随員として参加した時のことだ。

知っていることとは思うが、ワシントン会議は、一昨年（一九二一年）の十一月から、昨年（一九二二年）の二月まで行われた。主な議題は海軍の軍縮と中国問題だ。私は、中国問題にかかわった。といっても、いくら祖父の威光があり、随員に加えられたとはいえ、私が、この交渉でなんらかの働きをしたというわけではない。ただ祖父がこの問題で、どのような考えを持っていたかは知っていた。

中国問題では、中国の領土保全と商工業の機会均等を定めた九ヵ国条約が結ばれ、また日本と中国との二国間交渉で山東の旧ドイツ権益を返還することが決まった。祖父は、これに賛成だった。そうした祖父の意向があったからこそ、陸軍の不満を抑えることができたといっていいかもしれない。

この時の随員には、余部《あまるべ》大佐も加わっていた。余部大佐は、諸墨中将が祖父の副官をしていた時に、その部下であり、今は台湾軍司令部の参謀となっている。つまり今の私の上司だ。大佐も権益返還には不満げな様子であったが、それをあからさまに口にすることはなかった。

こうしてワシントン会議が二月六日に終わると、私は、余部大佐と一緒に日本人移民の会合に呼ばれた。一九二〇年に強化されたカリフォルニア州の排日土地法に不満を抱く者たちの集まりだ。日本人移民の土地所有を禁止する法案が成立していたのだ。やはり二人の背後にある祖父の存在がアテにされたようだ。

私と大佐が出向くと、移民たちは、排日土地法を含め、アメリカでの差別がいかにひどいか、日頃の不満を大いに訴えてきた。中には、将来の対米戦を考えるべきだとして、それを祖父に進言して欲しいと言ってくる者まであった。

対米戦！

確かにいずれは考えざるを得ない問題だと思った。しかし、初めてアメリカへ来て、その栄華と繁栄ぶりをまざまざと見せつけられたところでもある。この国と戦うのはよほどの覚悟をして、周到な準備と計画のもとで遂行しなければならないと実感したのも事実だ。取り敢えず私は、祖父に言っておくとだけ答えた。

夜になると、会合は私たちを歓迎するパーティーに変わった。アメリカなのに日本風の座敷で日本酒や日本料理が出て、いったいどこへ来たのかと思わせるものだった。パーティーというより宴会だね。

しかも、そこには不満分子の移民だけではなく、たまたま現地へ来ていた日本人も顔を出していた。私は、その宴会の最中、そんな日本人の一人に声を掛けられた。

「実は他の場所でもパーティーをしておりまして、是非照正様にご紹介したい人物がそこにいるのですが——」

と誘ってきたのだ。

誰かと聞くと美しい女性だと言われた。日本ととても深い関係がある重要な人物だと——。

正直、私は退屈していた。昼間の会合で聞くべきことは聞いたし、宴会でもひと通りの挨拶はすませた。それに美しい女性と聞いて、興味がそそられないわけはない。つまりその宴会には、興味がそそられるような美しい女性がいなかったのだがね。

とにかく私は、その誘いを受けた。あとは余部大佐に任せればいいだろうと思い、こっそりと会場を抜け出して、その男の車に乗り込み、少し離れた場所で行われていたパーティーに連れて行ってもらった。

そこは正しくパーティーだったが、なんとも変わったものでもあった。

まず会場の入り口で、両側に大きな象が何頭も並んでいるのに驚かされた。本物ではない。造り物の象だ。前脚を大きく上げ、後ろ脚だけで立つような格好をしていて、私の背よりも少しだけ高いところに顔がある。象の長い鼻も高々と上がっていた。

会場に入っても、中の様子が明らかにおかしかった。現代人の中に異形の者たちが混じっているのだ。

私は、隅の方に置かれた長い椅子に目をとめた。

「同じようなものをどこかで見た覚えがあるぞ。そうだ。あれは、ダ・ヴィンチが描いたとかいう『最後の晩餐』と同じじゃないのか」

いうまでもなくレオナルド・ダ・ヴィンチがキリストの処刑前日を描いた絵だ。私も、細部まではっきりと覚えているわけではなかったが、その絵と同じ格好をしているように思われた。つまりキリストの時代に着ていたような服をまとって、十人以上の男が横にずらりと座り、ワインを飲んで食事をしているのだ。髪型まで似せていた。

「そうです」

と、私を案内した男も頷いていた。

しかも、『最後の晩餐』だけではなく、十字架を背負ってトボトボと歩いているみすぼらしそうな男までいた。当然みんな白人だ。聞こえてくるのも英語ばかりで、あいにくとその時も今も英語がほとんど話せない私には、全く理解できなかった。会場を見渡したところ、日本人は私たち二人だけだ。

他にも、食べ物や飲み物を持って会場の中を忙しそうに動いている女性たちは、キリストの時代とまではいかないものの、中世のヨーロッパ風と思われる衣装を身に着け、同じような時代物の衣装で、何やら説教めいた熱弁をふるっている男もいて、

「あれはユグノーの伝道師です」

と、男が指差した。

「ユグノー？」

私が聞き返すと、

「キリスト教の新教――プロテスタントです」

そう教えてくれる。

まわりがおかしな格好をしている分、私の軍服姿も、それほど違和感がないようであったが、やはり戸惑わざるを得なかった。

「いったいこれは何だね――仮装パーティーか」

男は、落ち着き払った態度で、こう答えた。

「それよりも、ここでは時間が自由に行き来しているといった方がよろしいかと思われます」

「なんだって――」

「照正様はタイムマシーンというのをご存知でしょうか」

「いや」

私は、正直に首を振った。

「一八九五年にウェルズというイギリスの作家が、『タイムマシーン』という小説を発表いたしました。タイムマシーンとは時間を自由に行き来できる機械のことで、それに乗って、未来に行くという話です。日本でも十年ほど前に『八十万年後の社会』という題名で翻訳されているのですが、そこでは航時機と訳されているため、タイムマシーンという言葉を日本人が知らなくても無理はありません」

「で、それがどうした」

「その小説には出てきませんが、未来へ行けるなら当然過去へも行けるとお思いになりませんか」

男の態度と口調は真面目そのもので、私をからかっているような感じはしない。

「まさか。それで本当に過去へ行って、その時代の人間を連れて来たというのではないだろうな」

そう言ってやったが、男は、微かに笑みを浮かべただけだった。

やがて、司会者らしき人物が出てきて、何かを言うと、会場が静かになり、中央の舞台に照明が当てられた。そして、司会者がさらに何かを言い、その中にタイムマシーンという言葉が聞こえた。

まわりの観客から、やんやの喝采・拍手が上がる。

「今、タイムマシーンと言ったな」

私は、男に聞いた。

「はい。タイムマシーン・ウィッチと言いました」

「ウィッチ？」

「魔女という意味です。つまり時間を自由に行き来する魔女——時の魔女とでもいえばいいでしょうか」

「なんだ、それは——」

私がさらに問い詰めようとすると、音楽が流れ始めた。会場にいる楽団が演奏していた。異国の音楽だった。アメリカで流行っているというジャズではない。あれほど騒がしいものではなく、もっとゆったりと落ち着いた音色で、何かしら古代の雰囲気を感じさせるような響きだ。

すると——。

眩いほどの照明に明々と浮かび上がった舞台へ、一人の女性が現われた。

私は、瞠目させられた。

女性が、肌も露な薄い衣装しか身に着けていなかったからだ。これも明らかに現代の衣装ではない。なんだか過去からやって来た古代の女性のように思われた。しかも、女性は、恥ずかしがる素振りなど全く見せず、音楽に合わせて踊り始めた。

私は、すっかり見惚れてしまった。

女性は美しかった。顔だけではなく、ほっそりとして均整のとれた肢体に、すらりと伸びた手足、きめの細かそうな肌。どれをとっても息を呑まずにはいられない。しかも、肩まで流れた黒髪に包まれたその顔は、明らかに東洋人ではないか。

音楽が、だんだんと早く大きくなり、女性の踊りもそれに合わせて激しく悩ましくなった。そして、耳をつんざくほどの音がひときわ激しく鳴り響いたかと思うと、音楽は唐突に終わり、女性の動きも止まって、照明が消えた。

　まわりの観客が、座っていた者は一斉に立ち上がり、誰も彼もが盛大に拍手をした。口笛が吹かれ、歓声も上がっている。

「ブラボー！」

　とか、

「タイムマシーン・ウィッチ」

　とか言っていて、その中に、

「コウシュー」

　という声も聞こえた。

　照明が再び灯り、舞台の上で女性が晴れやかな笑顔を見せ、歓呼の声に応えていた。女性のもとには、茶色のもみ上げを伸ばし、眼鏡を掛けた西洋人の男が駆け寄り、英語で親しげに話し掛けていた。女性は、それに英語で返し、西洋人をおいて、私の方へ近付いてきた。女性の背中と私を見つめるその男の険しい目が印象的だった。

　しかし、女性は、かまうことなく私の側までやって来た。

　もういうまでもないだろう。それが、私と永暦公主の出会いだったのだ。私を案内してくれた男は、高瀬だった。

　この後、私は、永暦公主と話をして、彼女の身の上を聞き、アメリカへは祈藤財閥の仕事で来ていることを知らされた。祈藤智康氏は、この二年前に死んでいたのだ。

しかも、祈藤氏は、祖父とも昵懇であったらしい。日本が台湾を接収した時、祖父は上陸軍を率いる将軍の一人で、つまり永暦公主の父親を庇護するよう命じた当人であったのだ。そして、児玉源太郎氏が台湾総督となった時には、副総督として、これを助け、祈藤氏に総督府の経済面を任せたのも、公主の父親を託したのも、実際は祖父の計らいだった。

しかし、この時の私は、そんな祈藤氏と祖父との関係に余り関心はそそられず、目の前にいる永暦公主の美しさと、その悩ましい姿にすっかり心を奪われ、気分が高揚していた。

「あなたは過去から来られたわけではありませんね」

だから、思わずそうしたことを聞いていたのだ。

これに対し、公主は、ニッコリと笑った。

「さあ、どうでしょうか。明の皇族の末裔というのですから、それだけですでに過去の遺物ですわね。しかも、公主と呼ばれているのですから、紛れもなく過去の人間といえるかもしれません」

「なかなかおもしろいことを言われる」

私は、すっかり上機嫌になっていた。

永暦公主は、ただ美しいだけではなく、知性もウイットもある女性のようであった。そのうえ度胸もある。塙侯爵の孫である私に対しては、誰もがなにかしら憚るような態度をとるものだ。へつらったり、恐れたりするようなことも少なくない。

しかし、公主は、そうした態度を少しも見せなかった。これがとても新鮮に、そして好ましく思われたのだ。この時も、悩ましげな舞台衣装のままで怯む様子などはなく、はっきりと物を言い、私の

戸惑っているような視線に気付くと、

「あら、いつまでもこのようなはしたない格好で失礼をいたしました。少しお待ちになって下さい。照正様に是非お見せしたいものがあります」

そう言って、あでやかな笑みを浮かべたまま立ち去っていった。

正に一陣の美風だ。

ほどなくして、永暦公主は、コートをまとった姿で戻ってきた。

私は、その公主と一緒に、高瀬が運転するさっきの車に乗った。

「いったい何を見せてくれるんだい」

どこかウキウキした気分で聞くと、永暦公主も笑みを返してきた。

「それは見ていただいてのお楽しみです。その前に、申し訳ありませんが、目隠しをさせて下さい」

と言われ、私は承知した。

永暦公主は、私に目隠しをした。

「なんだか、子供の頃に戻ったみたいだな。目を開けた時に、いったい何が見えるのか、実に楽しみだ」

もう死んだ両親から、誕生日の時、目を閉じて開ければ素晴らしいプレゼントがずらりと並べられていたことを思い出していた。

「はい。楽しみになさって下さい」

公主の声も弾んでいた。

そのまま十分ほども走っただろうか。突然、車が激しく揺れた。道路の上に何か大きなものが落ちていて、その上に乗っかった感じだ。

「今のは――」

私は聞いていた。

すると、公主が、

「今、時間の壁を突破しました」

と言った。思わず姿勢を正したくなるような厳かな声であった。

「時間を――」

私の声も引き締まらざるを得ない。

それからはガタガタと車の揺れる悪路が続き、二、三分ほどして車は停まった。目隠しがとられ、私は、窓の外へ目をやった。当然のことだが、辺りは暗い。高瀬がドアを開け、私と公主は外へ出た。

私は、ぐるりとまわりを見渡した。夜空が晴れていたので、目が慣れてくると、月明かりや星明かりでまわりの様子がだんだんと見えてくる。

車は、広い道の真ん中辺りで停まっていた。しかし、その道は、明らかに自動車が走る道路ではなかった。

道の先には大きな階段があり、その左右に太い柱が建っていて、しかも――。

私は、目を見張った。

象がいたのだ。前脚を上げ、後ろ脚で立って、長い鼻を高々と上げている象だ。象は、その姿勢のままで固まっていた。本物ではない。造り物である。パーティー会場で見た象と同じものであった。しかも、あれより大きい。そうした象が、柱の上にいるのだ。

アメリカの光景でないことは明らかだった。階段の先に見えている建物は、アテネの神殿を彷彿とさせるようにも思うが、こんな象はいなかった筈だ。だから、アテネではないとしても、別の国、別の時代に来ている。そうとしか思われない。

しかも、目の前の光景は、明らかに廃墟であった。象も建物も、すっかり荒廃していた。

「これは――」

と、私は、呻くような声で聞いた。

永暦公主は、澱みなく答えた。

「ここはバビロンです」

と――。

バビロン?

聞いたことはある。しかし、なんだったか咄嗟には思い出せなかった。それに、そんなものがどうしてここにあるのか、なぜ私がこんなところにいるのか、それが全くわからない。だから、不審に満ちた顔付きをしていたことだろう。

それでも、永暦公主は、自信に満ちた口調で続けた。

「バビロンはメソポタミア地方にあったという古代の都です。バベルの塔や空中庭園の話をご存知なのではありませんか。バビロン捕囚というのもあります。国を滅ぼされたユダヤ教徒がバビロンに連行された出来事です。バビロンは、それほど強く、栄華を極めていました。しかし、バビロン捕囚から僅か五十年後に、バビロンは、ペルシアに攻められ、滅ぼされてしまいました。難攻不落を誇った都市も中から裏切り者が出て、あっけなく打ち破られてしまったのです。いかに栄華を極めていようとも、いえ、栄華を極めたからこそ、その時から凋落が始まっている。それに気付かなければ、取り返しのつかないことになる。ここはその証《あかし》――滅ぼされた後のバビロンです。そして、私が着ている衣装は、バビロンの巫女の衣装を模したもの」

公主は、そう言うと、コートを脱ぎ捨て、高瀬の方へ放り投げた。すると、驚いたことに、コートの下には、さっきの衣装を着ていた。そして、遥かな高みに居並ぶ象へ、切れ長の目をひたと向ける。

「本当に時間の壁を超えたのか」

私は、そう呻くように尋ねることしかできなかった。

「照正様。あの象は、栄華や繁栄というものがいかにはかないかを象徴するものでもあります。そして、あの象は時間を行き来する力を持っていて、乾隆帝の時代に現われ、私たちの時代にもやって来ています」

そこで、永暦公主は、私の方へ振り返った。

もう笑みを浮かべてはいない。声は荘厳さを増し、美しい顔は引き締まって、じっと私を見つめる目が真摯な光をたたえている。

「照正様は、乾隆帝の黄金象をご存知ですか」

今度は、公主が尋ねてきた。

私は知らなかった。首を振ると、永暦公主は、

「侯爵閣下がよくご存知です」

とだけ言った。そして、こう続けた。

「その黄金象は、今私のところにあります。私は、黄金象のおかげで時間を行き来する力を得るようになったのです。私たち人間は、一度起こった過去を変えることはできませんが、過去を知ることで未来を正すことができます。悪くなっていたかもしれない未来をよりいいものに変えることはできるのです。ですから、照正様。私と一緒に過去をしっかりと見て、未来を正しいものに変えていって下さいませんか」

「時の魔女」

と、私は呟き、信じ難い思いで、目の前の公主と頭上の象を交互に見やった。そうしているうちに、公主が本物のバビロンの巫女に見えてきて、象がその守護神であるかのように思われてくる。

それから私は、また目隠しをされ、次に外された時には見慣れた現代のアメリカが車の窓ガラスに映っていた。


この後、私は、日本に戻り、その出来事を祖父である侯爵閣下に報告した。

ワシントン会議のことは、すでによく知っていた。別に私が言うまでもなく、いろいろなところから報告が入っていたのだ。

「乾隆の黄金象か」

祖父は、感慨深げな表情になり、

「それはいったい何なのですか」

という私の問い掛けに答えて、かつて祖父が祈藤智康氏と共に円明園へ行ったということを話してくれた。

大久保利通に従い、北京へやって来た時、中国語が堪能だった二人は、中国人に扮して北京の様子を探るように命じられ、円明園で鄭秀斌なる人物に会い、乾隆帝の黄金象を渡されたという話だ。鄭秀斌とは、今、孫文の片腕となっている鄭雷峯の父親で、二十年近く前に亡くなったらしい。

ほう、君は鄭雷峯を知っているのか。中学生の時に彼の講演を聞いたのか。鄭雷峯は、なかなかの人物だ。孫文の革命派は、共産党寄りの左派と共産党嫌いの右派がなにかと反目し合っているが、鄭雷峯は、そのどちらにも与せず、中立的立場に立って、両派の融和を図っている。孫文が両派の上に君臨していられるのも彼のおかげといっていいだろう。

まあ、そのことは今おいといて、とにかく、この時、私は、『乾隆魔象』の話も祖父から聞かされた。歴史の事実からすれば、イギリスの副使が殺されたことなどないのだが、乾隆帝が黄金象を造らせたことは事実であるらしい。だから、心ある中国の人々は、『乾隆魔象』の話を信じ、自分たちもいつか西洋を追い払ってやると思っているそうだ。

「すると、その黄金象はお祖父《じい》様が永暦公主へお渡しになったのですか」

と、私は尋ねた。

これに対し、祖父は、

「いいや」

と、首を振った。

「わしは長い間、あの黄金象を屋敷の奥深くにしまって、その存在さえ忘れていた。だから、わしには時間を行き来する力などつかなかったのじゃ。そして、何年前になるかのう、すでに自分の身体に異変を感じていた祈藤智康がわしを訪れ、黄金象のありかを聞いてきた。それで、久し振りに黄金象を納めていた箱を開け、これを渡された時のことを思い出して、祈藤に黄金象を渡したのじゃ。祈藤のもとには明の末裔がいる。その末裔であれば、黄金象を持つに相応《ふさわ》しいと思うてな。だから、永暦公主が自分と一緒に過去をしっかりと見て、未来を正しいものに変えて欲しいとお前に言ったのなら、彼女は、近いうちにまた過去へと連れて行ってくれるだろう」

祖父の言葉は当たっていた。

それから何ヵ月か経って、永暦公主が私を台湾へ招いたのだ。私は、台湾へ行き、紫仙館を訪れることになった。そして、私は、再び異様な体験をした。

この時、私は客室にいて、傍らにいる公主から、前と同じように目隠しをされていた。それで十分ほど経っただろうか。なにやら騒がしい物音が耳に飛び込んできて、目隠しがとられた。

物音は外から聞こえていた。私は、窓の外を見て、目を大きく見張った。

時間は夜中だった。当然、外は暗い。しかし、そこだけは、煌々とした明かりに包まれ、風景が鮮やかに浮かび上がっていた。そして、そこでは、たいへんなことが起こっていたのだ。

大勢の人間が喚き、叫びながら建物の中へ突っ込んでいた。中国風の屋根を持つ豪奢な洋館だった。しかし、目を閉じるまで、窓の外にそのような建物はなかった。大勢の人間もいなかった。なのに、今は、それが現われている。僅か十分ほどの間に、外の風景が一変していたのだ。

「あれは、なんだ」

と、私は聞かずにいられなかった。

「円明園の西洋楼です」

と、永暦公主は答えた。

円明園のことは勿論知っていた。だが、今ある円明園は破壊され、西洋楼も廃墟と化している。こんな洋館が残っているわけはなかった。

「すると、また過去へ行ったのか」

私の問いに、

「はい」

と、公主は、しっかり頷いた。

そういえば、洋館の中へ突っ込んでいる兵隊の軍服は、その頃のフランス軍のもののように思われた。昔のことに余り詳しくはないが、写真や絵で見たのと、とてもよく似ていたのだ。そして、彼らのまわりでは中国人と思しい人の姿も見えた。こちらは兵士ではなく、普通の民衆のようだ。

フランス軍の兵士たちは、階段を駆け上がり、扉や窓を容赦なく壊して西洋楼に入り、中からさまざまなものを持ち出していた。それを中国人が止めようとしているが、兵士たちは暴行を加え、中には容赦なく銃を発砲して、中国人が次々と倒れていく。それを見て、兵士たちは笑っていた。悲鳴が上がり、怒号が飛び交い、銃声が鳴り響く。正に凄惨な光景だった。

「つまり円明園が略奪を受けている現場へやって来たわけか」

私の言葉に、公主が、またはいと頷く。そして、語気を強めて言った。

「こんなことが許されるとお思いでしょうか。これはもう戦争などではありません。彼らは兵士ではなく、ただの盗《ぬす》っ人《と》です。しかし、過去へ行くことはできても、過去を変えることはできません。私たちに円明園を救うことはできないのです。私たちにできるのは、ただ見ていることだけ——」

私は、窓から身を乗り出していた。

その窓の真っ直ぐ先——私の視線の正面には、丸い噴水池があった。噴水池を中心に石畳の道が四方へと伸び、手前に伸びてきている道は私たちがいる方へ向かっていて、その道を噴水池の向こうへたどっていくと、正面の奥には二階建ての洋館が建っている。そして、右側の道の先には門があり、左側の道の先にも洋館が建っていた。フランス軍の兵士たちが押し入っているのは、そっちの洋館だった。

「あれは諧奇趣《かいきしゅ》と呼ばれていた西洋楼です」

と、永暦公主が、左側にある洋館を指差した。

「かいきしゅ！」

その頃の私は、円明園に西洋楼があったことは知っていても、建物の名前など何一つとして知らなかった。だから、間抜け面《づら》をしていたのに違いない。

「諧奇趣は、円明園の中で最初に建てられた西洋楼です。建物の中央が三階建てになっていて、両翼は二階建て。その翼棟の左右から回廊が長い腕のように後方へ伸びて、その先に西洋風の八角堂が造られているのです。そして、諧奇趣の後ろにも噴水付きの池があります」

と、公主が丁寧に教えてくれた。

確かに、私のところから見える洋館の手前側では、建物が緩やかな弧を描いて後方へ伸び、その先にお堂のようなものが建っていた。しかし、噴水付きの池はよくわからない。じっくりと確かめている余裕もなかった。なにしろ略奪と暴行が容赦なく続いているのだ。

しかも、右側の門のところから、また別の兵士が現われた。彼らは、イギリス軍のようで、今度は、その一団が諧奇趣という西洋楼の中へ突進し、しばらくして火の手が上がった。略奪は主にフランス軍が行い、イギリス軍は、その痕跡を消そうとして火を放ったといわれている。その通りのことが起こっていたのだ。

諧奇趣には、たちまち火がまわり、明かりに包まれていたそこが、紅蓮の炎でより一層赤々と浮かび上がった。やはりそれを見て、イギリスとフランスの兵士が笑っている。

すると、その時のことだ。

パオオオ！

という動物の雄叫びのようなものが聞こえた。そして、驚いたことに噴水池があるという諧奇趣の後ろから象が姿を現わしたではないか。しかも、象の上には人が乗っていた。背中に椅子のようなものが置かれ、それに座っている。満州族の格好をした人物だった。それも、皇帝が着るような衣装をまとっているように見えた。

象は、のっしのっしという感じで、私から見て手前側に当たる方を通り、諧奇趣の前に出てきた。これには兵士たちも動揺を隠せず、発砲音が何度も響いたが、象には何の効き目もなかった。そのため、象が長い鼻を振りまわしながら進んでくると、兵士たちは泡を食って逃げ、右手の門から出ていった。中国人たちも、いつの間にか姿を消している。

だから諧奇趣の前には誰もいなくなったと思ったのだが、取り残されている人物がいた。二人の人物が石畳の中央にある噴水池の傍ら——石畳からは外れたところで仰向けに倒れていたのだ。兵士でも中国人でもなかった。

二人とも、私たちが見慣れた現代の服を着ていた。私のところからでも、一人が着ている背広は、なかなか立派なものだとわかる。身分卑しからぬ紳士といった感じで、もう一人は、それよりもみすぼらしいように見える。

二人とも、引きつった声を上げ、なんとか逃げようともがいているが、起き上がることすらできないでいた。

象は、そんな二人のところへじわりじわりと近付いていった。そして、二人のすぐ側で止まると、象の上の男が大きな声を放った。

「我は乾隆帝なり!」

中国語でそう言っていた。

「円明園で略奪をほしいままにした盗賊に天罰を下す」

と続け、象に一鞭入れると、象は、ひときわ大きく鳴き叫び、紳士の真上にやって来て、前脚の片方を高々と上げる。

紳士は喚いていた。だが、フランス語と思われるので、何を言っているのか、私には全くわからない。おそらく助けを求めていたのだろう。

しかし、象の脚は、紳士の胸の上に下ろされ、

「ぎやあああ！」

という悲鳴が轟き渡った。

象は、脚を上げて下ろすのを何度か繰り返し、そのうち、紳士は動かなくなった。

脚を離した象が、長い鼻を高々と上げて、また大きく吠えた。それでどうするのかと思っていたら、象は、残っているもう一人には目もくれず、向きを変えて、またのっしのっしと歩き始めた。しかも、現われた時とは違い、私から見て奥の方へ——二階建ての洋館がある方へ向かっていく。

すると、ここでも不思議なことが起こった。

象は途中で、またこちら側へ向きを変え、鼻を高々と上げて激しく吼えた。そして、次の瞬間、辺り一帯が眩い光に包まれ、思わず目を背けて、再びそちらを見た時には、象が消えていた。時間にすれば、二、三秒程度。正に一瞬二瞬のことだったに過ぎない。それなのに、象が跡形もなく消えてしまっていたのだ。勿論、背中に乗っていた人物も一緒に——。

そして、辺りは、さっきまでの喧騒が嘘のような静けさに包まれた。火を放たれた西洋楼で炎が激しく揺らめき、火の爆ぜる音がしている。それだけだ。

私は、茫然としていた。今見たことが到底信じられない。

「いったい何が起こったんだ」

そう呟くと、

「行ってみましょう」

永暦公主が、私を外へ連れ出し、二人で噴水池のところへ駆け付けた。

紳士は、完全に息絶えていた。かなりの高齢と思われる白人だった。象に踏まれた胸のところが大きくへこんでいた。

しかし、象に踏まれていないもう一人のみすぼらしい方は生きていた。同じ白人だったが、死んだ老人より若い。老人の息子といっていいような歳の男だ。二人は、地面から出ている杭に縛り付けられていた。それで動けなかったのだ。

改めて辺りを見まわしても、象はどこにもいない。

私が縄をほどいてやると、みすぼらしい方の男は、すっかり脅えきって、起き上がろうともしないで、そのまま私たちから離れていこうとした。

そこへ、永暦公主が中国語で尋ねた。

「あなたは何者です」

やや落ち着いてから、相手も中国語で答えた。

その男は、ジャンルカ・ゲロの中国での秘書をしているフランス人だった。ゲロと共に乗っていた列車から連れ出され、連れて行かれた館で眠らされた。その後、目覚めたのだが、阿片を吸わされて朦朧状態となり、正気に戻った時には、ここに縛り付けられていたのだという。

「ここはいったいどこなんだ。さっき現われた象に乗った人物は何者だ。けんりゅうていとか、てんばつとか言って、主《あるじ》を象で踏み付けたかと思ったら、スッと消えてしまった」

ゲロの秘書は、辺りを恐怖の目で見まわしながら尋ね返してきた。

「もしかして阿片のせいでおかしな夢を見ているのか。そうなのか」

「いいえ」

と、永暦公主は、厳しい表情で秘書を見つめ、厳しい声で告げた。

「これは夢ではありません。ここは円明園です。それも六十二年前の円明園。フランス軍が略奪を行い、イギリス軍が火を放った蛮行の現場へ来ているのです。あなたの国の文豪ヴィクトル・ユゴーが強盗と罵倒し、盗品は返還せよと言った恥ずべき所業の現場に他なりません。それはそうでしょう。もしあなたの国のヴェルサイユ宮殿が他国から同じようなことをされたら、どう思いますか。それとも、アジアにはこのようなことをしてもいいと思っているのですか」

決して声を荒らげることはなかったが、公主の言葉は、私の胸にも鋭い刃となって突き刺さった。

「そして、乾隆帝は、この西洋楼を造った中国の皇帝です」

「な、なんだって！」

秘書は激しく動揺し、目を飛び出さんばかりに剝き出して驚いていた。

それでも、永暦公主は、糾弾の言葉を続けた。

「ジャンルカ・ゲロという名前を私も聞いたことがあります。円明園を襲撃したフランス軍の司令官ゲロ男爵の一族で、円明園から奪ったもので財をなし、六十二年後の中国でも阿片を売って、さらに儲けているそうですね」

「――――」

「阿片は煙草と同じような感覚で人に与えるものではありません。実際に吸ってみてよくわかったでしょう。一時は気持ちがよかったとしても、その後は苦しい。そんなものをあなたたちは、百年以上も前から中国に持ち込み、数えきれない中国の人々を廃人にしてきたのです。ですから円明園のことと併せ、乾隆帝の怒りを買って天罰が下るのも当然ではありませんか」

「あっ、あっ――」

と、秘書は喘ぐことしかできなかった。

「本当に天罰だったのか」

私も、驚愕に打ちのめされていた。

永暦公主は、厳しいながらも真摯な目で私を見つめてきた。

「今しっかりとご覧になったでしょう。乾隆帝を乗せた象が現われ、ジャンルカ・ゲロを踏み潰して消えていくのを――。乾隆帝は、自分が造った西洋楼から物を奪って富貴を得、今なお中国の人々を苦しめている西洋人を燃え盛る円明園に連れ戻し、天罰を下したのです」

私は、象が消えたところへ確かめに行った。噴水池と二階建ての洋館の間には、木がぽつりぽつりと植わっているだけで、象が隠れるようなところなどありはしないし、あの短い時間で、象が見えない場所まで走り去ったということも考えられない。

私が茫然としていると、永暦公主もやって来て、

「乾隆帝と象は、自分たちの時代へ戻っていったのでしょう」

と言った。

「すると、乾隆帝が乗っていたあの象は――」

「私たちがこの前見たバビロンの象です。あの象の力によって乾隆帝も時間を行き来しているのです。そして、その象の力を黄金象の中にも取り込んだ。それで私たちも、ここへ来ています」

永暦公主は、朗々と謡うように言葉を続けた。

「しかし、私たちだけではなく、乾隆帝も一度起こってしまった歴史を変えることはできないのです。乾隆帝は、モンゴルを攻め、ウイグルを攻め、ビルマ、ベトナムや台湾にも兵を進めて、アジア最強の王者となりましたが、西洋の進出を食い止めるための有効な手段はうたなかった。自分はアジア最強の王者であるという奢りが西洋を見下すことになり、アジアの朝貢国に対するのと同じ態度しかとらなかったのです」

「――」

「バビロンの象は、そんな乾隆帝に一時の栄華や繁栄がいかにはかないものかを見せるために時間を行き来させているのでしょう。ですから乾隆帝は、ジャンルカ・ゲロをこの時代へ連れて来て天罰を下すことはできましたが、それが精一杯の意趣返しで、自分の奢りが招いた失策で円明園が燃え、中国が西洋に蹂躙される歴史を変えることはできないのです」

永暦公主は、悲しげな目を諧奇趣の方へ向けた。

その時、火の爆ぜる音がひときわ大きく響き、私もそちらへ目をやると、諧奇趣を覆う炎が、まわりの木々を燃やし、こちらにまで迫ってこようとしていた。

公主が、一転して気遣わしげな声を掛けてくる。

「火が大きくなってきました。ここにいては危険です。部屋へ戻りましょう。私たちも、ずっとこの時代にいるわけにはいきません。いえ、いることは許されないのです。ですから、元の時代へ帰らなければなりません」

それから、まだ起き上がれずにいるゲロの秘書にも告げた。

「あなたには天罰が下らなかったようですね。あなたと死んでしまったゲロ氏も、この時代にいるべきではありませんから、象は元の時代へ戻してくれるでしょう。でも、その時、あなたは、ここで起こったことをしっかりとみんなに伝えなければなりません。あなたが生かされたのはそのためなのです。わかりましたね」

秘書は、恐怖におののきながら、必死に頷き続けていた。

私は、永暦公主と共に、さっきの部屋へ戻った。そこで再び目隠しをされ、今度は五、六分ぐらいでとられると、窓の外の景色はまた一変していた。

辺りは暗闇に沈んでいた。炎は上がっていない。それでも月明かりで、何があるかは見えている。火が消えてしまったわけではなかった。そこには、さっきまであった西洋楼が影も形もなくなっていたのだ。

私が茫然としていると、永暦公主が、金色の袱紗に包まれたものを恭しげに差し出した。袱紗の中は、木の箱のようで、大きさは雛人形が入るくらいだ。

そして、公主は、こう言った。

「この中に乾隆帝の黄金象が入っています。私たちも一等国となった今の日本の意味を知らなければなりません。黄金象は、そのために私たちをあそこへ連れて行ってくれたのです」

三

「本当ですか」

塙照正少佐の話を聞いて、結城琢馬は、そう聞かずにはいられなかった。

「本当だよ」

と、塙少佐は応じた。

琢馬は、愕然としていた。

後の方の話は、以前に無道大河から聞いたのと同じものであった。従者が実は秘書であったのだが、そんなことはいいとして、阿片を吸わされて変な夢を見たというわけではなく、本当に過去の円明園へ行き、そこでジャンルカ・ゲロは、乾隆帝が乗った象に殺されていたのである。

「ジャンルカ・ゲロは、その後、円明園で――今の円明園で発見されています。従者――いや、秘書も一緒でした。そして、秘書は過去の円明園に行っていたことを訴えていました。誰も信じなかったようですが――」

「そのことは私も聞いた。しかし、誰も信じなかったわけではないだろう。西洋が中国に何をしてきたか。そのことを改めて気付かされ、帝国主義に反対するデモが起こったではないか。尤も、そのデモを同じ中国人が弾圧するとは痛ましいことだがね。そして、デモで糾弾された帝国主義諸国の中には日本も含まれていた」

十・一一事件のことである。

琢馬も、その時のことを思い出して、暗澹たる思いにとらわれていた。しかも、琢馬は、反日運動のリーダーを始末するのにひと役買わされていたのだ。

「あの――」

と、琢馬は、そのことを正直に話した。

「そうか」

塙照正は、真摯な目で琢馬を見ていた。

「それで君も悩んでいたのか」

と、気遣わしげな声も掛けてくれる。

浪人のことを使い勝手のいい道具のように扱っていた渡会中佐の態度とは全く違う。

「はい」

琢馬は、しっかりと頷いていた。

塙照正は、ゆっくりと立ち上がり、船室の窓に寄って、そこから外の海を眺めた。そして、琢馬に背を向けたまま、こう言葉を続けたのである。

「私は、この時の体験で今までの間違いに気付いた。いや、気付かされたといった方がいいだろう。それで、日本が本当はどうしなければならないかを知ったのだ。どうだ、君も私や風巻君と一緒に公主のもとで働かないか。これまでの間違いを正し、よりよい未来を作るために――」


その後、琢馬たちは、大連で船を降りると、そこで郭岐山を病院に入れ、列車で北京へ行った。そして、塙照正少佐と里中久哉少尉が、無道大河や和倉巌次と共に諸墨公館へ入った。

しかし、琢馬は、彼らに付いていかなかった。永暦公主が泊まった高級ホテルに部屋をとってもらい、そこで風巻と共に残っていたのだ。名目は公主の警護。

従って、琢馬は、公館でいったい何があったのか知らなかった。塙少佐と諸墨中将の会談が行われたのであろうが、公館から戻ってきた少佐も、そのことについて話すようなことはなかった。

ただ塙照正は、戻ってきた翌日に、琢馬たちを円明園に連れ出した。琢馬と風巻、里中少尉に永暦公主の五人である。この時は、塙少佐と里中少尉も軍服を脱ぎ、風巻と同じ中国服を着て外出した。長袍の下に西洋のズボンを穿き、頭にも西洋風の帽子をかぶり、マフラーを巻いているのだ。実は、琢馬も同じ格好をしていた。そうして、円明園の中へ入っていったのである。

円明園は、とにかく広い。しかし、広大な離宮のほとんどは、あの時の放火によって全くの灰燼となっていた。西洋楼以外に、中国風の宮殿などもたくさん建っていたのだが、それらは木造であったため、全て焼失してしまったのだ。

放火と略奪は、西洋楼だけに行われたわけではなかった。円明園の全てが同じ目に遭い、おびただしい量の財宝が盗まれていた。その中で、石造の建物であった西洋楼だけが、往時の遺構をまだいくらか残しているのである。

それでも、目を覆いたくなる惨状であった。永暦公主が、以前塙少佐に言ったように、フランスのヴェルサイユ宮殿は今も昔日の威容を保っている。フランスは、革命が起こってからでも、皇帝ナポレオンが二度も外国に敗れて退位に追い込まれ、ドイツと戦った普仏戦争でもパリを占領されながら、ヴェルサイユ宮殿は廃墟となっていない。なにしろ先の戦争（第一次世界大戦）の講和会議がヴェルサイユ宮殿で開かれ、講和条約はヴェルサイユ条約と呼ばれているのである。

この違いはいったい何なのか。

琢馬は、そうした疑念にとらわれながら周囲を見渡していた。東西に細長い区画で、正確にいえば長春園と呼ばれていた場所の一部である。

この日も北京は冷え込んでいた。常春の台湾とは大違いだ。

「ここまで寒いのには慣れていないでしょう。身体にこたえるのではありませんか」

そう言って、塙照正少佐が、自分の外套を脱いで、永暦公主に渡そうとした。

「あら、いかに温室育ちでもそこまでひ弱くはないつもりです。これで充分です」

永暦公主は、嫣然と微笑んでみせた。公主は、チャイナドレスの上にいかにも高価そうな毛皮のコートをまとい、毛皮の帽子もかぶっている。少佐よりは暖かそうだ。

「それに外套をお脱ぎになっては、少佐の大切なお身体が心配です」

と、逆に諭すような口調で返し、塙少佐の方が苦笑を浮かべることとなった。

「私の方こそ、そこまでひ弱くはないつもりなのだが、侯爵家の人間だとそのように見えますか」

「いえ。中国の風土を甘くお考えにならないようにといいたかっただけです。日本にいる時のような感覚でおやりになったら、手痛いしっぺ返しを受けることになります。それは気候のことだけに限りません。ありとあらゆることがそうです。日本の人たちは、中国は列強に食い荒らされている哀れで弱い国だと思っておられるようですが、日本よりも遥かに長くて複雑かつ雄大な歴史を持っていることをお忘れないように――」

公主の言葉に、里中少尉の息が少し荒くなったが、塙少佐は、

「そうでしたね」

と、真顔に戻っていた。

「なにしろ」

と、風巻も口を挟んでくる。

「中国は今までに何度も異民族の侵攻を受け、支配されたことがありながら、その都度不死鳥のようによみがえってきたのですから――。その意味では海に囲まれているおかげで、外国との熾烈な抗争をほとんど経験せずにすんできた日本の方が温室育ちかもしれない」

「貴様、浪人のくせに日本を侮辱するのか！」

里中少尉が引きつったような顔で風巻に迫ったが、塙少佐に見つめられて、そのまま口をつぐんでしまう。

風巻は、やれやれという感じで頭を掻いている。

琢馬は、西洋楼の遺構を見渡した。北京に来て一年近くになるが、ここへ来るのは初めてであった。風巻は、諸墨公館にいた時、何度か来ているようで、永暦公主も、二度ここに来ているという。但し、いずれも暖かい季節であったらしい。

琢馬たちが立っていたのは、西洋楼の遺構がある東西に細長い区画の西端に当たっていた。

「ここが諧奇趣のあった場所だ」

と、塙照正が、琢馬に向かって言った。

「噴水池を中心に十字の石畳が伸びていて、南側に諧奇趣、北側にはフランス軍やイギリス軍が入ってきた万花陣《ばんかじん》門があった。万花陣というのは迷路になった庭園のことで、門の向こう側に造られていた。そして、十字路の東側には養雀籠《ようじやくろう》という門があって、私は、そっちの方から、あの出来事を見ていたことになる」

「十字路の西側にも二階建ての西洋楼が建っていたんですよね」

と、琢馬は、そちらの遺構を見つめながら確かめるように言った。

「でも、少佐の話だと、そっちの西洋楼は略奪されていたような感じではなかったですね」

「ああ」

塙少佐は、薄っすらと笑った。

「そこには略奪されるようなものなどなかったからね。その建物は外観こそ西洋楼なのだが、中身は貯水場になっているのだ。諧奇趣の前後にある噴水へ水を供給するためのね。それで蓄水楼《ちくすいろう》といわれていた」

「貯水場なんですか」

琢馬は、啞然としていた。

そこへ、永暦公主も話し掛けてくる。

「貯水場だとわからないように、わざわざ西洋楼と同じ外観に造ったのです。おもしろいでしょう」

それから琢馬たちは、細長い区画を東へと移動した。養雀籠を抜けると、方外観《ほうがいかん》という西洋楼があり、その向かいに竹亭《ちくてい》と呼ばれる中国風の四阿《あずまや》があったらしい。そして、方外観を過ぎると――。

「ここには海晏堂という西洋楼があった」

と、塙照正が教えてくれる。

「十二支を象った噴水時計があったという建物ですね」

琢馬は、前に聞いたことを思い出していた。

「海晏堂というのは最後にできた西洋楼だ。建物全体が東西に長いT字形をしていて、西側にある横棒部分は皇帝の住居になり、東側の縦棒部分は、厳密にいえば両端が出っ張った工字《こうじ》形になっていたそうだ。そして、ここに噴水時計があった」

それは、T字をした建物の西側――横棒部分の手前に当たる。塙少佐が指し示したところには、琢馬にもそれとわかる噴水の遺構があった。

少佐の話によれば、扇形をした噴水池の扇の要の位置に大きなあこや貝の意匠があり、そこから左右に伸びた扇の下辺に沿って羅漢衣をまとった十二支像が六体ずつ並んでいたという。銅で造られていたそうだ。しかし、廃墟に貝の意匠はあるものの、二時間おきに水を出していたという十二支像はない。

「十二支像はどうしたんでしょう。やはり円明園が略奪・放火された時に奪われたのでしょうか」

琢馬の問いに、

「いや。どうもそうではないらしい」

と、塙少佐は首を振った。

「十二支像は焼討ち後も残っていたのだが、いつの間にかなくなってしまったようだ」

「いつの間にかって？」

それに答えたのは、永暦公主であった。

「皇帝がお住まいになっておられた紫禁城からも多くの宝物がいつの間にか消えていました」

「つまり中国人自身が持ち出して売りさばいたということですか」

「ふん。金欲しさになんでもやる連中だから、国がこんなふうに腐敗堕落してしまうんだ」

里中少尉が、いかにも軽蔑しきったように吐き捨てた。

そこへ、また風巻が口を挟んでくる。

「お言葉ですが、日本だって、明治の廃仏毀釈《はいぶつきしゃく》で貴重な仏像や仏具・美術品をかなり流出させてしまいました。外国人からその価値を指摘されるまで、仏像を崇めてきた僧侶たちでさえ、それがわからなかったのです。浮世絵もそうです。これもかなりのものが外国へ出ていき、そこで価値を認められて、日本人もその素晴らしさに初めて気付きました」

それを聞いて、里中少尉の顔が真っ赤になっていたが、

「事実だ」

そう塙少佐に諭され、なんとか抑えている。

琢馬たちは、さらに東へ移動した。すると、そこは東西に細長い区画の北側が突き出していて、紫仙館が模倣したという遠瀛観は、その出っ張り部分に建てられていたらしい。そして、遠瀛観の前には、大水法と観水法があったのだ。ここでも噴水の遺構は、割合によく残っている。

紫仙館で公主から聞かされた大水法と観水法のことを思い出して、琢馬は、はたと気付いた。

「観水法の石屏風には、西洋の甲冑や剣に盾・大砲などが描かれていたんですよね。それって『乾隆魔象』にも出てきていたんじゃありませんか」

「その通りだ」

と、少佐が応じた。

「乾隆帝がイギリスの使節を最初に引見した場面は、あの描写からして観水法を意識していることは明らかだ。しかし、現実の観水法とは違う。『乾隆魔象』ではその前に象がずらりと並んでいたが、本物の観水法にそんな場所はない」

確かに大水法が目の前にあるのだから、象を並べられる場所などない。やはりあれは小説なのである。

遠瀛観を最後に西洋楼は終わっていた。

琢馬は、改めて周囲を見渡した。廃墟と化した残骸だけを見ていても、いかに物凄いものであった

かがひしひしと感じられる。もし壊されることなく残っていたら、日本人も瞠目させられたに違いない。

「フランスとイギリスが円明園を破壊することになったのも、原因は阿片でしたね」

と、琢馬は言った。

清が阿片を輸入禁止にしても、イギリスはかまうことなく阿片を中国へ密輸し、それがもたらす害毒はますます広がっていた。そこで清は、阿片を没収し処分するという強硬手段に出て、戦争になったのである。

これが、阿片戦争だ。人を廃人にする阿片を売り続けんがための戦争で、イギリスの中でも、これほど不正で不名誉な戦争はないと慨嘆した人物がいたほどの、世界史上に類のない恥ずべき戦争であった。

しかし、阿片戦争でイギリスが勝っても、阿片貿易が認められたわけではなかった。清は、没収処分した阿片の賠償をさせられたものの、阿片貿易を公的に認めなかった。従って、阿片は、その後も禁輸品であった。

「そもそもの発端はアロー号事件だ」

と、風巻が言った。

アロー号事件は、琢馬も知っている。阿片の密輸をしていたアロー号を中国側が臨検・摘発したのだ。しかし、イギリス船籍であったアロー号から中国側の官憲がイギリス国旗を引きずりおろしたため、イギリスは、侮辱であるとして報復することを決め、中国側に神父を処刑されていたフランスと共同出兵することになったのである。

「だが、アロー号はイギリスの船ではなかった」

と、風巻は教えてくれた。

「アロー号のイギリス船籍は事件が起こる十日前に切れていたんだ。しかし、イギリス側は、そのことを隠し、最後まで自国の船だと主張し続けた。これに対し、国際紛争に不慣れな清は、アロー号の船籍を調べるという基本的なことさえ怠り、しかも、その頃は国内で太平天国《たいへいてんごく》の乱にも悩まされていたため、イギリスの術中に陥ってしまった。国旗を引きずりおろした件についても、中国側は旗などなかったといっているが、もし旗をかかげていたとしたら、それはアロー号がイギリス船籍を擬装していたことになり、阿片を積んでいたことと併せ、非が向こうにあるのは誰がどう見ても明らかではないか」

「しかし、イギリスは強硬に清の非を主張して兵を派遣し、フランスと共に北京へ迫ってきたんでしょう」

「そうだ。だが、この時だって、イギリスの中にはアロー号がイギリス船でないことを認める声があり、議会で一旦は出兵が否決されたんだ。すると、首相は議会を解散し、それによって今度は賛成派が多数を占め、出兵が認められた」

「なんてことだ」

と、琢馬は呆れてしまう。

「そして、英仏両国は、強大な武力を背景に清と天津《てんしん》条約を結んだ」

と、風巻は続けた。

「これは、阿片貿易を実質的に認めるものだったから、本来はこれで一件落着となった筈なんだ。ところが、イギリスは、条約を批准するに当たり、十六隻もの艦隊を連れてきて中国側と戦闘になり、今度はイギリスが負けた。このことについても、同じ西洋人の中からイギリスへ非難の声が上がっている。条約を批准するのに艦隊は必要ない。イギリスだって、他国の外交官が艦隊付きでロンドンへ入ることなど認めはしないだろう。だから、中国側に理があるとね」

「——」

「しかし、イギリスは、この屈辱を晴らさずにおくべきかと怒り、今度は百隻以上もの艦隊を派遣して、これにフランスも三十隻以上の艦隊で応じた。そのため、これには清国軍も勝つことができず、清は北京を戦火から守るために降伏を決意した。ところが、この時もイギリスは、国書親呈に際して清国皇帝に跪拝することを拒み、交渉を決裂させた。跪拝をめぐっては、前年にもアメリカが拒否したのだが、この時は、清の大臣が間に入り国書を取り次ぐ形にすることで決着している。しかし、イギリスは、これも拒否して、交渉団は捕えられ、その中の二十名が殺されてしまった。そこで、英仏連合軍は、その報復と称して北京へ攻め入り、円明園で狼藉の限りを尽くしたんだ」

「——」

「このような事態を避ける機会が何度もありながら、イギリスは終始強硬な態度を崩さず、フランスを伴って、ここまでやって来た。道理も何もあったものではない。とにかくどんなことをしてでも武力で北京を制圧し、中国を自分たちの意のままに従わせるつもりだった。ここは——円明園は、その見せしめとして焼き払われたんだよ」

風巻は、怒りを抑えかねた表情でまわりを見渡した。

「おっしゃる通りです」

と、永暦公主も、厳しい声を上げる。

「北京に円明園があり、そこに金銀財宝が存在していることは、ヨーロッパでは十八世紀に本が出ていて、彼らもよく知っていました。円明園は、最初から狙われていたといってもいいでしょう。しかも、英仏連合軍は、円明園だけではなく、開戦以来、あちこちで略奪と放火、それに殺人や強姦まで行っているのです。彼らは連合軍の捕虜を殺したことで相手を責めても、自分たちが犯した暴行や殺人・強姦についてはなんら恥じ入ることさえないのです」

永暦公主は、切れ長の目を鋭く光らせた。

「このことは、イギリスがインドで何をやってきたか。いえ、その前の大航海時代から西洋諸国が他国で何をしてきたかを思い起こせば、はっきりしているではありませんか。コロンブスもマゼランもコルテスもピサロも行く先々で現地の人々を殺し、土地を奪って、自分たちのものにしていったのです」

この時の琢馬は知らなかったが、コルテスはメキシコのアステカ帝国を、ピサロはペルーのインカ帝国を滅ぼした人物である。

「自由の国アメリカもアフリカからたくさんの奴隷を連れて来て、彼らには自由を与えませんでした。中国からやって来た労働者のおかげで鉄道を造りながら、役目が終わると、中国からの移民を禁止するようなことをしています。排日の前に排中が行われていたのです。今度の排日土地法も、そうした有色人種蔑視と根は同じものです」

「――――」

「もしイギリスやフランスで他国が阿片を強引に売り付けてくればどうするか。バッキンガム宮殿やヴェルサイユ宮殿が他国によって略奪され放火されればどういう思いになるか。それを考えれば、円明園のこの惨状がどんなにひどい行いかわかる筈なのです。しかし、彼らにはそれができた。自分たちとは違う人種の住む国、自分たちとは異なる宗教を信仰している国――そういうところでは、それができるのです」

「そういえば、先の大戦が終わって、ヴェルサイユ条約が結ばれた時に民族自決というのが唱えられましたね」

と、風巻が受ける。

「それでヨーロッパには新しい国が次々とできましたが、欧米諸国が他の地域の植民地を手放すことはなかった。中国も不平等条約の改正や租界の返還などを求めたが、耳を貸そうともしなかった。だから、中国はヴェルサイユ条約に加わらなかったのです」

「つまり今の世界は西洋の都合がいいようにできている。全てが西洋の勝手な論理で営まれているのだ」

そう言ったのは、塙照正少佐であった。

「はっ。まことに勝手な連中であります」

と、里中少尉も憤然として応じる。

「なのに日本は、その西洋の後を追い掛け、彼らと同じことをしている。間違っているとは思わないか、少尉」

「間違っている――のでありますか」

里中少尉は、困惑しているようであった。

塙少佐は、琢馬に向かって聞いてきた。

「そもそも日本が維新を成し遂げたのは何のためだと思う」

「勿論、近代化をして西洋に負けない国となるためではありませんか」

と、琢馬が答えた。

「そうだ。古い体制のままでは阿片戦争で敗れた中国のようになってしまう。だから維新を行った。日本を西洋の植民地にさせないためだったのだ。しかし、その後の日本は西洋と同じやり方をした。日本は中国や韓国と不平等条約を結び、韓国は併合して、中国からも台湾という植民地を得たばかりか、他にもさまざま権益を獲得している。日本だってかつては不平等条約や居留地という治外法権の場所に苦しめられてきたというのに、それと同じことを、いや、それ以上のことを他国にやっているのだ」

「し、しかし、それはどの国もやっていることで――」

里中少尉が、詰まりながらも口を挟んだ。

「違う！」

塙少佐は、強い口調で否定した。

「どの国もではない。欧米列強がやっているのだ。帝国主義を標榜するごく一部の国だよ。世界中の国が帝国主義をやっているわけではない。今の日本は武力でもって阿片貿易を中国に認めさせた連中の――つまりはここ円明園で略奪・放火を行った連中の仲間になっているのだ。これでアジアを守っているといえるか」

塙少佐が来た道を引き返したため、一同は、海晏堂という西洋楼の遺構があるところまで戻ってきた。

「私の祖父である侯爵閣下と永暦公主の伯父である祈藤智康氏が鄭秀斌氏と出会い、乾隆帝の黄金象を渡されたのが、ちょうどこの場所だったと聞いている」

それは、十二支の噴水時計の前であった。

「しかし、それを日本に持ち帰った祖父は、家の奥深くにしまい込んだまま忘れ、祈藤智康氏が訪ねてきたことでようやく思い出した。自分の身体に異変を感じていた祈藤氏は、黄金象を納めていた箱が久し振りに開けられると、今こそ鄭秀斌氏との約束を果たすべき時ではないかと、祖父に言ったそうだ」

「約束ですか」

琢馬が首を傾げると、塙少佐は、三人の間で交わされた約束のことを話した。日中が力を合わせて西洋に立ち向かい、アジアを救おうという話である。

「祈藤氏は、祖父から永暦帝の末裔を預かり、妹を嫁がせて永暦公主が生まれていた。そして、その一方では植民地経営に深く関わり、財閥といわれるまでになった。だからこそ、日本がやっていることの矛盾に気付いたようだ。アジアの国でありながら、西洋と一緒になってアジアの分捕り合戦に加担していることとの矛盾に――。しかも、智康氏は、約束を果たすための準備をすでに始めていた」

「準備って、それはどういう？」

しかし、この問いに塙少佐は答えなかった。

「とにかく、それで祖父も北京へ行った時のことを改めて思い起こした。西洋に蹂躙されていた中国の姿と、それを見て、日本をこういうふうにしてはいけないと決意したことを――。しかも、中国の人々は、帝国主義に反対すべく立ち上がろうとしている。中国は、目覚めてきているのだ。だから祖父は、黄金象を永暦公主に渡してくれるよう祈藤氏に託した。祈藤氏は、それから一年ほどして亡くなった」

「――」

「一方、祖父は、これまでの対中政策を見直すことから手を付け始めた。ワシントン会議で日本は山東での権益を返還することに同意し、他にも中国問題でいくつかの譲歩をしている。これらは船の中でも君に話した通り、祖父である侯爵閣下の意向であったのだ」

「しかし、ワシントン会議では中国の主張する不平等条約の撤廃は認められなかったのですよね」

「残念ながら、いかに祖父でも日本の全てを意のままに動かせるほどの力はない。これまでの権益をなんとしてでも維持したいと考える勢力はやはり強いのだ。だから祖父は、侯爵閣下は、今の日本の進み方が間違っていることを、できるだけ多くの人間が気付くようなきっかけを欲しがっておられる。

維新の原点を思い出すきっかけだ。それがあれば、日本も変わることができる」

これを聞いて、里中少尉は、天を仰いでいた。

「不服か、少尉」

「今まで死んでいった人たちのことを思うと、やはり権益を手放すのは残念でなりません」

里中少尉は、滴り落ちる涙を拭っている。

「しかしな、少尉。その人たちは欧米列強の侵略から日本を守ろうとして戦い、死んでいったのであって、日本が欧米と一緒に他国を蹂躙することなど願っていなかったのではないか。それとも君は、阿片を売り付け、ここを焼き払った連中の仲間になることをよしとするのか」

「いえ。さっきも申し上げましたように、彼らは勝手な連中であります。そのような考えは毛頭ありません。私は軍人でありますが、不正義な戦争は憎みます」

里中少尉は、まだ涙を滲ませた目で少佐を真っ直ぐに見返し、再度はっきりと言った。

「だったら私に付いてきてくれるな」

塙少佐に肩を叩かれ、少尉は、背筋をしゃきっと伸ばし、

「はっ」

と言って、敬礼している。

「その格好で、それはまずいよ」

少佐に指摘された里中少尉は、改めて自分の今日のいでたちを見つめ、

「も、申し訳ありません」

と恐縮している。

塙照正少佐は、それを見て快括に笑い、琢馬の方へ顔を向けてきた。

「私は永暦公主に円明園が燃えるところを見せられ、それによって西洋が中国に――いや、アジアに何をしてきたかを改めて思い知らされた。燃え盛る円明園の姿は、単に中国のことだけではなく、アジアが西洋に苦しめられてきたことの象徴であり、同じようなことが日本で起こっていたとしてもおかしくはなかったのだ。だから、あの後、公主から乾隆の黄金象を見せてもらった私は、これまで日本がやってきたこととの間違いを指摘され、祖父と祈藤氏が鄭秀斌氏と交わした約束のことを教えてもらった。それで、私も日本は維新の原点に戻るべきだと思ったのだ」

「つまり、それが公主のもとでよりよい未来を作るということですか」

琢馬の言葉に、塙照正少佐は、

「そうだ」

と頷いていた。

「但し、祖父である侯爵閣下の意向に従うのではない。公主と一緒に若い我々で作っていくのだ」

「永暦公主と一緒に――」

そういう呟きが、琢馬の口から洩れる。

その公主はどこかと探してみれば、いつの間にか一人だけ少し離れたところにいて、西洋楼の残骸をじっと見つめていたのである。

幕間

ここまでの話を聞いて、私は、すっかり驚かされていた。

密室殺人もさることながら、人が過去へ行き、しかも、そこで殺されていたとは——。密室以上に不可解極まりない事件ではないか。

「本当にそんなことがあったんですか」

私は、そう聞かずにはいられなかった。

なんといっても、百十歳になろうかという高齢である。記憶違いや物忘れがあったとしても不思議ではない。

随分と非礼な言葉だったと思うが、結城氏は、口元に穏やかな笑みを浮かべていた。但し、サングラスで隠れている目がどうなっているかはわからない。

「わしは、その時にその場で見聞きしたことを嘘偽りなくお話ししております」

辮髪帽にちょっと手をやってから、結城氏は言った。

「なにしろ、どれもこれも忘れ難いことばかりでしたからな。塙少佐の話もそうです。そして、これらのことを忘れないよう覚書のようなものも書いておりました。勿論、思い違いをしていたり、忘れてしまっていたりしたことが皆無であるなどというつもりはありませんし、話をはしょったところもあります。しかし、これだけははっきり言っておきます。わしの話に嘘はありません。そして、塙少佐も決してわしに嘘など言わなかった。塙少佐の話も、全て本当のことだったのです」

結城氏の態度は、あくまでも真摯であった。私やダーク探偵をからかっているようにも、騙そうとしているようにも見えない。

「すると、この『乾隆魔象』は龍骰殿の前で永暦公主から見せられたものですか」

私は、さっき読んだものを再び手に取っていた。

「ええ。そこに破れた痕が残っているでしょう。あの時のものです」

結城氏は、感慨深げに言っている。

丁寧に貼り合わせてあるが、破れた跡がしっかりと残っていた。

私は、質問の矛先をダーク探偵に向けた。

「これが戦前の華族の家から出てきたというのは塙侯爵の家だったんですか」

しかし、黒マスクの探偵は、

「違う」

と、首を振った。

「塙侯爵家ではなく、侯爵家と親しかった家からだ。塙照正からの預かり物としてしまわれていたそうだ」

これは、結城氏の記憶がしっかりしていることの物証といえるであろう。ということは、龍骰殿も確かに存在していたことになる。

私は、バッグからノートパソコンを取り出して、剽檄麟を検索した。

私も、当時、中国の軍閥に劣悪な者が多かったことは知っている。だが、名前や行状まで知っているのは、張作霖のような大物に限られていた。

剽檄麟を調べると、馬賊からのし上がり、日本の支援を受けて山東省の一部を支配していたことが出ていた。鼠鬼将軍と呼ばれ、数々の非道を行って、多くの住民を虐殺したことも事実であったらしい。白系ロシア人部隊も傘下に持っていたようだ。

しかし、剽檄麟の最期については、はっきりとしていなかった。部下の叛乱がきっかけで周囲の軍閥からも攻められて没落し、その後、行方不明になっている。庇護を求められた日本軍が持て余したことによる謀殺説、あるいは剽檄麟に殺された中国人の復讐説などが唱えられているらしい。

結城氏の話の通りだとすれば、天罰説ということになるのだが、新人賞をとったばかりとはいえ、一応ミステリー作家の端くれである。天罰など素直に受け入れられるわけがない。どれほど不可解な状況であろうとも、何らかのトリックが用いられて成し遂げられた現象であるに違いないのだ。

しかし、どのようなトリックかは見当さえ付かない。ただ実際に密室殺人が起こっているのであるから、『乾隆魔象』も解決できるという探偵の言葉は正しいようだ。

そのダーク探偵は、黒マスクの奥から、じっと私を見つめ、

「何を調べている?」

と聞いてきた。

「剽檄麟のことを――」

そう答えると、探偵は、ふんと鼻を鳴らした。

「あんな人とも思えんヤツのことを調べたところで気分が悪くなるだけだ。それよりも君は、龍骰殿という建物の様子から何かを思い浮かべなかったかね」

「何かって、何を――」

「それでもミステリー作家か。『まだらの紐』だよ」

「あっ」

と、私は声を上げていた。

『まだらの紐』は、ホームズ物の短編である。密室殺人を扱い、評価の高い作品であるため、当然、読んでいる。しかし、密室とはいえ、『まだらの紐』の現場となった部屋には穴があった。鼠も通り抜けることができない小さな穴が開いていたのである。そして、龍骰殿にも、五行の気を取り込むための穴が開いていた。こちらは、五本の指が通るかどうかというぐらいだから、『まだらの紐』よりも大きい。

つまり、どちらも穴という共通点を持っていた。完全な密室ではなかったわけだ。尤も、世界初のミステリーである『モルグ街の殺人』の密室からして、完全なものではなかった。

「俺は、『乾隆魔象』を最初に読んだ時から、『まだらの紐』が頭に浮かんだ。それで今日は、こんな格好をしているのだ」

ダーク探偵は、『ボヘミアの醜聞』に擬《なぞら》えた濃紺のマントをヒラヒラさせる。

「ホームズつながりだったというわけですか」

「そういうことだ」

「さすがは探偵さん。なかなか鋭いですな」

と、結城氏も、口元を緩めていた。やはりサングラスに隠れた目がどうなっているかはわからない。

「ごっほん！」

黒マスクの探偵は、満更でもなさそうに空咳をして、

「それに、『乾隆魔象』と『モルグ街』では、どちらが早かったかは実に微妙なところなのだが、『まだらの紐』と比べた場合は、明らかに『乾隆魔象』の方が早い。『乾隆魔象』に解決編を加えることができれば、アジアのミステリーがホームズに先行することになるぞ」

と続けた。

またパソコンで検索してみる。

『まだらの紐』は、一八九二年の発表であった。阿片戦争より五十年ほど後のことである。

「それで、解決編を加える目途は立っているんですか」

と、私は聞いてみた。

「うん。見えそうなのだが、まだぼんやりしているというところかな」

「じゃあ、過去へ行って、そこで殺人も起こったという話はどうなんです」

「それも何かが見えそうなのだ。もしかしたら、君もすでに見ているのではないか」

「見ているって、何をです」

「象だよ」

「象？」

「それと同じ象だ」

ダーク探偵は、テーブルの上に置かれている象の頭を指差した。

「私がこれと同じ象を見ている？」

しかし、思い浮かぶものは何もない。

私は、結城氏に尋ねた。

「ひょっとして、塙少佐が永暦公主と出会ったパーティー会場で見たという象。それからバビロンの都へ連れて行かれた時にも見たという象は、これと同じ格好をしていたのではありませんか」

長い鼻は途中で折れているが、明らかに上を向いている。

「ええ。これと同じ格好をしています」

と、結城氏は頷いていた。

象の共通性が明らかになったものの、そこからは、いくら考えてもわからないので、私は、パソコンでジャンルカ・ゲロやゲロ男爵を調べてみた。私も、円明園が焼討ちされたことは知っているが、フランス軍の司令官や、その一族で阿片商人になった人物の名前までは知らない。

円明園を略奪したフランス軍の司令官がゲロ男爵であることは、すぐにわかった。しかし、ジャンルカ・ゲロの名前はどこにも出ていない。ただ十・一一事件で検索すると、デモのきっかけとなったのは円明園で外国人の死体が発見され、それが略奪の当事者であったことから、反帝国主義の機運が盛り上がったと記されていた。

結城氏が語ったデモ勃発の経緯と、確かに合致している。

やはりジャンルカ・ゲロは本当に過去へと連れ去られて殺されたのであろうか。信じ難いことではあるが、これを合理的に説明する解答にやはり見当さえ付かないことも事実であった。

私が、パソコンを閉じて、ふっと大きく息をついていると、ダーク探偵が、ニヤリと笑った。

「まあ、いずれはっきりと見えてくるだろう。とにかく今は話の続きを聞こうではないか。まだ紅島が出てきていないからなあ」

そうだ。私がここへ来るそもそものきっかけとなった紅島が、結城氏の話に登場していない。

「紅島はこれから出てきます」

と、結城氏は、また穏やかな笑みを浮かべていた。

「しかも、紅島では、象が疾走する出来事の他にも奇妙な事件が起こっています」

「えっ。他にもまだあるんですか」

「紅島にあった洋館で起こりました」

これに、ダーク探偵が、身体を乗り出してくる。

「館で起こった。すると、今度は館物のミステリーになるというわけだな」

「館物？」

結城氏が首を傾げていたので、私が説明した。

「奇妙な形をしていたり、曰く因縁のある建物の中で不可解な事件が起こるという話を、館物といっているんです。ミステリーでは密室殺人にも劣らない定番中の定番といっていい形式になっています」

「なるほど、曰く因縁のある館ですか。ホームズ物でいえば、『バスカヴィル家の犬』になりますかな。あれにも、そういった館が出てくるでしょう」

『バスカヴィル家の犬』は長篇である。『まだらの紐』よりも後に書かれた作品で、ホームズ物の長編では最も評価が高いといってもいいものだ。

「なるほど、『バスカヴィル家の犬』ですか。よくご存知ですね」

私は、感心していたが、ダーク探偵は、不満げに鼻を鳴らしていた。

「あれが果たして館物といえるのか。確かに不気味な伝説を持つバスカヴィル家の館が出てくるとはいえ、館がある村を、夜の闇の中で光る魔犬が徘徊しているという話ではないか。館物ではない」

そうにべもなく断言する。

そこまで言わなくてもと、私は、思わず引いていた。

しかし、結城氏は、穏やかな笑みを絶やさず、

「そうですか。『バスカヴィル家』は館物とはいえないのですか」

と、鷹揚に返していた。

そして、象の頭をまたいとおしげに手に取り、

「では、ここでも話をはしょって、わしらが紅島へ向かうところから、お聞きいただきましょうかな。この象も出てきます」

と話し始める。

第二部
紅島事変

第一章　幻鶴楼《げんかくろう》の怪人

一

年がまた明けて、一九二四年になった。

中国は民国十三年、日本も大正十三年だ。

その十一月――。

結城琢馬は、上海《しやんはい》に来ていた。

一人ではない。風巻顕吾と一緒である。上海の冬は北京ほど寒くならず、この日もそれほどではなかったのだが、二人は、襟元から足先までをすっぽりと覆う外套を着て、頭に帽子をかぶり、フランス租界内の街路を歩いていた。風巻は、黒いサングラスを掛け、琢馬は、手に鞄を持っている。

二人の視線の先には、一人の男がいた。こちらは洋服だけで、帽子を深々とかぶっている。

琢馬と風巻は、付かず離れずといった感じで紳士の後ろを歩いていた。人の行き交う石畳の歩道に靴音がいくつも響いて、琢馬と風巻の足音も、その中にすっかり紛れ込んでいる。

そして、街路が別の街路と交わるところへ差し掛かった時、風巻が、いきなり歩度を速め、前の紳士を路地の方へ突き飛ばしたかと思うと、辺りに突然銃声が響き渡った。

　琢馬も、風巻に遅れじと駆け付け、突き飛ばされた紳士をさらに路地の奥へと引きずり込んで、手近にあったゴミ箱の陰に身を潜めた。銃声は数発でやみ、琢馬と紳士がいるところへ風巻がやって来て、拳銃を懐にしまいながら、

「行くぞ」

　と、囁くように告げ、二人して紳士を引き立てて路地の奥へと駆けていく。

　その前に街路の方へ目を向けていた琢馬は、路傍に一人の男が倒れているのを見た。男の身体からは赤い血が流れていたが、行き交う人々は、銃声に一瞬立ち止まったものの、それがやむと、また普通に歩き出していた。死体を気にする者など誰もいない。

　そう、上海では真昼に銃声が轟き、死体が転がったとしても誰も驚きはしないのだ。死体など毎日どこかで転がっている。上海では、人の命よりも阿片の方が高いのである。ここはそういう魔都であった。

　琢馬は、風巻の先導で複雑に入り組んだ路地を巧みに駆け抜け、追っ手がいないことを確かめると、ようやく足を止めた。そして、連れて来た紳士に、日本語で声を掛ける。

「お怪我はありませんか。鄭雷峯先生」

　あれ以来——。
　つまり、塙照正少佐や永暦公主たちと円明園に行って以来、琢馬は、諸墨公館へ戻ることなく、風

巻と行動を共にしていた。そして、今回、二人で魔都上海へ来たのには理由があった。

この時、孫文が上海に来ていたのだ。

孫文は、革命派の巨頭として知られているが、実際に彼が支配するところは広州に限られ、しかも、その統治がうまくいっているとは、とてもいい難かった。なにしろ一昨年には、部下である陳炯明《ちんけいめい》の叛乱に遭い、孫文は妻と共に停泊中の永豊艦《えいほうかん》に逃れ、脱出しなければならないという事態に遭遇しているのである。永豊艦は、後に孫文の号である中山《ちゅうざん》の名を付けられ、中山艦と呼ばれるようになる。

孫文は、昨年広州に復帰したが、税の取り立てをめぐって商人たちの私兵組織である商団と対立し、この年の十月、両者は武力衝突を行うに至った。そこで、孫文は、断固たる姿勢を示し、商団を壊滅させた。

商団事件である。

孫文は、自前の軍隊を持たず、それが政権基盤の安定しない一因になっていたのだが、この年の六月、孫文は、黄埔《こうほ》軍官学校を設立させ、革命派の軍隊を育成し始めていた。それが商団事件においても活躍したのだ。

すると、政権を安定させた孫文に対し、北京政府が北上を促してきた。北方では、九月に勃発した第二次奉直戦争において、奉天派が北京を手に入れていた。そして、新たにできた奉天派政府は、孫文に中国の統一と将来を考える会議の開催を呼び掛け、孫文が、これに応じたのである。

広州を出発した孫文は、海路、上海に入っていた。この時、一万の民衆が孫文を歓呼の声で迎えたという。

しかし、その孫文は、すでに上海を発っていた。向かった先は、北京ではなく日本である。孫文は、そのまま真っ直ぐ北上するものと思われていたのだが、なぜか日本へ向かったのだ。

ところが、孫文の片腕といわれる鄭雷峯は、これに同行せず、上海に残っていた。

「先生を狙ったのは商団の残党が雇った殺し屋のようです。しかも、イギリスがこれに手を貸している気配があります」

と、風巻顕吾が言った。

場所は、フランス租界内にある粗末な家の一室。真昼の襲撃から鄭雷峯を助けた琢馬と風巻は、そのまま彼と共にここまでやって来たのだ。

「イギリスは陳炯明や商団を支援していました。反帝国主義を掲げ、不平等条約の撤廃と阿片の根絶を主張する孫文先生は、イギリスにとって目障りな存在なのです」

と、琢馬も口を添える。

鄭雷峯は、無言のままである。

風巻は、かまわずに続けた。

「イギリスは勿論孫文先生の命も狙っていましたが、孫文先生は、上海を発ってしまわれた。それで鄭先生を狙ったのです。なにしろ鄭先生は孫文先生の片腕。しかも、鄭先生は、今年七月北京で結成された『反帝国主義運動大聯盟』の実質的な主導者であり、商団事件でも鄭先生が断固討伐を主張なさったことはイギリスも知っています」

反帝国主義運動大聯盟とは、中国だけではなく、世界中の被圧迫民族と提携して、帝国主義の侵略と戦おうというものである。

鄭雷峯の表情が硬いままなのを見て、琢馬は、話題を変えた。

「鄭先生は、一昨年に起こった陳炯明の乱に際して、孫文先生ご夫妻が逃れた永豊艦の広州脱出を見事に成功させたそうですね。この時、永豊艦は五十日にわたって海上にとどまることを余儀なくさせられましたが、鄭先生は永豊艦と他の場所との連絡役を見事につとめられ、脱出を成功に導かれたと聞きましたが――」

ここでようやく鄭雷峯が、表情を僅かに緩め、口を開いた。

「円明園の廃墟で育った私は、あそこにある湖や池で随分と遊んだからね。泳ぎは得意なのだよ」

そう生真面目な口調で言う。

鄭雷峯は、この時三十六歳。

孫文は、革命を主導してきた闘士とは思われないほど穏やかな風貌をして落ち着いた雰囲気を漂わせているが、鄭雷峯も、師とほとんど同じ印象を与える人物であった。

小柄で痩せている体型は、琢馬とほとんど変わらない。しかも、髪をきれいに撫で付けた細長い顔は、女のように肌が白く、とても頑健そうには見えなかった。海を泳いで連絡役をした話など到底信じられないほどである。しかし、実際の鄭雷峯は、革命戦にも参加して、何度も修羅場を潜っているのだ。その理知的な容貌からは、静かな気迫のようなものが感じられ、目も力強い光を放っている。

「先生の代わりに命を狙われるとは光栄なことだ」

今も鄭雷峯は、泰然としていた。

「しかし、ここはフランス租界。フランスはイギリスと同じ穴のムジナです。孫文先生のご自宅に戻られるのは危険かと――。なにしろ孫文先生がいなくなられた今は、警備についていた人間もいなくなってしまいました」

孫文は、フランス租界に自宅を持っていて、上海へ来てからはそこに滞在し、鄭雷峯も一緒にいたのである。

風巻の危惧に、鄭雷峯は、澄んだ目を向けた。

「つまり今度はそこを襲ってくると――」

「ええ。ですから戻られるのは危険です」

「しかし、それでは、どうすればいい。どうやって上海から脱出するというのだ」

「先生にはたいへん不本意なことだと思いますが――」

風巻の目配せを受けて、琢馬は、持っていた鞄を開けた。その中から現われたものを見て、さすがの鄭雷峯も、表情を険しくしている。

「実は我々もその格好で来ています」

風巻は、外套を脱ぎ、琢馬も同じことをした。すると、その下から出てきたのは、日本海軍の軍服であった。二人は、その格好を外套ですっぽりと覆っていたのだ。そして、鞄の中から軍帽を取り出し、それをかぶる。

鞄の中には、まだ日本の軍服が一式入っていた。

鄭雷峯は、それを見て目を見張り、大きく息をついている。

「大事の前です。我慢して下さい」

と、風巻が説得した。

鄭雷峯は、渋々軍服を身に着け、軍帽を深々とかぶった。ボロ家を出て、また街路を歩き始める。

辺りは、すっかり暗くなり、人通りも少ない。そこを少し歩いていると、中国服の男が、たどたどしい日本語で声を掛けてきた。

「あなた方、日本人？」

「当たり前だ。我々は上海停泊中の『香芝《かしば》』に乗っている者だ。俺は風巻中尉」

「僕は結城少尉」

「私は祈藤大尉だ」

「不審があるならこれから『香芝』まで同行してもいいぞ。但し、そのまま日本へ行ってもらうことになるだろうがな」

風巻が、威嚇するように言うと、

「あいやあ。日本など、行きたくないよ」

男は、手を振り、ほうほうの体で走り去ってしまう。どうやら日本人に扮した中国人を捜しているらしい。鄭雷峯の行方を追っているのであろうと思われた。

そこへ一台の車が横付けしてきた。

琢馬たちは、それに乗り込み、車が走り出すと、助手席の琢馬は、後部座席にいる鄭雷峯を振り返って感嘆の声を上げた。

「見事な日本語です。全くお変わりありませんね」

「変わりがないとはどういうことかな。君は私と話したことがあるのか」

「いいえ、お話しさせてもらったことはありません。ですが、四年前、松本で講演なさった時に話を聞かせてもらいました」

「そうか」

そこへ、風巻が口を挟んできた。

「さっきのヤツは鄭先生が日本語に堪能なことさえ知らなかったようだな。相手のことをほとんど知ろうともしないで命を狙っているということだ。どこかの誰かさんとよく似ている。だから、鄭先生のことは全く心配していなかったよ。心配だったのはむしろお前の方だ」

「えっ、僕がですか。どうして――」

「お前のその顔が、日本軍の少尉に見えるかどうか。心配でたまらなかった」

風巻が、くっくと笑い、鄭雷峯の顔も初めて綻んだ。

そして、車は、上海港の埠頭に着き、琢馬たちは、一等巡洋艦『香芝』に乗り込んだのである。

二

一等巡洋艦『香芝』が琢馬たちを降ろしたのは、台湾であった。

しかし、基隆港へは寄らず、そのまま東の海上を南下して、台南沖までやって来ると、小型の蒸気船が『香芝』に横付けして、琢馬たちは、それに乗り移った。すでに三人とも軍服を脱ぎ、洋服に着替えている。

海は穏やかで、近くに漁船の姿が何艘も見えた。姿を現わした軍艦に驚いているような感じである。

三人は、近くに停泊していた別の船に連れて行かれた。今度は軍艦ではなかったのだが、

「あれは先の世界大戦にも参加した給水用運送船の『龍田丸《たつたまる》』だ。戦争終結後に祈藤財閥へ払い下げられた」

と、風巻が教えてくれる。

「給水船ですか」

琢馬は、首を傾げたが、向かう先が島だと聞かされ、それで生活用水が必要なのだろうと納得していたところ、

「それだけが理由ではない」

と、風巻に言われ、また首を傾げることになってしまった。

『龍田丸』では、高瀬が迎えに来ていた。そして、着いたところが紅島であった。

周囲のほとんどが切り立った断崖になっている中で、一ヵ所だけ桟橋が設けられていた。小さな桟橋で、大型船は近付いただけでも座礁する恐れがあるらしく、『龍田丸』からまた小型の蒸気船に移り、琢馬たちは、紅島に上陸した。常春の島台湾は、この日も暖かく、日本や北京ではとても十一月とは思われないほどの強い日射しが照り付けている。上陸した琢馬は、滴る汗を拭わなければならなかっ

た。

それから琢馬たち三人は、高瀬の案内で紅島の中へ入っていった。船着場から先は、石畳の道が造られていて、その左右に、赤い煉瓦壁がそそり立っていた。

「これはオランダが統治していた時代の遺構だ。ここにはオランダの城があった」

と、風巻が教えてくれた。

赤い煉瓦は、ゼーランディア城やプロヴィンシア城と同じようにジャワから取り寄せたものだという。特殊な製法で石塊にも劣らない堅固さを誇っているそうだ。

琢馬たちは、その壁に挟まれた道を進んでいった。最初は昇りの石段で、その先は平坦な道になっていた。平坦になってからの壁の高さは三階の建物ほどで、道の幅は三、四人が並んで歩ける程度。道は、真っ直ぐに百メートルほど進むと、直角に左へ曲がり、それも百メートルほどで今度は右へ曲がる。これで最初の向きと同じになった。

「道がこんなふうになっているのは、防御のためだ。ここは敵に攻め込まれた時の最後の砦といっていい場所だったようだ」

と、ここでも風巻が、説明してくれる。

「そして、この道は、船着場がある方から見て島のほぼ真ん中に位置している。島の左右のほぼ真ん中になるということだ」

琢馬は、壁を見上げていた。

左右にそそり立つ煉瓦壁のおかげで日射しが遮られ、琢馬は、いくらか涼しさを感じることができた。

それから視線を前に移すと、ここでは、百メートルほど先に門のようなものが見えていた。近付くにつれ、壮麗な門であることがわかってくる。

すると、鄭雷峯が、思わずといったように声を上げた。

「あれは養雀籠ではないか」

養雀籠というのを、琢馬も覚えていた。

円明園の西洋楼にあったものだ。諧奇趣があった区画と他の区画とを隔てていた門である。しかし、当然のことながら、それも石の廃墟と化していたため、正確な形はわからなかった。

そのことを琢馬が言うと、

「養雀籠というのは、実に奇妙な構成になっているんだよ」

鄭雷峯が説明した。

「諧奇趣がある西側から見ると、中国風の建物になっているが、反対の東側から見ると、西洋風の建物になっていた。これは、その中国風の部分と同じ形をしている」

確かに、門の形は中国風である。

「そして、二つの門の間では金網を張って孔雀《くじゃく》を飼っていたらしい。だから、養雀籠というのだ」

「さすが円明園で暮らしておられただけあって、お詳しいんですね」

と、琢馬は感心した。これに対し、

「私はここへ来るのが初めてだが、君もそうなのか」

と、鄭雷峯が聞いてきた。

「はい」

琢馬は頷いた。

台湾にいる時は紫仙館に滞在していた。従って、ここにこういうものがあることさえ知らなかったのである。

一行は、アーチ型に開いている門を潜った。アーチの下は階段になっていて、門の長さはおよそ二十メートル。養雀籠の中は階段にはなっていなかったようで、しかも、ここでは次の門までの間に孔雀はおらず、石で造られた象が道の両側に三頭ずつ並んでいた。前脚を上げ、後ろ脚だけで立つような格好をして、鼻も高々と上げている。

紫仙館の象水法にいたものや、塙照正少佐がアメリカで見た造り物の象と同じ姿である。頭の位置が琢馬たちの倍ほどの高さになるほど大きい。

「象か」

と、鄭雷峯が呟き、

「それで、ここは迎象門《げいぞうもん》と呼ばれています」

と、風巻が言った。

その迎象門を出て振り返ってみると、門は、確かに西洋風の形をしていた。階段を上がってきたため、門の向こう側は、左右にある赤い煉瓦壁が建物二階分ほどの高さになっていた。道は、そのままの幅で続き、百メートルほど先で尽きている。

そして──。

琢馬は、道をふさいでいる正面の壁の上に目をやった。

そこに石造の洋館が建っていた。二階建てで、横に細長い形をしている。だが、単純な長方形というのではない。洋館は、琢馬たちがいるところから見て奥へ向かって伸びている左側の棟と、横に長い右側の棟とに大きく分かれていたのである。

左側の棟には、瑠璃瓦を使った中国風の屋根が載っていた。これに対し、右側の棟には、左右の両端に、やはり瑠璃瓦を載せた小さな建物が聳えているものの、それを除けば屋上部分は平坦である。どうやら回廊らしきものが屋上の周囲をめぐっているような感じだ。

そして、右側の棟は、小さな建物が聳える両端の部分がこちらへ向かって突き出すような形になっていて、棟全体の真ん中辺り──その地下部分に相当するところが、行き止まりとなっている道の真正面に位置していたのである。

紫仙館にも劣らない、いや、それ以上といっていいほどの壮麗な洋館であった。

琢馬は、目を見張り、その隣では、

「見事なものだ」

と、鄭雷峯も、感嘆の声を洩らしている。

道が行き止まりとなるまでの途中──向かって左側に、赤い煉瓦壁を穿って階段が設けられていて、琢馬たちは、それで壁の上に上がった。そこは、木々を茂らせた庭になっていて、その間の遊歩道を進み、洋館へ近付いていった。遊歩道は、左側の棟の側面へとまわり込んでいる。そこが洋館の正面になるらしい。

しかし、琢馬は、洋館の入り口までたどり着く前に、また目を見張ることとなってしまった。

洋館の前に噴水が設けられていたのだ。

噴水池は扇形をしていて、要の位置にあこや貝の意匠を配し、そこから左右に伸びた扇の下辺のところに、動物の像が六体ずつ並んでいる。つまり全部で十二体。

「これはもしかして海晏堂ですか」

と、琢馬は、呻くように言った。

壁の下から見ていたのとは位置が変わっているので、今、琢馬のいるところからすると、正面の棟が横に細長く、その後ろにある棟は縦に長く伸びているということになっている。つまり、この洋館はT字形をしているのだ。

そして、ここからはよくわからないのだが、T字の縦棒に当たる背後の棟は、工字形をしているに違いない。だから、さっきの位置から見た時、棟の両端が手前側へ突き出していたのである。

海晏堂は、そういう形をしている洋館だと、円明園で塙少佐から教えられていた。

「確かに海晏堂だ」

と、鄭雷峯も頷いている。

しかし、海晏堂と明らかに違っているところがある。

目の前の噴水だ。そこにいるのは羅漢衣の十二支ではなく、ここでも象になっていたのだ。銅で作られた銅象だ。迎象門と同じ姿で、象の大きさは人間の子供ぐらい。高く上がった鼻から、水がチョロチョロと可愛らしく流れ出している。

「なるほど。さっきの給水船は、この噴水にも水を供給していたのだね」

鄭雷峯が、風巻に向かって言った。

「はい」

と、風巻は答え、

「船からこの高台までポンプで水を汲み上げています」

と説明する。

「そうか。紫仙館は近くに湖があったけど、こっちは、まわりに海水があるとはいえ、それを使うわけにはいかないんだ」

琢馬も、ぽんと手を叩き、ようやく納得した。そして、噴水の方へ近付いていく。

すると、象の鼻から不意に大きく水が噴き上がった。ザアッという派手な水音が轟き、水飛沫が飛び散ったために、琢馬は、思わず身体を引いた。

「はははは」

と、風巻が笑い、それにあでやかな笑い声も重なっている。

噴水池のまわりは石畳になっていて、噴水池の両端からは、石畳の続きのような感じで二つの階段が設けられていた。左右の階段とも弧を描きながら二階へ伸び、中央に位置する二階のバルコニーのところで一つに合わさっているのだが、そこに、永暦公主が立って、にこやかに笑っていたのだ。

「大丈夫でしたか」

そう気遣う言葉を掛けながら、永暦公主が、琢馬たちの方へ向かって階段を降りてきた。

この日の公主は、青いチャイナドレスを着ていた。澄みきった台湾の空と、透き通った台湾の海にも負けないほどの鮮やかな青さである。

「お客様を歓迎しようとして、少し大きく噴き出させ過ぎました。申し訳ありません」

永暦公主は、丁寧に謝ってくれた。

「いえ。大丈夫です」

そう言いながら、琢馬は、少し掛かった水を拭った。

そんな琢馬を風巻が戒める。

「紫仙館の噴水を知っていながら迂闊《うかつ》だぞ。これが命のやり取りをする場なら、お前はもう死んでいる」

「すいません」

琢馬は、素直に頭を下げた。確かに迂闊だった。

一方、階段を降りた永暦公主は、琢馬を庇ってくれた。

「今は命のやり取りをしているわけではありませんから、そこまで厳しく言わなくてもいいのではありませんか。琢馬さんは、以前に比べれば、ずっとしっかりなさっています。気を引き締める場面では、このような油断をなさることもないでしょう。現に上海では立派な働きをなさったそうではありませんか。風巻さんから、電信で報告を受けていますよ。やはり風巻さんと琢馬さんに迎えをお願いしたのは正解でした」

「いや、でも、別に立派と言われるほどでは――」

公主の涼やかな目に真っ直ぐ見つめられて、琢馬は、顔が火照るのを抑えられなかった。

それから、公主は、鄭雷峯に向かい、

「上海ではたいへんな目に遭われたと聞きました。ご無事でなりよりです」

と、気遣いの言葉を掛けた。

「いえ、あれしきのことはなんでもありません。あれで命を落とすようでは、私も所詮それだけの人間でしかなかったということです。祖国の革命を指導するに値しない人物だったというに過ぎません」

鄭雷峯は、平静に応じていた。そして、この話題はもうすんだといわんばかりに、

「この噴水は時計にはなっていないのですか」

と、公主に尋ねた。

永暦公主も、ニッコリと笑った。

「はい。そこまではたいへんなので、ごく普通の噴水になっています。それでも、この洋館は、亡き祈藤智康様が紫仙館以上に精魂を傾け、海晏堂を模して建てました」

「ほう」

と、鄭雷峯は、目を細めている。

永暦公主は、司会者が主賓を紹介するかのように、洋館の方へ手をかざしてみせた。

「この建物は、智康様によって幻鶴楼と名付けられています」

三

日本軍によって台湾が接収された時、永暦帝の末裔が発見され、その身柄は、後に祈藤智康へ預けられることとなった。末裔の存在は秘密とされていたため、祈藤智康は、無人島であった紅島を台湾総督府からもらい受け、そこへ末裔を住まわせたそうだ。

そして、その末裔と智康の妹が結婚して永暦公主が生まれ、智康が財閥といわれるほどの財力を持つようになると、智康は、島にあったオランダ統治時代の城塞の遺構や、それまで公主と両親が暮らしていた住居に大きく手を加えて、海晏堂に模した幻鶴楼を築いたという。つまり紅島の洋館は、祈藤財閥の別荘というのとは少々違っていたわけである。

「幻鶴楼が完成したのは、紫仙館よりも遅く十年ほど前のことになります」

以来、公主は、両親と共に幻鶴楼で暮らし続けていたが、両親が亡くなると、紫仙館へ移り、今に至っているらしい。

結城琢馬は、鄭雷峯と共に、そうした永暦公主の説明を受けながら、噴水脇の階段を上がっていた。これに風巻顕吾が付いてきている。高瀬は、一足先に館内へ姿を消していた。

「私が紫仙館へ移ってからは、ここも空き家同然となっていたため、今回の集まりに合わせて準備をするのがたいへんでした。噴水を動かすのも久し振りなものですから――」

二階のバルコニーへ来ると、ここの両端には、両脚をついた象がいて、下に垂らした鼻から水が出ていた。その水は、階段の両脇を流れて噴水池に注いでいるのだ。

鄭雷峯は、それをしげしげと見て感心していた。

「海晏堂では、ここに獅子と海豚《いるか》の像があって、その口から水が出ていたのだが、これもよくできている」

「お褒めいただき、まことに嬉しく思います」

永暦公主は、ニッコリと笑いながら、頭を下げている。

しかも、噴水脇の階段を上がってきたこのバルコニーは、幻鶴楼の玄関にもなっていた。一階には出入り口がないという。海晏堂もそうした造りになっていたようなのだ。

琢馬たちは、バルコニーから幻鶴楼の二階へ入った。床も壁も扉も空き家同然であったとは思われないほど、艶々に磨き上げられている。

入ったところは、二階の中央――つまりTの横棒の中央に当たり、そのまま二階を横切って建物の奥へ歩いていくと、そこには扉が設けられていた。

「この後ろにある建物へ行くための扉です」

と、公主が教えてくれる。

つまりTの縦棒部分へ入っていく扉だ。琢馬たちが今いる横棒部分を主屋《しゅおく》、背後の縦棒部分を工字棟と呼んでいるそうである。

主屋の二階は、T字の奥へ向かって貫通している中央部分を挟み、Tの横棒に沿う形で、手前側に廊下が左右へ延び、奥側にはいくつもの扉が並んでいた。

「海晏堂では二階が玉座の間になっていて、乾隆帝の黄金象も長い間、その玉座の近くに置かれていたそうですね」

「父もそのように言っていました」

公主の言葉に、鄭雷峯も頷いている。

「ですが、幻鶴楼に玉座の間はありません」

永暦公主が、そう続けて長い廊下の端から端へと目を移していると、左翼側のドアの一つが開いて、中から男が出てきた。四十前後と思しき西洋人であった。背は風巻や塙少佐よりも高く、細身の身体に似合った細い顔には、茶色い髪のもみ上げが伸び、眼鏡を掛けていた。インテリといっていい雰囲気を感じさせる。

その西洋人は、何か言いながら、こちらへ近付いてきたが、琢馬には全く理解できなかった。

「英語だ。だから俺もわからん」

と、風巻が耳打ちしてくる。

琢馬が、鄭雷峯の方を見ると、彼も首を振っていた。

西洋人は、琢馬たち男には目もくれず、永暦公主の側へやって来て、しゃべり続けている。しかし、永暦公主は、戸惑うことなく、にこやかな表情で言葉を返していた。勿論、英語だ。

琢馬は、塙少佐からアメリカで永暦公主に出会った話を聞いた時、公主が英語を話していた場面があったことを思い出した。彼女は、英語が話せるのだ。

西洋人の男は、洋服の上に法被《はっぴ》のようなものを羽織っていて、公主に背中を向けると、そこを指差して、熱の籠った口調でまくし立てている。なんとなく自慢しているような感じだ。法被の背中には、漢字で大きく『時』という文字が描かれていた。それを指差しているのである。

そして、西洋人は、琢馬たちの方へ向かっても、やはり背中の漢字を見せ、何かを言っていた。こちらに対しては、なんだかからかわれているような気がしてならない。西洋人は、同じ言葉を繰り返していたのだ。琢馬には、タームとか、トゥワィムとか言っているように聞こえた。

「何を言っているんです」

風巻に聞いたが、やはり首を振るだけである。

すると、永暦公主が、説明をしてくれた。

「タイムと言っているのです。英語で時、時間という意味です」

「ああ、それで背中の漢字を指差しているんですか」

琢馬は、ようやく納得した。

西洋人は、公主からなだめられるように言われると、ようやくまくし立てるのをやめ、出てきた部屋の方へ戻っていった。その前に、ニヤけた表情で公主の手を握り、琢馬たちの方へは、明らかに嘲りの表情を向けていた。インテリめいた雰囲気がすっかり消え失せ、野卑《やひ》な本性が丸出しになったという感じだ。そして、背中の『時』という漢字を見せつけながら、出てきたドアの中へと消えていく。

琢馬は、そのドアを見つめながら、

「いったい誰なんですか」

と尋ね、

「マイケル・バーンズ氏です」

と、公主が答えた。西洋人を相手にしていた時のにこやかな表情は消え、声も固く強張っている。

「マイケル・バーンズって、もしや——」

琢馬は、風巻を見た。

「そうだ。バーンズ・モンゴメリ商会の共同代表だよ」

と、風巻は頷いた。

バーンズ・モンゴメリ商会が、阿片戦争前から阿片の売買を行ってきたイギリスの政商で、今なお中国で絶大な力を持っていることは、琢馬も知っていた。バーンズ・モンゴメリ商会というその名の通り、バーンズとモンゴメリという二人の人物が共同代表となって会社の経営を行っているのだ。

「バーンズ・モンゴメリ商会では、代々モンゴメリが商売の実務を担当し、歴代のバーンズは政治向きのことに手腕を発揮してきたといわれている」

と、風巻は、言葉を続けた。

「阿片戦争の時、イギリスの議会は僅か九票差というきわどさで戦費の支出を認め、中国への派兵が可能になったんだが、これには、マイケルの何代か前の先祖が猛烈な工作を行って、政府に議案を提出させ、議会を可決へと持っていったそうだ。アロー号事件でも、出兵を否決した議会の解散総選挙で、マイケルの先祖が賛成派への猛烈な資金援助を行い、当選させたといわれている。その力は今も変わらず、バーンズ・モンゴメリ商会はイギリスの中国政策に大きな力を持ち、それをマイケルが取り仕切っている。孫文先生と対立した陳炯明や商団をイギリスが支援した件も、それを推し進めたのはマイケルだという話だ」

「本当なんですか」

琢馬が、今度は鄭雷峯に顔を向けたが、彼は何も言わなかった。

琢馬は、風巻に視線を戻す。

「それじゃあ、上海で鄭先生が襲われたのも、あの男の差し金ですか」

「まあ、そういうところだろう」

琢馬は、納得がいかなかった。

「それなのに、どうしてあのバーンズという男がここへ来ているんですか」

公主の方へ思わず問い詰めるかのような言葉を投げ掛けていた。

しかし、公主は、

「すぐにわかります」

としか答えてくれなかった。

それから永暦公主は、鄭雷峯を客室へ案内していった。客室は全て二階にあり、さっきマイケル・バーンズが出てきたのと同じ左翼側に、鄭雷峯の部屋も用意されていた。左翼側の一番端の部屋である。

「船旅でお疲れでしょうから、しばらく休憩なさって下さい。バーンズ氏を含め、皆様には、それからご紹介しましょう。他の方々はもうお見えになっておりますので――」

と、公主は言っていた。

一方、琢馬は、風巻に連れられ、その客室の隣にあった階段で一階へ下りた。一階と二階をつなぐ階段は左右両翼のそれぞれ端にあって、公主側の人間は、全て一階に部屋があるという。勿論、公主自身もそうで、琢馬が連れて行かれたのは、鄭雷峯の部屋の真下――一階左翼側の端に位置する部屋であった。ここを風巻と一緒に使うことになっていたのだ。

風巻は、用事があるらしく、すぐに部屋を出ていったため、琢馬は、他の客人たちと顔を合わせるまで一人で過ごすことになった。それは、二時間ほど経ってからであった。呼びに来た風巻とまた二階へ上がり、そこで鄭雷峯を連れ出して、右翼側の最も中央寄りにある部屋へ入った。

広々とした部屋で、中央に円形のテーブルがあり、そのまわりに一人掛けのソファが並べられ、そこに先客たちが座っていた。琢馬の見知った顔もあり、さっきの西洋人もいる。まわりの壁には、両脚を付き、鼻を下に垂らして正面を向いた象の絵が描かれていた。バルコニーにいた象と同じ構図である。

先客同士は、すでに紹介を終えていたようだが、鄭雷峯は、マイケル・バーンズを除けば誰とも初対面であったらしく、永暦公主が、順に紹介をしていった。

先客の中では、四人が日本陸軍の軍服を着ていた。塙照正少佐と里中久哉少尉。それに北京政府の顧問をしている諸墨駿作中将までは琢馬にもわかったが、もう一人がわからない。

「塙照正少佐の上官で、台湾軍司令部の参謀をしておられる余部大佐です」

と、永暦公主が紹介していた。

塙少佐と共にワシントン会議へ行った人物である。

諸墨中将は、五十五歳。中肉中背の身体は決して威圧的ではないが、鋭角に尖った顎と吊り上がった目を持つ顔は、一癖も二癖もある浪人を使いながら、主がコロコロと変わる北京政府を相手にしてきた狡猾さとしたたかさを感じさせるように、琢馬は思っている。

これに対し、余部大佐は、四十代の後半だと聞いていたが、恰幅のいい体格をしているので五十過ぎぐらいに見えた。丸い顔は、頭を軍人らしく青々と剃り上げ、鼻の下に髭を生やしている。

軍人たちは階級順に並び、彼らと向き合う位置に三人の西洋人が座っていた。その一人がさっきのマイケル・バーンズであることはいうまでもないが、他の二人については、

「マイケル・バーンズ氏と共にバーンズ・モンゴメリ商会の共同代表をしておられるジョージ・モンゴメリ氏と、秘書のデビット・オーウェン氏です」

と、公主が言った。

西洋人たちは洋服姿で、二人の代表の服の仕立てがいいことは、琢馬にもひと目でわかった。マイケル・バーンズは、さすがにこの場へ『時』の字の法被を羽織ってはきていない。

ジョージ・モンゴメリは、バーンズより遥かに年上で六十前後に見え、額がすっかり後退していた。西洋人にしては小柄だが、腹の突き出た恰幅のいい身体をしていて、薄くなった髪の毛と同じ金色の髭が、こちらはふさふさと顔の下半分を覆っている。

永暦公主は、西洋人たちにも、英語で琢馬たちのことを紹介したようだ。公主の手が鄭雷峯に向けられると、ジョージ・モンゴメリは、せわしげに葉巻を吸いながら露骨に顔をしかめて鼻を鳴らし、

秘書は、目を大きく見開いていた。これに対し、マイケル・バーンズは、ニヤリと笑って煙草を傲然と吹かしている。

紹介が終わると、鄭雷峯は、軍人や西洋人たちとは少し離れた席に座り、それに風巻が続いたため、琢馬も風巻の隣に腰を下ろした。

永暦公主は、マイケル・バーンズの隣に座った。

その時、全員が着席するのを見計らっていたかのように、高瀬が他の使用人を従えて入ってくると、テーブルに飲み物を置いていった。使用人は高瀬を入れて四人。誰もが紫仙館にいて、車の運転手もしていた者たちである。

「今、幻鶴楼にいるのは、これで全員です」

と、公主が言う。

つまり琢馬と風巻を含めた公主側の人間が六人で、軍人が四人にイギリス人が三人、これに永暦公主を加え、全部で十四人がいることになるのだ。

イギリス人がいるからであろう、出されたのは紅茶であった。そして、高瀬は、公主の背後に立ち、他の使用人が部屋の隅に下がると、永暦公主が、あでやかな笑みを浮かべながら立ち上がって一同を見まわした。

「では、改めてこのような辺鄙なところへ皆様をお呼びした非礼をお詫びすると共に、お越しいただいたことへのお礼を申し上げさせていただきます」

公主の言葉は、高瀬が英語に訳している。

公主のアメリカ行きに同行しているほどであるから、彼も英語が話せるのだ。

「皆様にお集まりいただいたのは、今ここに乾隆帝の黄金象があるからです。それまでは祈藤家の本宅である紫仙館に置いていたのですが、今日の集まりのためにこちらへ持ってきました。辺鄙な小島へ皆様をお招きしたのは、ことが余り公にはできないからです」

「――――」

「乾隆帝の黄金象は、塙照道侯爵が私の伯父に当たります祈藤智康と共に大久保利通卿の北京行きへ同行なさった時、ここにおられる鄭雷峯氏のお父様になる鄭秀斌氏からお預かりしたもので、それを伯父智康が侯爵閣下からお預かりして、今は僭越ながらわたくしが受け継ぎました。しかし、いつまでも私の手元に置いておくわけにはいきません。それでどうすべきか悩んでいたところ、マイケル・バーンズ氏より是非とも黄金象をもらい受けたいという申し出を受けたのでございます」

「えっ」

琢馬が、思わず声を洩らしていると、そのマイケル・バーンズが、すっくと立ち上がり、

「その通りだ」

と言った。バーンズの言葉は、公主が通訳をしている。

「私も公主から聞くまでは、黄金象なるものが存在し、しかも、公主のもとにあるということを知らなかった。公主の話によれば、乾隆帝は象を使ってイギリスの使節を懲らしめ、そのことを記念して黄金象を造らせたといわれているそうだが、そんなことはあり得ない。中国の巷間で伝わっているようなイギリスの副使が殺された事実など全くないからだ。おそらく乾隆帝は、イギリスの強大な力を

目の当たりにして、中国も遠からずインドと同じようにイギリスのものとなることを予感し、象を使って懲らしめる夢を見たのであろう。せめてもの憂さ晴らしだ。そして、その夢を黄金象にして残した。つまり黄金象なるものは、乾隆帝でさえイギリスを恐れていたことの証《あかし》なのだ。だから黄金象は、我々が手に入れ、我々のオフィスに置く。それで今の中国に最も強い影響力を持ち、これからも持ち続けるのは誰かということをはっきりさせるのだ。我々の力の象徴とするのだよ。その方がここにあるよりも遥かに相応しいではないか」

「な、なんていうことを――」

琢馬は、言い返しそうになったが、隣から風巻の手が伸びてきて制止させられた。

見ると、風巻が、無言で首を振っている。まわりを見渡しても、反論しようとする者はいなかった。

里中少尉は、身体をブルブルと震わせて必死に耐えている感じであったが、他の軍人たちは静かに座り続けている。鄭雷峯は、じっと目を閉じていた。永暦公主も、淡々と通訳を続けている。

「それで、みなさんに集まってもらったのだ。黄金象を日本へ渡した鄭なにがしという男の息子と、黄金象を受け取った塙侯爵の関係者に了解を得る方がいいと、公主に言われたのでな。なにしろ塙侯爵は、今の日本で一番といっていい実力者であり、ここには、その孫が来ている」

マイケル・バーンズは、鄭雷峯を見ようとしなかった。自分が命を狙わせ、失敗に終わった男のことを、敢えて無視しているような感じである。

「バーンズと鄭先生を一緒にして大丈夫なんですか」

心配になった琢馬は、小声で風巻に聞いた。

風巻も、小声で返した。

「大丈夫だ。ああいうりくさっている連中は、決して自分の手を汚さないものだ。ここでおかしなことはしないさ」

と、自信ありげに請け負っている。

バーンズの話が続く。

「しかも、そこにいる中将殿は北京にいて、いろいろな工作をしているそうではないか。ならば、わかるだろう。我がイギリスは世界で最初に中国での権益を獲得し、他の国々はそのおかげで続々と権益を得た。日本も同じだ。そして、日本は、イギリスと同盟を結んだことでロシアとの戦争に勝ち、先の世界大戦にも参戦して世界の一等国となることができた。なにもかもイギリスのおかげではないか」

バーンズの言っていることは決して間違いではない。日露戦争の時、日英同盟の存在がロシアの背後を牽制する役割を持ったことは事実であり、第一次世界大戦でも、日英同盟によって日本は連合国側に立って参戦し、戦勝国となることができた。一等国となったのは、そうしたことの成果であったが、日英同盟自体は、ワシントン会議において解消されている。

「しかも――」

と、バーンズは、軍人たちの方へ視線を向けた。

「我がバーンズ・モンゴメリ商会は、剽檄麟を失ったことで阿片の仕入れに困っていたあなたたちに対し、阿片を供給し、祈藤産業へも阿片を提供して、台湾の阿片政策を助けている。つまり君たちと我々は仲間なのだ。その我々が黄金象を得ることに、よもや反対はしないだろうね」

里中少尉は、遂に耐えきれなくなったようで、身体を震わせたまま腰を浮かしかけたが、やはり隣の塙少佐に止められていた。結局、軍人たちは無言を貫いている。

バーンズは、それを見てニヤリと笑い、ここで初めて、その毒々しい笑みを鄭雷峯に向けた。

「どうだね。孫文氏は予てより日本との提携を考え、今回もわざわざ日本へ行っているが、日本が我々の側にいることを忘れてはいけない。一等国となった日本は、同じ一等国である我々と手を組んで共存共栄を図っていく。それが最も賢明な道なのだよ。だから、この場で反対するのは君だけだ」

「――――」

「永暦公主も、そもそも黄金象は先代の智康氏から受け継いだだけなので、誰が持つべきかということに口を挟むことなどできない、侯爵閣下の関係者や君に任せると言っている。なかなかものわかりがいいではないか。世界で活躍するにはこうでなくてはいけない。だから、彼女はアメリカでも認められているのだ。君もものわかりがよくならなくてはな。数が多い方の意見が認められる。これがデモクラシーの原則。孫文氏も君も日本より進んだ男女平等の普通選挙による民主的な国家建設を目指しているのだろう。だったらこの原則を認め、我々が黄金象を得ることに同意するのだ。もともとは君の父親が手放したものではないか。君が文句を言える立場にないと思うのだがね」

バーンズの口調は、威丈高であった。それを永暦公主は、表情を一切動かさず、自分のことが出てきた場合でも、まるで他人事のように淡々と訳し続けている。

しかし、鄭雷峯には、やはり耐え難いことであったようだ。ガタンと荒々しい音を立てて椅子から立ち上がると、無言のまま部屋から出ていった。

「ははははは」

と、バーンズの笑い声が響く。

「棄権は賛成でも反対でもないものと見なし、決定に何の影響も及ぼさない。これもデモクラシーの原則だ。これで話はまとまった」

バーンズが満足げに頷いていると、そこへジョージ・モンゴメリが割り込んできた。

モンゴメリは、頬の弛《たる》んだ顔を真っ赤にして、怒っているかのような口調でまくし立てている。

こちらは高瀬が通訳してくれたのだが――。

「ところで、君はいったい黄金象を我々のオフィスのどこへ置くつもりなのかね。代表の部屋はわしと君とで二つに分かれている。一ヵ月交替で、それぞれの部屋へ移動させるか、それとも玄関に麗々しく飾るかね」

そう言っているようだ。

これに対し、バーンズは、余裕の表情を浮かべたまま煙草を悠然と吹かして、考えておきましょうと言っただけであったらしい。モンゴメリは、憤然とした表情で鼻を鳴らし、秘書は、どことなくオロオロした様子で二人の代表を交互に見つめている。

すると、この時――。

ズウウウウーン！

という重くて鈍い音が鳴り響き、イギリス人たちは、ハッとしたような顔を見合わせた。バーンズも、真顔になっている。

「あれはなんだ」

と、モンゴメリが尋ねたようだ。

高瀬の通訳に、塙照正少佐が、

「言い忘れていましたが、今日は、これから海軍が夜通し演習をするそうです。どうか今夜だけ我慢をお願いします」

と答えていた。

「どうしてこんな時にこんなところで演習なんかをするんだ。我々を威嚇する気か」

モンゴメリは、さらに抗議したが、そこへ、諸墨中将が、初めて口を開いた。

「そのようなことは決してありません。ただ我々陸軍に海軍のことはわかりませんので――」

どことなく人を食ったような口調であった。

高瀬の通訳を聞いたモンゴメリは、また不満げに鼻を鳴らし、葉巻を灰皿に押し付けている。

一方、バーンズは、永暦公主から頭を下げられ、謝られているか、なだめられているような感じで、これにニヤけた笑みを浮かべ、いいよいいよと応じているように見受けられた。そして、この時もバーンズは、永暦公主の手をとった。公主は、それほど嫌がった素振りを見せず、こんなところでと少し恥じらうような感じで、その手からやんわりと逃れる。

バーンズは、それに気分を害するどころか、むしろニヤけた笑みをますます広げて、どうだといわんばかりに一同を見渡した。しかも、その目は、塙少佐のところでしばらく止まっていた。

塙少佐は、何の反応も示さない。示したのは、モンゴメリであった。さっきよりも険しい顔付きでバーンズを睨み、それから公主の方へと視線を移して、またバーンズを睨み付けている。永暦公主へ向けられた目は、バーンズに負けないほどの好色さをたたえ、バーンズを睨む目付きは、憎悪と嫉妬が交錯しているように、琢馬には思われた。

この時、再び、

ズウウウーン

と、砲声が轟いた。

イギリス人と諸墨中将、余部大佐が部屋を出て、それぞれ自分たちの客室へ引っ込んだ。さっきマイケル・バーンズは、二階の左翼側にある部屋から出てきたが、三人のイギリス人は、同じ左翼側に一人ずつ部屋が宛がわれ、軍人たちは、右翼側にやはり一人ずつ部屋を与えられているという。

そのため、円形テーブルの部屋には、昨年、北京で円明園の廃墟を見にいった時の五人が残っていた。

即ち琢馬の他は、風巻と永暦公主、塙少佐と里中少尉だ。室内には、重苦しい空気が立ち込めている。

琢馬は、それに耐えきれず、壁に描かれた象を見て、

「この象とバルコニーの象は、格好が違うんですね」

と、誰にともなく問いを発した。これまでに何度も出てきた後ろ脚で立ち、鼻を高々と上げた象で

はなかったからだ。

「はい。この象は、智康様が我が家の守り神にしようと言われて描かせたものなのです。ここの噴水にも使っている象と同じにするのは畏れ多いので、こういう形にしました」

と、永暦公主が答えてくれる。

「守り神ですか。でも、後ろ脚で立つ象と同じでは畏れ多いとはどういうことです？」

しかし、これについての答えはなく、部屋の空気も重苦しいままであった。

すると、この空気に敢然と向き合おうとでもするかのように、風巻が、

「気付いていたか」

と、琢馬に声を掛けてきた。

「イギリス人たちは、この幻鶴楼が円明園にあった西洋楼を模しているとは思ってもいないことに――」

「えっ、本当なんですか」

「本当です」

と、永暦公主も言った。

「彼らは、ここへ来た時、海晏堂と同じ外観を見ても、十二支が象に変わっているだけの噴水を見ても、円明園の名を出すことはありませんでした。噴水の象を物珍しげに見ていただけです。バーンズ・モンゴメリ商会は、円明園で実際に略奪を行ったり、火を点けたりはしませんでしたが、バーンズとモンゴメリの先祖は、英仏連合軍を北京へ向かわせることに主導的な役割をつとめています」

バーンズの先祖が議会工作にかかわっていたことは、さっき聞いたばかりである。

「そして、円明園から奪われた財宝を兵士たちから買い取って、それを高値で転売したり、自分たちのものにして今も自宅やオフィスに飾っている財宝もあると聞いています。前に円明園で死体が発見されたジャンルカ・ゲロともそうしたことで関係ができ、ジャンルカ・ゲロが金持ちになったのも、バーンズ・モンゴメリ商会の助けがあったとか――。それなのに、彼らは、ここがなんであるのかわかっていません。私も、彼らに海晏堂のことは教えませんでした」

「ヤツらにとって、円明園のことはその程度に過ぎなかったのだよ。世界のあちこちで破壊と略奪をやっているから、特別なことではないのだ」

塙少佐も、怒りを抑えきれないようだ。

琢馬は、唇を噛み締めていた。

すると、里中少尉が、堪りかねたように椅子を荒々しく蹴倒して立ち上がり、悔しさを露にした。

「そんな連中の理不尽極まりない要求を聞くために、我々はここへやって来たんですか」

少尉の目には、涙が滲んでいる。

琢馬も、同じ思いであった。

「それに、さっきの話では黄金象のことは公主からバーンズに教えたようですね。どうして、そんなことを――」

琢馬は、非難するような口調になっていたが、永暦公主は、いささかも臆することのない真っ直ぐな視線で琢馬と里中少尉を見つめ、ここでも、

「すぐにわかります」

としか言わなかった。

「二人とも私たちと共に公主に付いていくと誓ってくれたのではないのか。公主を信じるのだ」

と、塙少佐が公主を庇う。

琢馬は、なお納得し難い思いに駆られていたが、そこであることに思い至った。

「バーンズは公主がアメリカで認められていると言ってましたが、公主がアメリカへ行ったことを知っているようですね。そういえば以前少佐から聞いたアメリカでの話に、茶色のもみ上げを伸ばし、眼鏡を掛けた西洋人が出ていました。あの男は、もしかしてマイケル・バーンズだったんじゃありませんか」

塙照正少佐が、パーティーで永暦公主と出会った時のことだ。公主に言い寄ってくる西洋人がいた。それが、バーンズと同じ風貌だったのである。

「そうだ」

と、塙少佐も認めた。

「それで『時』か」

と、琢馬は納得する。

あのパーティーで、永暦公主は、タイムマシーン・ウィッチ——時の魔女と呼ばれていた。それに因んでバーンズは、『時』の漢字を描いた法被を着て、公主に見せていたのであろう。

「あの西洋人はマイケル・バーンズだった。バーンズはかなりの野心家でね。中国へ阿片を売って儲けた金でアメリカへ進出しようとしている。先の世界大戦でヨーロッパはすっかり疲弊してしまったが、アメリカは戦勝を謳歌して正に爛熟といっていい文化が花開いている。ジャズにベースボールに映画、自動車、ラジオ、酒、そしてギャングと、なんでもありだ」

「ギャング？」

少佐の言葉に、琢馬が首を傾げると、風巻が口を挟んできた。

「アメリカは禁酒法といって、酒の製造、販売と輸送を禁止する法律を四年前から実施している。しかし、人間が長年にわたって享受してきた飲酒という嗜好が、法律ができたからといって、そう簡単にやめられると思うか。実際、アメリカでは闇酒場が横行し、それがギャングのはびこる温床になっているんだ」

「少佐の話でも、移民の人たちの宴会や公主と出会ったパーティーで酒が出ていましたよね」

「禁酒法は酒の製造・販売と輸送が禁止であって、飲むこと自体は禁じていないんだ。だから自宅で飲んだり酒を造るのはいいといわれていて、金持ちが禁酒法の実施前にしこたま酒を買い込んでいたり、取り締まる側も本気になれないので隣国から酒が持ち込まれたりと、抜け道が一杯あるそうだ」

「まあ、いずれにせよ」

と、塙少佐が話を戻す。

「マイケル・バーンズはアメリカ進出を考え、これにジョージ・モンゴメリが反対していて、二人はすっかり犬猿の仲になっているそうだ」

「だから黄金象をどこに置くかで、なにやら揉めていたんですね。バーンズは黄金象を独り占めにするつもりで、モンゴメリと共有する気なんか全くないんじゃありませんか」

「そうだろうね」

琢馬の言葉に、塙少佐は、苦笑を浮かべていた。

琢馬は、そんな男へ黄金象を渡すことに、腹立たしさがますます募ってくる。

「バーンズのヤツ、何度もデモクラシーを口にしていましたが、あんなやり方が日本も手本にしたイギリスのデモクラシーなんですか」

「デモクラシーなんだよ」

と、風巻が応じた。

「数さえ多ければ、どんな意見でも通り、数の少ない意見は、どれほど立派で理にかなったものであっても押さえ込まれてしまう。そのことは阿片戦争やアロー号事件で実証されているだろう。阿片を理由に戦争することの不正義を訴えた意見は、どこにも反映されることはなかった。禁酒法だってそうだ。行き過ぎた飲酒が暴力や犯罪の原因になっていたのは事実だ。しかし、人間の楽しみを奪うことによる影響は考慮されることなく、議会は、禁酒派の圧力や工作に屈して法律を認めてしまったんだ。これがデモクラシーの偽らざる実態だ」

「その通りです」

と、永暦公主も、厳しい声で口を挟んできた。

「デモクラシーを万能の妙薬のように思ってはいけません。人間というものは、目先の利益にとらわれたり、強い圧力に屈したり、その時その時の威勢のいい意見に惹き付けられたりするものなのです。

デモクラシーを正しく行うためには一票を投じる人たちが、そうしたことに惑わされない力を持つことが必要となります。しかし、実際はどうでしょう。アメリカでは四年前に女性の参政権が認められましたが、それまでは猛烈な運動をしていた女性たちも、実際に参政権が認められると熱が冷めて選挙へ行く人が少ないと聞いています。そのような気持ちでデモクラシーが果たして正しく行われるのでしょうか」

「――――」

「日本では、台湾人が求めている台湾議会の設置を拒んでいますが、日本の本土は条件なしで全ての男性に選挙権を与える普選運動が盛んで、これは認められようとしています。日本の人々にデモクラシーを正しく行う力は備わっているでしょうか。私は、このままではいつかどこかの国でデモクラシーからとんでもない怪物が現われるように思われて仕方がないのです」

「怪物ですか。それはいったい――」

琢馬の問いに、永暦公主は、悲しげな表情で首を振った。

「私にもわかりません」

四

いつの間にか日が暮れていたが、昼間の雰囲気から幻鶴楼にいる人間が一堂に会しての夕食というわけにはいかず、それぞれに食事をとった。二階にある客室は、どれも三、四人は充分に入れる広さを持っているため、軍人たちは、諸墨中将の部屋に集まったそうだが、イギリス人は、各人の部屋で一人ずつ別々に食事をしたらしい。永暦公主は、そうした客たちのもとへ分け隔てなく顔を出したという。

琢馬も、自分たちの部屋で風巻と食事をして、その後は特にすることもなく、パジャマにも着替えずに悶々と過ごしていた。

塙少佐が言った通り、いつまで経っても砲声が止むことはなく、寝られるものではなかったからだ。風巻も同じで、夜が更けても起きていた。さぞかしイギリス人たちも困っているだろうと思うことが、せめてもの憂さ晴らしになった。

そうして日付が変わった頃であった。

砲声の間隔が短くなり、それどころか間断なく続けざまに聞こえてきたかと思うと、琢馬たちの部屋のドアが激しく叩かれた。叩きながら何かを言っているというか、喚いているようだが、それについては全くわからない。

琢馬は、風巻と顔を見合わせ、風巻が頷いたので、ドアを開けにいった。ドアには、中から鍵を掛けている。ドアを開けると、その向こうに立っていたのは、イギリス人秘書のデビット・オーウェンであった。この状況で寝ようとしていたのであろうか、公主側が用意したパジャマに着替えている。秘書は、脅えきった表情で必死にまくし立てているが、英語なので全くわからないのだ。

ただ、

「コウシュ」

　という言葉がしきりと繰り返され、二階を指差している。どうやら二階で何かが起こり、それで公主を呼びにきたらしいと思われた。左翼側の端にある階段を下りてきて、最初にあるこの部屋のドアを叩いたようだ。

　風巻の指示で、琢馬は、公主の部屋へ行った。しばらく待たされた後で、公主がドアを開けて姿を見せる。それよりも前に、まわりの部屋から高瀬を含めた四人の使用人が姿を見せた。使用人たちは、いつもの格好のままで、公主は、寝ていたのであろうか、色鮮やかなガウンを羽織っていた。それがなんともいえずに悩ましい。

　永暦公主は、巧みな英語でデビット・オーウェンから話を聞いた。それでも要領を得なかったらしい。

「かなり動揺しておられます。モンゴメリ氏に何かあったようで、バーンズ氏から私を呼んでくるように言われたそうです」

　同じ二階には軍人たちもいるのだが、彼らを呼びにいく気にはならなかったということか。

「それに中国の皇帝が現われたとも言っています」

「中国の皇帝ですって？」

　琢馬は、目を見張っていた。なんだか不吉な予感がしたのは事実だ。

　永暦公主から塙少佐を呼ぶように言われて、使用人の一人が右翼側へ走っていった。残りの者は、左翼側から二階へ上がった。砲声は、相変わらず間断なく続いている。

階段を上がると、そこにはバーンズがいた。バーンズは、昼間と同じ格好のままである。公主の姿を見て、ニヤけた表情を見せ、英語でまくし立ててから廊下の奥を指差す。

琢馬たちも、そちらへ目をやった。

「あっ」

と、琢馬は、声を上げていた。

ちょうどバルコニーがある真ん中辺りに人影が見えた。廊下に明かりは灯っていなかったのだが、窓から差し込む月明かりに浮かんでいたのだ。琢馬たちは、そちらへいくらか進んでから立ち止まった。

そして、はっきりとわかる。そのシルエットは、飾り付きの辮髪帽をかぶり、満州族の格好をしていた。清の皇帝と同じ姿である。

動く者はなく、明かりを点けようとする者もいない。

琢馬も、じっと立ち尽くして、

「やはり乾隆帝！」

思わずそういう声を洩らしていた。

一方、シルエットの背後——二階の右翼側では、公主の指示を受けた使用人に呼ばれて、それぞれの部屋から、塙少佐と里中少尉、余部大佐が出てきた。誰もが軍服を着たままである。

軍人たちも、怪しい人影に気付いて立ち止まったが、

「貴様、何者だ！」

里中少尉が一喝して駆け出すと、全く動かなかった満州族姿の怪人も、脱兎の如く走り出した。バルコニー側へ向かって外へ逃げたのではなく、その反対側へ姿を消したのである。二階の中央部分は、廊下を横切ってバルコニーとは反対側へ行くと、T字の縦棒部分へ——つまり工字棟へ通じる扉が設けられていたことを、琢馬は思い出した。そちらへ向かったのだ。

怪人が逃げたのを見て、風巻も走り出し、琢馬も後を追った。向こう側からは、軍人たちもやって来る。

怪人は、すでに奥の扉を開け、そこから飛び出していた。扉の向こうは、外に面した吹きさらしの階段が上に向かっていて、琢馬たちも、そこを駆け上がった。狭い階段で、二人が並べる幅しかなく、大人の腰の上ぐらいの高さに手すりが左右に付いている。

階段の上は、三階部分に相当し、外から見えていた中国風の屋根を戴くテラスのようなものになっていた。屋根の下に数人が座って休憩ができる程度の椅子とテーブルが置かれている。周囲に壁はなく、ここも吹きさらしで、階段と同じ高さの手すりが取り付けられ、テラスというよりは四阿《あずまや》といった方がいいような場所である。

そこからは左右に通路が伸び、それが工字形の屋上の周囲をぐるりとめぐる回廊になっていた。そして、琢馬たちがいる場所と向き合うT字の縦棒の一番奥にも、こちらと同じ屋根付きのテラス——というか四阿があった。全てが外から見た時と同じ構造である。T字の縦棒に当たる工字棟は、横棒の主屋よりも長い。

しかし——。

「いないぞ！　どこへ行った」

四阿の中で、里中少尉の戸惑う声が響いている。

琢馬も、唖然とならざるを得なかった。

ここへ来た筈の怪人の姿がどこにもなかったのである。月明かりがあるため、夜更けとはいえ、人間の姿が見えないということはない。それなのに、どこにもいないのだ。怪人の姿が消えてしまっている。

遅れてやって来た余部大佐も、

「怪しいヤツはどうした？」

と、まわりを見渡し、少尉から、

「消えてしまいました」

という報告を受けると、

「なんだと！　そんな馬鹿な――」

そう言って、愕然としている。

デビット・オーウェンも、脅えた声で何かを言い続けていたが、マイケル・バーンズは、永暦公主を相手にここでもまくし立て、なんだか楽しそうであった。これに公主が、英語で冷静に対応している。

使用人は高瀬しか付いてこなかったため、四阿に上がってきたのは、軍人が三人、イギリス人が二人に、琢馬、風巻、公主、高瀬の全部で九人であった。四阿の中は、あと二、三人が精一杯という広さである。

「海晏堂では――」

と、永暦公主が、毅然とした声を放つ。

「工字をした建物の両端に皇帝が休憩するための四阿があり、屋上の周囲には散策用の通路がめぐらされていました。そして、工字の建物の屋上から出るには、四阿のところに設けられていた外階段を使う以外に方法はありませんでした。従いまして、ここ幻鶴楼も海晏堂と同じ造りになっています」

「――」

「工字棟の両端にある四阿は、いうまでもなく海晏堂の四阿に倣ったものです。尤も、海晏堂の四阿は皇帝が休憩するためのものですから、西洋風の意匠を凝らした立派なものだったといいます。それに比べれば、ここにある四阿は遥かに簡素でみすぼらしいものです。そして、この屋上から出るには、今私たちが上がってきた階段を使って主屋へ戻るか、向こう側の四阿まで行って、そこにある外階段を使い、地上へ下りる方法しかありません」

「向こうまで行かないとダメなのか」

琢馬は、回廊から向こうの四阿へと目を向けた。

結構な距離がある。しかも、回廊は、一人が通れるほどの幅しかなく、こちらには大人の膝辺りまでしかない手すりが取り付けられていた。幅の狭さと併せて、かなり危なっかしい感じである。うっかりすると、手すりから飛び出して落ちてしまいかねない。

従って、回廊は、走って逃げるにしても慎重さを要求されることになる。怪人が階段を駆け上がり、琢馬たちがそれを追ってここへ来るまで、差は数秒といった程度であろう。その間に反対側の四阿まで行き、そこから地上へ下りることは時間的に不可能である。四阿までたどり着くことさえ無理だ。

琢馬は、回廊の内側——屋上の方へ目を移した。

屋上は、四阿や回廊よりも二メートルほど下のところに床部分が見えている。四阿の前にも回廊の内側にも屋上へ下りるための足がかりのようなものもなかったが、この程度であれば飛び降りることもできそうだ。

しかし、屋上は、平坦な床が全体に広がっているだけで、人が隠れるような場所などどこにもなかった。床には亀裂や染みのようなものがところどころにあったが、人と見間違えるものではない。そして、ここでも屋上を走り、琢馬たちが来るまでの間に反対側の四阿まで行くことは不可能であった。

「——そうなると、ここへ来るまでの階段か、あるいは回廊から誤って落ちたのかな」

琢馬は、呟いた。

すると、永暦公主が、すかさず言葉を返す。

「建物のまわりは全て石畳になっています。ですから、この高さから落ちると無事ではすまないでしょう。下手をすると死ぬことになります」

「ここから見える範囲で下に落ちている人影は見当たらないし、ここからは見えないところまで行って下へ落ちたと考えるのも時間的に無理だな」

と、風巻も、言葉を添える。

琢馬も、下を覗いてみたが、風巻の言う通りであった。外壁には窓も見当たらないため、窓から中へ飛び込んだというような偶然もあり得ない。

「やはり消えたのか」

余部大佐が、困惑を露にして、琢馬も、途方に暮れていると、バーンズが何か言った。それまでの琢馬たちの会話は、高瀬が通訳をしていて、バーンズは、内容をわかっていたようだ。

バーンズの言葉は、永暦公主が訳してくれた。

「バーンズ氏がこうおっしゃっています。ドイツ語でザイルと呼ばれる登山用の強いロープがあります。私は見たことがありませんが、ザイルは、最近、日本にも入ってきている筈です。バーンズ氏は、このザイルを階段か四阿の手すりに掛け、登山で垂直の崖を下りる要領で、外壁を下りていけば逃げることができたのではないかとおっしゃっています。さすがはシャーロック・ホームズを生んだ国のお方です。鋭いところを突いておられます」

永暦公主は、最後の部分を英語でバーンズにも伝えたようだ。ホームズという言葉が聞こえたので、琢馬にもわかった。バーンズは、露骨に喜び、どうだという顔を琢馬たちに向けている。

「くそっ！　ここでも西洋人に負けてしまうのか」

里中少尉は、地団駄を踏みかねない激しさで悔しがっていたが、

「いいえ。そのようなことはありません」

永暦公主は、きっぱりとそう言った。

「ロープを使って下りたとしても、あの短い時間にロープまで外して逃げることができたでしょうか。ロープを掛けた痕跡も残るのではありませんか。果たしてそのようなものがありますか」

同じことをやはり英語で公主がバーンズに伝え、琢馬と颪巻、里中少尉の三人で痕跡を探したが、そんなものは見つからなかった。

「それに、たとえ何らかの方法で地上へ下りられたとしても、実は石畳の上に砂を薄く撒いてあります。ですから、そこには、やはりなんらかの痕跡が残る筈なのです。明るくなってから、それもお確かめになれば如何ですか」

これも公主が英語で伝えると、バーンズは、満面に笑みを浮かべて手を叩き、何かを言っていた。公主を称賛していることが、琢馬にもわかる。今にも公主に抱き付きかねないような態度を示していたが、公主は、それをやんわりとなだめているようであった。

「結局、消えたということではないか」

余部大佐が、困惑を深め、

「いったいあの怪人は何者だったのかね」

と、塙少佐に聞いていた。

すると、永暦公主が、四阿の屋上側へ進み出て、いきなりガウンを脱いだ。そして、ガウンを屋上に向かって放ると、ガウンは宙を舞い、屋上の一番手前側に落ちる。

公主は、ガウンの下に肌も露な薄い衣装しかまとっていなかった。琢馬が、思わず目を逸らせかけたほどである。

しかし、塙少佐は、公主の姿を見て、

「ほう、それは——」

と、目を細めた。

一方、バーンズも、感じ入ったような口調で何かを言っていた。ニヤけた顔がますますだらしなく弛緩して、目は、明らかに好色な光をたたえている。

「もしかして、公主の衣装はアメリカで出会った時の――」

風巻の言葉に、塙少佐は、

「そうだ。バビロンの巫女の衣装だ」

と頷いていた。

つまり、あの場所にいたバーンズも、公主のこの衣装を見ているのである。

永暦公主は、両手を夜空に向かって広げ、厳かな口調で言った。

「またしても乾隆帝が過去からやって来たのです。そして、過去へと帰っていった」

「なんだって、あの怪人が百年以上も前に死んだ清の皇帝だったというのか、そんな、まさか――」

と、余部大佐が、目を剝きながら呻いていた。半分は、その奇怪な言葉に、半分は公主の衣装に驚いているようだ。

「しかし、消えてしまったのは確かではありませんか」

永暦公主は、真っ直ぐに大佐を見つめていた。

余部大佐が、その迫力に思わずたじろいでいる。

公主は、英語でマイケル・バーンズにも何かを言った。乾隆帝という言葉が聞こえたので、大佐に言ったのと同じ内容なのであろう。バーンズは、また手を叩き、感嘆の声を上げて公主を称賛している。


「しかし、乾隆帝は、いったい何をしに姿を現わしたのかね」

大佐の言葉に、永暦公主は、切れ長の目に鋭い光を宿した。

「イギリスの方の話によれば、モンゴメリ氏に何かあったようです」

いつの間にか、砲声が止んでいた。


それから琢馬たちは、階段を下り、幻鶴楼の主屋へ戻った。

廊下へ出てくると、そこには明かりが灯されていて、モンゴメリの部屋の前に、高瀬以外の三人の使用人が立っている。

「バーンズ氏とオーウェン氏の話によると――」

永暦公主が、説明を始めた。

「まずモンゴメリ氏の部屋から大きな物音が何度もしたのを、オーウェン氏が聞いたそうです。砲声は響き続けていましたが、オーウェン氏の部屋はモンゴメリ氏の部屋の隣でしたので、聞こえたようです。それでオーウェン氏が廊下に出ると、モンゴメリ氏の部屋のドアが開いていて、中を覗いてみました。すると、そこには清の皇帝の格好をした人物が立っていて、その人物の足元にモンゴメリ氏が倒れていました。しかも、仰向けに倒れていたモンゴメリ氏の胸には、ナイフが刺さっていたのです」

「――――」

「驚きと恐怖でオーウェン氏は、廊下を逆方向へ走り、モンゴメリ氏の部屋とは反対側の隣室になるバーンズ氏の部屋をノックして、バーンズ氏を呼び出しました。そして、バーンズ氏から私を呼んでくるように言われ、オーウェン氏は、階段に一番近い風巻さんと琢馬さんの部屋へやって来たというわけです。その間に、バーンズ氏が廊下へ出ると、怪人物も廊下へ出ていて、私たちも目撃した場所に立っていたそうです」

琢馬たちも、部屋の中へ入った。すると、そこには、諸墨中将がいて、床に膝をつき、死体を検めていた。中将も軍服姿だ。

客室は、高級ホテルにも劣らない内装になっていて、ソファとテーブルが置かれたところに近い床の上に、ジョージ・モンゴメリが倒れていた。公主が言った通り仰向けで、胸にはナイフが深々と刺さっている。モンゴメリも、昼間と同じ格好で、ナイフの周囲には血が滲み、顔は驚愕と苦悶に歪んでいた。目は見開かれたままで、すでに息絶えていることが、琢馬にもわかった。

琢馬たちがやって来たことに気付いた諸墨中将は、立ち上がって、

「そっちはどうだった」

と聞いてきた。

「はっ」

と応じて、余部大佐が、一連の経緯を報告する。

「そうか。乾隆帝がいて、消えてしまったのか」

諸墨中将は、そう言っただけであった。余り驚いているようには見えない。

「死体の状況はどうでありますか」

今度は、大佐の問いに、中将が答えた。

「おそらくドアをノックされて、開けにきたのだろう。しかし、そこにいたのは清の皇帝の格好をした怪人物だった。彼は驚き、ここまで逃げてきたところを、まず背後から刺された。後ろの腰の辺りにも刺された痕がある。そして、前を向いたか、向かされたかして、今度は胸を刺された。ナイフは見事に心臓をとらえている」

「やったのは、やはり乾隆帝なのでしょうか」

「もし本当に消えてしまったのなら、そうとしか考える他はないだろう。普通の人間に消えることなどできない」

中将の声以外にも、なにやら話し声がしていたので、琢馬が、そちらを向くと、永暦公主とバーンズの声であった。バーンズの問いに公主が答えている感じだ。中将と大佐の会話を、公主が通訳しているのであろうと、琢馬は思った。

ところが、同じ方へ目をやった諸墨中将が、

「なんという格好をしている」

と、大きな声を上げた。

肌も露な公主の姿を咎めたようである。バーンズが何か言い返しそうになったが、公主は、それをなだめ、

「申し訳ありません」

と謝った。

といっても、中将の怒声に竦み上がった感じはない。公主は、いつも通りに落ち着いている。すると、そこへ高瀬が入ってきて、代わりのガウンを差し出し、永暦公主は、悠然とした仕草で、それをまとった。

諸墨中将は、唸るような息を吐き出し、顔をしかめただけである。

高瀬は、そのままドアのところに引き下がった。そこには、他の使用人もいる。琢馬は、部屋の中にいる人々を見渡し、

「あれ、鄭先生はどうしたんでしょう」

と、鄭雷峯がいないことに初めて気付いた。

そこで、琢馬たちは、鄭雷峯の部屋へ向かった。全員ではない。琢馬と風巻、公主と高瀬に塙少佐、里中少尉の六人である。

鄭雷峯の部屋は、イギリス人とは一部屋開けて、階段に一番近い端の方にあった。

永暦公主が、名乗りながらノックをすると、返事があり、少し待たされて、鍵を外す音が響き、中からドアが開けられた。

鄭雷峯は、パジャマの上にガウンを羽織っていた。もともと白い顔色が、さらに悪くなったように見え、

「お加減が悪いのですか」

と、永暦公主が気遣った。

「たいしたことはありません。旅の疲れが出たのでしょう」

鄭雷峯は、静かな口調で応じる。

「そちらこそ何かあったのですか」

鄭雷峯が聞いてきたので、永暦公主は、事情を話した。

「乾隆帝が現われましたか」

鄭雷峯は、そう返しただけである。対立するイギリス人の死に、それほど驚いた様子も見せていない。

「お気付きになったことはありませんか」

という公主の問いにも、

「さあ、ずっと砲声が響いていましたからね。騒がしい気配に気付いたのも、砲声が止んでからです」

としか答えなかった。

「そうですか」

と言って、永暦公主は戻ろうとしたが、琢馬は、聞かずにいられず、つい声を上げてしまった。

「鄭先生も、乾隆帝が過去からやって来たのだと思いますか」

すると、鄭雷峯の目に鋭い光が宿った。

「自分が造った黄金象をイギリス人へ渡すことなど、乾隆帝が承知すると思うか。乾隆帝は、それを阻止するために憎むべきバーンズ・モンゴメリ商会の片割れを殺したのだ」

その口調も、一転して力強いものとなっていた。

第二章　ライの衝撃

一

鄭雷峯の部屋を訪れた後、結城琢馬は、風巻顕吾や使用人たちと一緒に、ジョージ・モンゴメリの死体をベッドに寝かせ、顔に布もかぶせてやった。そして、死者となった彼と鄭雷峯を除いた全員が、昼間話をした円形テーブルの部屋に集まった。

一同は、その時と全く同じ位置についていた。高瀬がやはり公主の背後に立ち、他の使用人も隅の方にいる。

そこで今後のことを話し合ったのだが、狼狽している秘書のデビット・オーウェンに対し、今やバーンズ・モンゴメリ商会のただ一人の代表となったマイケル・バーンズは、仲間の死を嘆き悲しむどころか、むしろ上機嫌であった。

例によって、公主が、英語の通訳をした。

それによると——。

「これで黄金象は、私が手にするものと決まった。しかも、ジョージを殺したのが過去から来た乾隆帝とあっては罰することもできない」

と、バーンズが言い、

「そうだろう」

と、オロオロする秘書を睨み付けた。秘書は、しばらく渋っていたが、

「では、あの怪人物はいったいどこへ行ったのだ。そのことが説明できるか。ベーカー街の探偵でも説明できはしないだろう。東洋には、我々に理解できない神秘的なことが確かにあるのだ。それに私の意向が聞けないというのであれば、君の将来はないものと思いたまえ」

そうほとんど脅すように詰め寄られて、ようやく頷いていた。

結局、黄金象のことや死体の措置などは改めて話し合うことにして、一同は、一旦部屋へ引き上げ、朝になってから、また別々にやや遅めの朝食をとり、今度は、鄭雷峯を含めた全員で外へ出てきた。昨夜、公主が言っていたことだが、怪人が消えたと思しき場所の下を確かめにきたのである。

確かめたのは、幻鶴楼の主屋と工字棟の間、それに四阿がある工字の横棒に当たるところだ。時間的にいって、それ以上遠いところまで怪人が逃げていったとは思われなかった。

昨夜、上からも確かめているが、地面に人が転落していることはなく、何らかの方法で地面まで下りるか、あるいは転落をしても軽傷ですみ、そこから逃走したような痕跡もなかった。

公主が言った通り、石畳の上に薄く砂が撒かれていたのである。砂を均して痕跡を消したようなところも見当たらない。外壁にはやはり窓もなく、隠れられるようなところもなかった。念のために確認の範囲を工字棟のもう少し先まで延ばしてみたが、結果は同じである。

（やはり乾隆帝だったのか）

琢馬には、そうとしか思えなかった。

それも、琢馬たちの前から脱兎の如く駆け出していったことを考えれば、八十歳を超えていた晩年の乾隆帝ではない。もっと若い時の乾隆帝ということになる。そういえば、紫仙館で見た姿も、昨夜のシルエットも老人のようには思われなかった。塙少佐の話に出てきた乾隆帝もそうである。

（本当に過去と今を行き来しているなんて――）

琢馬が呻いていると、ここでもマイケル・バーンズが手を叩き、盛大に喜んでいた。そして、公主の手をとり、いつものようにまくし立てている。やはり称賛しているような感じだ。同国人の死を悼んでいる様子はどこにもない。

それを鄭雷峯が、鋭い眼差しでじっと見つめていた。

確認が終わると、琢馬は、永暦公主に誘われ、塙少佐や里中少尉、風巻と共に、噴水の近くに置かれている椅子へ腰を下ろした。他の者たちは、幻鶴楼へ戻り、一同は、昼食が終わってから三度《みたび》円形テーブルの部屋へ集まって、黄金象の話をすることになっている。

「その時に渡すんですか」

琢馬は、まだ承服できなかった。

「自分も同じであります」

里中久哉少尉も、立ち上がって姿勢を正し、悲壮な目で塙少佐を見つめているというよりも、睨み付けている。

すると、塙照正少佐が、

「なにしろ乾隆帝が現われたのだ。果たして、そうすんなりといくだろうか」

どことなくはぐらかすような感じで言い、噴水の方へ目を向けた。

今は象の鼻から水は出ていない。

琢馬も、噴水を見たが、そこで疑問がムラムラと沸き上がってきた。

「あのう、黄金象というのはいったいどういう形をしているんですか。もしかして、バビロンにいたという この象と同じ形をしているんですか」

しかし、少佐は、首を振った。

「さあ、どうだろう。僕は見たことがないから――」

「私もありません」

と、公主も応じる。

すると、里中少尉が、

「あっ」

と、声を上げ、

「どうした」

という少佐の問いに、

「あそこにおかしなものが――」

と、噴水を指差す。

正確にいえば、象の中の一つを指差していた。正面から見て右側の前から三番目の象だ。象の鼻の付け根に何かが引っ掛けられている。

琢馬が近付いていくと、それは筒であった。筒の先に紐が付けられ、鼻に引っ掛けられていたのだ。それを取って、みんなのところへ持っていく。

塙少佐が受け取り、筒を開けた。中には紙が入っていた。高級そうな紙で、広げてみると、賞状ぐらいの大きさがあり、そこに墨痕鮮やかな文字が書かれている。全て漢字であった。

琢馬は、中国語を話すだけではなく、かなり読めるようにもなっていた。それで内容もわかる。

正午に裏の庭園から昨夜朕が消えた辺りを見ていろという意味のことが書かれていたのである。朕は、皇帝しか使わない一人称だ。

「これは乾隆帝のことですか」

と、琢馬は聞いていた。

「そうなんだろうな」

と、塙少佐が短く答える。

「しかも、これが引っ掛けられていたのは、バルコニーの方を向いて右側の三番目。海晏堂であれば馬の像があったところです。午の刻は正午を指します」

と、永暦公主も続いた。

海晏堂の噴水時計では、十二支の動物と合致する時刻に、その動物の口から水が出ることになっていた。丑の刻だと牛の像の口から、寅の刻なら虎の口からというぐあいにだ。そして、正午の時刻だけは、全ての動物の口から出るようになっていたという。

しかし、本来なら、午の刻は馬の口から出るべきなのである。だから、正午の時間を指定する書状を、馬がいた位置のところに引っ掛けておいたのであろう。

「つまり昨夜の怪人が、乾隆帝が、また何かをやるということですか」

「そういうことなんだろう」

琢馬のこの問いにも、風巻が、短く答えただけであった。

「いったい何を――」

「そこまでわかると思うか」

それはそうだと、琢馬も、矛をおさめる。

「とにかくみなさんにこのことを知らせ、正午に指定の場所へ行ってみましょう」

永暦公主の言葉で、琢馬たちも邸内へ引き上げる。

そして、正午の十分ほど前に指定の場所へやって来た。但し、幻鶴楼にいる全員ではない。マイケル・バーンズだけがいなかった。バーンズへ知らせにいったのは、公主である。公主以外の人間が来ることを、バーンズは歓迎しない。

永暦公主によると、

「バーンズ氏は、ご気分がすぐれないそうです」

ということであるらしい。

秘書のデビット・オーウェンも、結構渋っていたのだが、こちらは、風巻と琢馬が両脇を抱え、それに里中少尉の怒声と威嚇まで加わって、無理やり連れ出してきた。

裏の庭園とは、迎象門がある方の反対側だということを意味する。そのため、バルコニーから下りてきた一行は、主屋の右翼側へまわり、そこから主屋と工字棟の間が見えるところに陣取った。昨夜、怪人が消えたところといえば、主屋と工字棟を結ぶ階段か、階段の上の四阿、四阿からのびた回廊――それも四阿から余り遠くないところ、工字の出っ張り部分までと想定される。

それらが見えるところに陣取ったのである。

そのまま待つことしばし――。

正午が近付いてくる。

(いったい何が起こるというのか)

琢馬が、地面の近くにじっと目を凝らしていると、

「あそこに人がいる」

という声が上がった。

風巻である。上の方を指差している。

琢馬も、顔を上げた。風巻が指差す先は階段であった。そこに、人が姿を現わしていたのだ。満州族の格好をした乾隆帝ではない。洋服を着たマイケル・バーンズである。

バーンズは、四阿まで上がり、そこからこちら側の回廊へ出て、工字の出っ張り側へ十歩ほど進み、屋上の方を見た。

すると、異変が起こった。

バーンズは、手を顔のところまで上げて、何かを防ごうとするような、あるいは何かから身を守ろうとするような仕草を見せたかと思うと、その何かに押されでもしたように身体のバランスを崩した。そして、バランスを崩したまま、後ろへ下がろうとして低い手すりに足をとられ、下へ落ちていったのである。あっという間の出来事で、彼の上げる悲鳴が響き渡った。

それを見て、風巻と里中少尉が駆け出し、琢馬も後を追った。

バーンズが落ちたところへ駆け付けると、バーンズは、石畳の上に――より正確にいえば、その上に薄く撒かれた砂のところに、仰向けの状態で叩き付けられていた。眼鏡はとれ、身体の下から血が流れ出している。

風巻が、バーンズの身体を起こした。バーンズには、まだ息があった。口を必死に動かし、何かを言おうとしている。里中少尉は、立ったままであったが、琢馬は、バーンズの傍らに屈んだ。耳を口元に寄せると、途切れ途切れの息の間に、言葉らしきものが洩れてくる。

しかし、聞き直すことはできず、マイケル・バーンズは、目を閉じ、がくりと首を折ってしまった。

そこへ、永暦公主と鄭雷峯、それに残りの軍人たちもやって来る。

「どうだ」

と聞く塙少佐の言葉に、風巻は、首を振った。そして、バーンズの身体を地面の上に横たえる。

脅えたような声が聞こえたので、そちらを見ると、デビット・オーウェンが使用人たちに連れられて来ていた。行きたくないと抵抗するのを、無理やり連れて来られたという感じである。顔を背けて、バーンズの死体をまともに見ることさえできないでいる。

「しかし――」

余部大佐が、死体を見下ろしながら不審げな声を上げた。

「こいつはいったいどうして落ちてしまったのでしょう。こいつが上にいた時、まわりには誰もいなかったように見えましたが、中将殿はそう思われませんでしたか」

「確かに誰もいなかった」

諸墨駿作中将も、渋い声で応じる。

そのことは、琢馬もしっかりと見ていた。勿論、下から回廊の周囲を全て見渡すことなどできないが、マイケル・バーンズの近くには誰もいなかった。それは断言できる。手すりがあるとはいえ、バーンズの身体は足元まで見えていたのだ。屈んだ何者かが潜んでいたこともあり得ない。

それに、バーンズは、顔の前に手をかざしていた。そして、前から押され、後ろの方へバランスを崩している。何者かは、バーンズの前――それも顔の近くにいたのだ。しかし、そこには何も見えなかった。

「まさか。あそこに見えないヤツがいたのか」

里中少尉が、茫然とした感じで回廊の方を見上げている。

そこへ、永暦公主が寄ってきて、

「バーンズ氏は息を引き取る前に何かを言っていたように見えましたが――」

と聞いた。

「あっ、はい」

琢馬は、少しうろたえ、口調もどこかしどろもどろになった。

「確かに何かを言おうとしていたようですが、苦しい息をつきながらだったので、よく聞き取れませんでした。ただラとイのような言葉が聞こえたように思ったんですが――」

自信がなかったので、風巻の方を見た。

「俺もよく聞き取れなかった。そういわれてみれば、ライと聞こえたような気がするという程度です」

風巻も、自信がなさそうである。

それでも、二人の言葉を聞き咎めて、

「ライと言ったのか」

余部大佐が、鄭雷峯の方へ険しい目を向けた。雷のことだと思ったようだ。

それを、塙照正少佐が、やんわりとたしなめる。

「ですが、大佐。鄭雷峯氏は、我々と一緒にいたではありませんか。鄭氏だけではありません。ここにはバーンズを除く全員がいました。我々の誰かが、こんなことをできた筈はありません」

「そうだな」

と、余部大佐は引き下がり、

「では、いったいどういうことになるんだ」

と、昨夜に引き続き、困惑を隠せないでいた。

「しかも、ライとはどういう意味だ」

塙少佐も、手を顎に当てて考え込んでいる。

　それを見て、風巻が、

「ライとは限らないと思います。二人とも英語がわかりませんから、聞き違えた可能性は充分にあり得ます」

　そうとりなしていると、

「いいえ、ライです。そうに違いありません」

　永暦公主が、決然とした口調で言った。

　そして、毅然とした目で一同を見渡す。

「みなさんは、バーンズ氏が『時』という漢字を描いた服を着ていらしたのはご存知でしょう。バーンズ氏は漢字に興味を持っておられました。といっても、漢字を知ろうとするような気持ちからではありません。バーンズ氏は長く中国にいながら、中国語の全くわからないお人でした。それは、モンゴメリ氏も同じでしたが――。ですから、漢字が単に物珍しかっただけなのです。変わった模様を見て、これは何を意味しているのだと聞いてくるようなものでした」

「――――」

「ただバーンズ氏は、英仏連合軍が略奪・放火した円明園は、乾隆帝が造ったものだと知っていました。それで『乾』という漢字にも興味を持たれて、これはどういう意味だと聞かれたことがあったのです。私は、『乾』が北西の方角を指すとか、乾くという意味もあるということをお話しさせてもらいました。バーンズ氏は、乾くという意味の方で『乾』という漢字を覚えておられました。こちらの方が英語では簡単なのです。その英語が何かというと――」

永暦公主は、ここで一旦言葉を切り、また一同を見渡してから徐に口を開いた。

「ドライです」

「ドライ！」

琢馬は、思わず鸚鵡《おうむ》返しに呟いていた。

「最初のドは声が小さ過ぎて聞こえなかったか、言葉にならなかったのでしょう」

「すると、何か」

余部大佐が、目を剝いている。

「こいつは乾隆帝に突き落とされたと言いたかったのか」

公主は、しっかりと頷いていた。

「はい。また昨夜のように過去からやって来たのです」

「しかし、見えなかったではないか」

「私たちには見えなかっただけです。しかし、バーンズ氏には見えた。乾隆帝には、そのような力があるのでしょう。いいえ、乾隆帝の力というよりは、今幻鶴楼にある黄金象の力といった方が正しいかもしれません。乾隆帝が造らせた黄金象には、私たちには計り知ることのできない力があるようなのです」

「そ、そんな——」

余部大佐は、口をあんぐりと開け、隣にいる諸墨中将の方をかえりみた。

「なるほどな」

諸墨中将は、そう言って、唇を歪めただけである。

一方、塙少佐と鄭雷峯は、賛嘆というか、ほとんど崇敬に近いような目で、永暦公主を見ていた。風巻も同じだ。

しかし、琢馬は、大佐や里中少尉のように茫然とならざるを得なかった。

特定の相手にだけ見えて、その他の人物には見えない。そんなことがあり得るのだろうか。

だが、今、自分の目で確かに見た出来事は、そうとでも考えなければ説明がつかないことも事実だったのである。

二

なんとも不可思議なバーンズの最期を見たところであったが、琢馬たちは、昼食をすませた後、当初の予定通り円形テーブルの部屋へ集まっていた。

バーンズの死体は、琢馬と風巻が二人の使用人と共に彼の部屋へ運び込み、ベッドに寝かせた。一方、秘書のオーウェンは、二人の共同代表の死を目の当たりにしたことで精神的な衝撃が大きく、高瀬ともう一人の使用人に抱えられて、なんとか自室へ戻り、ベッドに倒れ込んだという。

従って、この場にイギリス人の姿はない。

「実は、さきほど祈藤産業の東京支社から電報が送られてきました」

と、永暦公主が言い、高瀬に渡された紙を広げた。

紙は何枚にもわたり、そこにびっしりと文字が書かれている。電報の内容を書き起こしたもののようだ。

琢馬は、昨日風巻に幻鶴楼主屋の一階を案内された時、電信室なるものがあったことを思い出した。

「これには、孫文先生の日本における活動の大まかな内容が記されています」

と、永暦公主は続ける。

「上海を発たれた孫文先生は、十一月二十三日に長崎へ着かれ、その日のうちに長崎も発たれて二十四日には神戸へ到着なさいました。孫文先生は、長崎でも神戸でも、記者会見や歓迎会、講演の場で、何度も不平等条約の撤廃を主張なさったそうです。そして、二十八日、神戸高等女学校の講堂において、大アジア主義講演なるものを行われました。そこでの孫文先生は、おそらく日本に配慮したのでしょう。旅順・大連の租借問題や不平等条約の撤廃には直接触れられませんでしたが、このようなことを言われたそうです」

「――――」

「アジア諸国は西洋の侵略に苦しめられてきたが、日本が不平等条約の撤廃に成功し、日露戦争に勝利したことで勇気付けられ、独立への希望が生まれた。西洋は科学と武力によって相手を抑え付ける覇道の文化であるが、アジアには、それよりも優れた仁義と道徳を重んじる王道の文化がある。従って、アジア諸国はこの王道文化をもとに、西洋の圧迫を跳ね除けるべく団結しなければならない。そして、孫文先生は、講演の最後を次のように締めくくられたといいます」

「あなた方日本民族は、西洋の覇道文化を取り入れていると共に、アジアの王道文化も、その本質として持っています。これからの日本が西洋覇道の番犬となるのか、それとも東洋王道の牙城となるのか、それは、あなた方日本国民がよく考え、慎重に選ぶことにかかっているのです」

「――――」

「――――」

「この日、会場となった講堂には二千人の定員を超える大勢の人々が集まったそうで、講演が終わると、会場では拍手がしばらく鳴り止まなかったといいます。そして、孫文先生は、三十日に神戸を発たれ、天津へ向かわれました」

公主の話が終わっても一同は静まり返り、ふうーと長く吐き出す息遣いが何人かから聞こえてくるだけの状態が、しばらく続いた。張り詰めるような緊張が、部屋中を覆っていたといってもいいであろう。

その静寂を破ったのは、塙照正少佐であった。

「孫文氏も日本とは対立したくないと思っているのです。そして、日本人の多くも決して中国との対立を望んではいません。そうでなければ、氏の講演が人であふれ、拍手が鳴り止まないということが起こる筈はなかったでしょう。そもそも今のような状況を招いたのは、アジアに侵略の魔の手を伸ばし、中国へは戦争をしてまで阿片を売り付けてきた西洋にあります。日本も西洋の脅威がなければ、大陸へ進出することはなかったに違いありません。だからこそ孫文氏は、日本人に決断を迫ってきたのです。そのような西洋にこのままつくのか、それともアジアを助けるのかと――」

「――――」

「しかし、このことはもう改めて議論するまでもないでしょう。日本がどうしなければならないかは最早明らかではありませんか。日本は世界の一等国にして五大国の一つとなりましたが、西洋諸国の中にあって、ぽつんと孤島のようにアジアの国がいることは明らかに異質です」

「――――」

「そうであるにも拘らず、このまま西洋帝国主義の片棒を担ぎ続けていては、却って西洋との対立が抜き差しならないものになってくると思われます。西洋は、自分たちのアジア分捕り合戦に、人種も宗教も異なるアジアの国が割り込んでくることを、決して快く思ってはいないのです。そして、日本がそのような西洋の中で孤立をした時、今のままでは助けとなってくれるアジアの国は一つもありません。日本は、これまでの歴史を見て、帝国主義こそが世界で飛躍する唯一の方策と思い込んでいるようですが、そうではないのです。歴史は、必ずしも一つの方向へ向かって進んでいるのではありません。多様な流れこそがあるべきなのです」

塙少佐の熱弁に、余部大佐が窺うような目を諸墨中将の方へ向けた。

諸墨中将は、組んでいた腕を解き、吊り上がった目を細めて、塙少佐を睨んでくる。しかし、口調は抑制されていた。

「それが塙侯爵閣下のご意向であることは、私も自分で確かめた。だから、こうしてここへ来ている。そして、実に不可思議極まりない出来事を見せてもらった。円明園の西洋楼を蘇らせたこの場所で、乾隆帝が過去から現われ、阿片戦争の元凶となったイギリス人に天罰を下した。そうとしか思われない」

「すると中将閣下も、あれは過去からやって来た者の仕業だと――」

余部大佐が、落ち着きのない口調で聞いた。

諸墨中将は、険しい目を大佐の方へ向けて聞き返す。

「それでは昨夜の怪人物はどうして消えたというのかね。さっきバーンズを突き落としたのはいったい誰だ。しかも、バーンズは乾隆帝にやられたと言い残している。君には、こうしたことに何か別の解釈があるのかね」

「いえ、ありません」

大佐は、丸い顔に滲む汗をハンカチで拭っていた。

諸墨中将が、今度は塙少佐と永暦公主、鄭雷峯の三人を交互に見ながら、言葉を続けた。

「ならば当初の計画通り、モンゴメリとバーンズの死体は円明園で発見されることにしよう。そして、その傍らにはあの秘書を置いておく。秘書は乾隆帝が過去からやって来て二人を殺したと話すだろう。一昨年に起こったゲロとかいうフランス人の事件と同じだ。しかし、あの時は六十年以上も前の円明園に行って殺されたそうだが、今回は違う。場所がここだとはっきりしている。日本の祈藤財閥が建てた洋館で起こった。しかも、そこには日本の軍人もいた。日本の関与が当然取り沙汰されるだろう。イギリスは怒る筈だ。ゲロのことでフランスも疑いの目を向けてくるかもしれない。そうなると、欧米列強そのものが一連の西洋人殺しに日本がからんでいるのではないかと思うに違いない」

「はい。もう後戻りはできません」

と、塙少佐が、強い口調で身を乗り出した。

「しかし、だからこそ神戸であのような講演をなさった孫文氏へのはっきりとした答えになるのではありませんか。孫文氏は日本の決意を知り、強い気持ちで今なお列強へ依存している軍閥政府との会議に臨むことができるのです。そうでしょう、鄭さん」

「ええ、これでアジアの歴史は変わります。孫文先生も喜ばれるでしょう」

鄭雷峯は、感慨深げであった。

「ありがとう、公主。これはみなあなたのおかげです。あなたがいなければ、父の遺志を実現させることなどできなかった」

鄭雷峯は、そう礼まで言っていたが、

「いいえ。私ではありません」

と、永暦公主は首を振った。

「もとをただせば、全ては鄭家の方々のおかげです」

「我が家の？」

「はい。鄭先生のお祖父《じい》様は、円明園が略奪・放火された時、我が身を犠牲にして乾隆帝の黄金象を守り抜かれ、それを引き継いだお父様は、北京へやって来た塙照道様と祈藤智康様に、中日が連携して西洋に当たることを説かれ、黄金象をお渡しになった。それによって智康様は、この幻鶴楼を造られ、侯爵様も、北京での約束を果たそうと決意なされたのです。侯爵様も智康様も、あの時、円明園の廃墟を見て、日本もこうなってはならないと思われたそうです。ですから、鄭先生のお父様との出会いがなければ、このようなことにはならなかったでしょう」

「なるほど、そうかもしれません。しかし、父は、実にいい日本人と出会ったのだと思います。出会った相手が塙氏と祈藤氏でなければ、やはりこうはならなかったでしょう」

鄭雷峯は、そう言って立ち上がり、塙照正少佐のところへ行くと、手を差し出した。

塙少佐も素直に応じ、二人は、握手を交わす。

「これはいったいどういうことですか」

琢馬は、一連の話と目の前の光景に戸惑わずにはいられなかった。いったい何がどうなっているのか全くわからない。

そこへ、里中少尉も加わった。

「自分にもよくわかりません」

これに対し、

「少尉や浪人ごときの若造が口を挟むことではない」

余部大佐が、険しい目で睨んできたが、永暦公主が、毅然として言い返した。

「そういうわけにはまいりません。私たちの中では軍人や浪人といった区別はないのです。従いまして、琢馬さんも里中少尉も等しく私たちの仲間——同志ですから、きちんと知っていただく必要があります」

そして、公主は、優しげな目を琢馬と少尉に向ける。

「今回のことは、私の方から鄭先生を通じて孫文先生に、塙少佐を通じては侯爵様に提案させていただきました。何度も言いますように、今、私のもとには乾隆帝の黄金象があります。この黄金象は、実に不思議な力を持っています。私は、その力で、今度は中国を苦しめる西洋人に天罰を下してもらい、それを侯爵様に近い軍の方々にもしっかりと見届けていただき、確かに天罰だとわかったならば、このことを公表するように提案したのです」

「――――」

「さきほど中将様がおっしゃったように西洋人の死が祈藤家の館で起こり、日本の軍人もいたとなれば、当然、日本の関与が疑われます。過去からやって来た乾隆帝の仕業だといったところで、信じてくれる筈はありません。欧米諸国との関係はこじれることになるでしょう。しかし、これを日本が帝国主義と手を切り、今後はアジアから西洋の脅威を取り除くために働くことを誓う決意の表明にするのです」

「つまり、それが以前少佐から聞いた維新の原点を思い出すきっかけですか」

と、琢馬が言う。

「はい。ですからこのことは、侯爵様もご了解になられました。侯爵様は、不退転の覚悟で、鄭先生のお父様との約束を果たされるおつもりです。それで諸墨中将が侯爵様のご意向を受けて、ここへ来て下さったのです。北京にいて中国における軍の工作を取り仕切っておられる中将様が、黄金象の力に得心下さり、侯爵様の考えに同意なされれば、軍の方針は侯爵様の望まれる方向へと一気に傾きます。そして、孫文先生も、ここでの結果をお知りになれば、日本との提携を決断すると約束なさいました」

「それじゃあ、孫文先生が真っ直ぐ北京へ行かず、わざわざ日本へ寄られたのは――」

「日本人の意識を確かめるためだ」

と、今度は鄭雷峯が答えた。

「日本人の中にはこのまま大陸へ進出し続け、もっと権益を得ようと考えている者が確かにいる。しかし、中国の苦境を助け、平和で友好的な関係を築きたいと望んでいる人も少なくはない。先生は、特に最後の講演で、熱心に集まった人々や鳴り止まない拍手を見て、その思いを確信なさった筈だ」

「そこで私は――」

と、永暦公主が言葉を続ける。

「黄金象を餌にバーンズ・モンゴメリ商会の共同代表をここへ招待しました。中国を苦しめている阿片貿易の元凶といえば、なんといってもバーンズ・モンゴメリ商会で、私がマイケル・バーンズと以前から知り合いだったことは、すでにお聞きになった通りです。モンゴメリとも、阿片の商売のことで会ったことがあります。ですから、まずバーンズに黄金象のことを持ち掛けると、大いに興味を示し、誰にも知られないよう極秘に来ていただきたいと申し出ても、別に怪しむことなくモンゴメリを誘い、秘書だけを同行させて、ここへやって来ました。モンゴメリも欲深な人間ですから、黄金象にはバーンズに劣らない関心を抱いたようです。秘書については、西洋人の証人も必要ですので、共同代表の二人以外に誰かを同行させて欲しいと私からお願いしました。勿論、移動の手段は全てわたくしどもの方で用意し、共同代表はしばらく極秘の商談へ行くということで、どこへ出かけたのかは残っている誰もが知らないと聞いています」

「でも、バーンズはモンゴメリが殺されても驚いたり恐がったりはしてなかったですよね。むしろ喜んでいた」

と、琢馬は聞いた。

「バーンズとモンゴメリの仲がよくないことは、これもすでにお聞きになった通りです。仲がよくないどころか、バーンズは、モンゴメリを排除してバーンズ・モンゴメリ商会を自分だけのものにしたいと予てより打ち明けていました。私はバーンズに、黄金象には不思議な力があることを教え、その証拠としてモンゴメリに天罰が下るところをお見せしましょうと言ったのです。だからバーンズは怪人が消えたと知って、あれだけ喜んでいたのです。バーンズは、これで黄金象も自分のものだと思い込んでいましたから、モンゴメリのいないバーンズ・モンゴメリ商会を独り占めして、そこに黄金象の力を使い、これからはなんでも自分の思い通りになると考えていたのではないでしょうか」

「自分にも天罰が下るとは思いもしていなかったんですね」

「はい」

「つまり公主がすぐにわかると言っていたのは、こういうことだったんですね」

「そうです」

永暦公主は、きっぱりと答え、琢馬の方を真っ直ぐに見つめていた。一点の曇りもない澄んだ目である。

「これでわかってもらえたかね」

と、塙少佐が、里中少尉に声を掛け、茫然と固まっていた少尉は、呪縛が解けたかのように、

「はっ」

と、敬礼している。

少佐は、鄭雷峯へ視線を移した。

「それでは、帰りの船を、帰りも『香芝』を用意させますので、それで我々も一緒に北京へ行きましょう。そして、日本と中国が新しい一歩を踏み出す歴史の転換点を、この目で確かめようではありませんか」

塙少佐は、里中少尉に何かを囁き、少尉は、わかりましたと答えて立ち上がった。これを見て、永暦公主が高瀬に付いていくよう命じる。

少尉と高瀬は、連れ立って部屋を出ていった。

「船を呼ぶために電信室へ行ったんだ」

と、風巻が教えてくれる。

「では、円明園へ死体を運ばせる役は無道たちにやらせよう。その連絡は『香芝』に乗ってから北京の公館へ電報を打たせる」

と、諸墨中将は請け負い、

「ところで――」

と言って、話題を変えた。

「黄金象の件だが、あれはどうするつもりだ」

「黄金象はそもそも中国のもの。鄭先生にお返しして、孫文先生に渡していただくのがよろしいかと思います」

永暦公主は、はっきりと答えた。

これに塙少佐と鄭雷峯も頷いていたが、諸墨中将は、鄭雷峯の方へ顎をしゃくり、

「しかし、黄金象はそちらから侯爵閣下に渡されたものではないか。ならば、侯爵閣下がお持ちになるべきではないか」

と言ってきた。

塙少佐は、異を唱えた。

「祖父も――いえ、侯爵閣下も中国へ返すことを望んでいます」

「亡き智康様も、あれは預かっただけでもらったものではないとおっしゃっていました」

と、永暦公主も口を添える。

だが、諸墨中将は納得しない。

「日本は多くの血を流して得た権益を放棄すると言っているのだ。それぐらいもらっておいてもよいのではないか。どうだね、余部大佐」

「おっしゃる通りかと――」

大佐も賛同し、永暦公主へ顔を向けてきた。

「君は我々に随分と偉そうなことを言っておるが、君の家のこの贅沢な佇まいも阿片を売って稼いだからこそできたものなのだろう？　阿片で暮らせていることについては浪人連中と同じではないか。我々はここまで協力しておるのだから、君も引くべきところは引くべきだと思うが――」

大佐は、琢馬だけではなく、永暦公主に対しても尊大な態度をとっていた。

しかし、永暦公主は、ここでも動じた様子を見せなかった。

「わたくしどもが阿片を扱っているのは、台湾総督府の漸禁策に基づいてのことです。将来的には台湾から阿片を根絶することを目的にしています。しかも、台湾で阿片は総督府の専売。わたくしどもは、その実務を担っているに過ぎません」

「阿片で儲けてはいないと言うのか」

「疑問に思われているのなら、総督府の財務担当者にどうぞご確認なさって下さい」

「では、この贅沢はいったい何のおかげだ」

「祈藤産業の一番の商品は樟脳です。売り先はほとんど海外。アメリカが一番のお得意先になっております」

「アメリカが一番の得意先だと。お前のところは排日政策を推し進めているアメリカに媚を売っているのか」

君が、いつの間にか、お前に変わっている。それでも、永暦公主は、堂々としていた。

「媚など売ってはおりません。商品を売っているだけです。それにお言葉を返すようですが、そのアメリカやイギリスとも組み、ワシントン会議では中国の主張する不平等条約の撤廃をとうとうお認めにならなかったのはどういうわけですか」

「それは、さっきも出たように日本の中に権益を手放したくないと考える勢力がまだまだたくさんいるからではないか。だから侯爵閣下も困っておられるのだ」

「さきほど阿片を売って稼ぐのは浪人と同じだとおっしゃいましたが、バーンズが指摘したように、その金は軍のために使われているではありませんか。それで浪人を養い、彼らを使って抗日運動家を弾圧したり、親日派の軍閥に協力なさったりしておられるのでしょう。権益を手放したくない勢力とは、そういうことをしている人たちのことを言うのではありませんか」

「な、なんだと、お前は中将殿がそうだと言いたいのか」

するとと、いきり立つ大佐を、諸墨中将が制した。

「確かにそう言われても仕方あるまい。しかし、今や黄金象の力は確かめられ、イギリス人に天罰が下ったことで、我々が今までやってきたことは間違いだとわかった。これからは、侯爵閣下のご意向に添い、孫文氏の呼び掛けに応じようではないか。それでいいだろう、少佐」

「はい。結構であります」

諸墨中将の言葉に、塙照正少佐が頷いていた、その時であった。

荒々しい音でドアが開けられ、里中少尉が入ってきた。しかも、一人ではなく、もう一人の新たな軍人と一緒に入ってきたのである。

「本多《ほんだ》大尉！」

と、塙少佐が言った。

階級は下だが、少佐よりも年上の軍人である。

「少佐や少尉と同じ台湾軍司令部の人間だ。余部大佐の部下だよ」

と、風巻が小声で教えてくれる。

本多大尉は、荒い息をつきながら、少佐だけではなく、諸墨中将と余部大佐にも敬礼をした。

「いったいどうしたんだ」

大佐の問い掛けに、

「はっ。実はたいへんな知らせが入ってきまして、急ぎ馳せ参じました」

と、本多大尉は答え、それから戸惑ったような表情で、まわりを見渡した。

「たいへんな知らせとはなんだ。早く言わんか」

「はっ。ですが、民間人には――、特に他国の人間には知らせるなと、軍司令官より厳命されております」

「軍司令官からだと――」

そう言って、目をますます吊り上げたのは、諸墨中将である。

とにかく軍人たちは部屋を出ていき、なかなか戻ってこなかった。そして、予定は急遽変更され、琢馬たちは、すぐさま紅島を出ると、北京へは向かわず、台北へ赴くこととなったのである。

三

軍人たちとは台北で別れ、琢馬と風巻、永暦公主と使用人たち、そして、鄭雷峯とイギリス人秘書の九人は、祈藤線に乗り換え、紫仙館へやって来た。

幻鶴楼で死んだ二人の死体は、取り敢えず運搬のために用意していた棺に入れ、琢馬と風巻、使用人たちで、紅島内の空き地に埋めてきた。勿論、死体を円明園まで運ぶ段取りなど全くついていない。

琢馬たちは、そのまま紫仙館に滞在し続けた。台湾軍によって、外出を禁じられたのだ。軟禁といってもいいような状態であった。何かたいへんなことが起こったようなのだが、それについての連絡も全く入ってこない。鄭雷峯が北京へ行きたがっても、許されることはなかったのである。

琢馬たちは、不安に苛まれながら、無為の日々を過ごすしかなかった。

外の様子は、新聞と祈藤財閥の情報網によってもたらされた。それによると、神戸を発った孫文は、十二月四日、天津に到着していた。孫文を迎えた民衆は二万になっていた。上海の時の倍に膨らんでいたのだ。

しかし、当初は、急ぎ北京へ向かう予定が天津にとどまり続けていた。どうやら身体の具合がよくないらしい。

「やはりそうだったか」

鄭雷峯が、暗い顔をしていた。孫文の体調がよくないことを、はっきりとではないものの、なんとなく察していた感じである。

そんなある日――。

結城琢馬は、新聞を広げて、

「あっ」

と、声を上げていた。

孫文の天津滞在が続く中で、九日、列強七ヵ国が、北京の奉天派政府に対し、これまでの条約を尊重するならば、政府を承認すると表明したのである。これまでの条約とは、いうまでもなく不平等条約のことだ。何のことはない。孫文の唱える撤廃に応じるどころか、その存続を求めてきたのだ。まるで、孫文の体調不良に付け込んだかのようではないか。

しかも、列強七ヵ国の中には、イギリス・アメリカと共に日本も入っていた。

「これはいったいどういうことでしょう。孫文先生の体調が悪いので、もう提携はできないということですか」

琢馬は、思わず風巻に詰め寄ったが、風巻も、険しい表情で首を振るばかりである。そうしているところへ、台湾軍の将兵が押し掛け、デビット・オーウェンを引き立てていった。

ことの真相は、それから数日後にわかった。

塙照道侯爵の死が発表されたのである。

塙照道侯爵は、列強七ヵ国の表明と同じ九日、箱根の別邸で倒れ、意識不明に陥って、翌十日には亡くなったという。死因は心筋梗塞。享年七十九歳。

しかし、風巻は、

「嘘だな」

と呟いた。

琢馬と風巻が、二人だけで観象法のベンチに座っていた時である。

「嘘？」

と、琢馬は聞き返した。

「倒れたのが本当に九日なら、あの時、血相を変えて台湾軍司令部の参謀が駆け込んでくるわけはないし、軍人たちがあたふたと紅島を出ていくこともなかった筈だ」

「それじゃあ、あれは、塙侯爵が倒れたという連絡だったんですか」

「おそらくそうに違いない。もしかしたら、すでに死亡したという連絡だったかもしれない」

「な、なんですって！」

「たとえ生きていたとしても、塙侯爵は、あの連絡があってから、それほど時間が経たないうちに死んでしまった筈だ。そして、軍は、その死を隠した」

「どうしてです」

「軍の中で、このまま塙侯爵の融和路線を続けるか、従来の大陸進出策に戻すかで、暗闘があったんだろう。それで融和派が負け、列強と共同しての不平等条約堅持の表明となり、ようやく侯爵の死が発表されたわけだ。だから、死因は心筋梗塞で間違いないかもしれないが、日時はデタラメだ」

「――――」

「そして、イギリス人秘書を連れ出したのは、紅島で起こった事件を隠蔽するために違いない。共同表明した七ヵ国の中にはイギリスも入っている。そのイギリスの、バーンズ・モンゴメリ商会の代表を二人とも日本が殺したと今わかってはたいへんなことになる。だから秘書を連れ出したんだ」

「連れ出して、どうするんです」

「口封じのため、どこかで始末したんだろう」

「それなら僕たちはどうなんです」

「俺たちは、取り敢えずここに閉じ込めておけばなんとかなるだろうと思っているんじゃないか。つまり公主や鄭雷峯氏には、まだ利用価値があると見ているんだ。俺とお前は、そのおこぼれで生かしてもらっているようなものだな」

琢馬には、俄かに信じられなかった。

「本当なんですか。たった一人が死んだだけで、方針ががらりと変わるなんて、そんなことがあっていいんですか。それまでも日本の中には侯爵閣下の方針に賛成していた人たちがいたんでしょう。だからこそワシントン会議では、いくつもの融和策がとられたんじゃありませんか。諸墨中将や余部大佐だって、孫文先生の呼び掛けに応じることを認めていた。そのうえ、侯爵閣下の跡を継ぐ塙少佐もいます。それなのに、どうしてこうなるんです。閣下の死によって誰もが態度を豹変させてしまい、あの人たちにも抑えきれなくなったんですか」

するとそこへ、

「そうではありません」

という声が掛かった。

見ると、永暦公主であった。傍らに鄭雷峯もいて、二人で、琢馬と風巻がいる方へ近付いてくる。

そして、二人も、ベンチに座り、

「諸墨中将と余部大佐も態度を変えられました。諸墨中将は、東京から指示を出し、六ヵ国で出される筈だった表明を、七ヵ国に変更させた中心人物といわれています」

と、永暦公主が、切れ長の目を鋭く細め、厳しい声で言った。

琢馬は、啞然とするしかなかった。

「人は威勢のいい意見。引くことよりも前へ強く勇ましく出ていく意見の方へ、どうしても傾きがちになってしまいます。特に軍は戦うことがつとめですから、強い態度で臨みたくなる。弱腰、腰抜けと呼ばれたくはないのです。ですから、そんな軍に融和策を認めさせるには、よほど強い力がなくてはならない。塙侯爵様には、それがあったのですが、その侯爵様の威光をもってしてでさえ、軍の全てを従わせることはできなかった。幻鶴楼でイギリス人に天罰が下り、もう引き返すことができない状況ができあがって、初めてそれが可能となるところだったのです。そのような時に肝心の侯爵様が亡くなったとなれば、せっかくの機運も砂の楼閣のように崩れてしまうのを押しとどめることはできません」

「それじゃあ、塙少佐はどうしたんですか。あの人も態度を変えたんですか」

「塙少佐は、態度を変えておられません。しかし、あの人の力は、残念ながら、まだまだ侯爵様の威光にかなり寄り掛かっていました。ですから、いくら侯爵家を継がれるとはいえ、あの人お一人で、軍を納得させることは無理なのです」

永暦公主は、つらそうに顔を伏せていた。

琢馬も、口をつぐむしかない。

「鄭先生まで、このようなことに巻き込んでしまって申し訳ありません」

公主は、鄭雷峯に向かって頭を下げた。

「いいえ、あなたのせいではない。こんな時に孫文先生まで体調を崩されるとは――。天が私たちに味方してくれなかったのです。天はなんと無体なことをするのか」

鄭雷峯は、強い意志で平静さを保っているようであったが、

「なんとかして先生のところへ行けないものだろうか」

そう言った時には、憂慮と焦燥の色が隠しようもなく滲み出ていた。

「風巻さん、何か手はありませんか」

永暦公主に言われた風巻も、苦渋の表情を浮かべていた。

「館のまわりは台湾軍によって監視されています。それを突破できたとしても、祈藤線の運行は軍が掌握している筈ですから、台北まで行くことさえ難しいでしょう」


塙照道侯爵の葬儀は、国葬に近い規模で十二月十四日に行われ、次期侯爵である塙照正少佐が喪主をつとめたのだが、永暦公主も鄭雷峯も、これに参列することはできなかった。勿論、琢馬と風巻も同じだ。

紫仙館から出ることが許されなかったのである。

そして、何もできないうちに一九二五年——中国では民国十四年、日本では大正十四年の正月を迎えた。本来ならめでたい筈の正月も、そういう気分になることはできなかった。

前年の大晦日、孫文は、ようやく北京に入った。北京駅頭には、十万人が出迎えたという。上海の十倍に膨らんだのである。

しかし、孫文の容体は思わしくなく、二十六日には手術を受けたものの、術後、容体はむしろ急変

して、孫文危篤のニュースが世界中を駆けめぐった。

琢馬は、後に知ったのだが、孫文は、切開したことにより、末期の肝臓癌になっていて、最早手遅れだとわかったのである。

こうして琢馬たちが、ますます憂愁の思いを深め、先行きへの不安を募らせていた時、二月に入って、塙照正少佐が、忽然と紫仙館に姿を現わした。塙少佐は、里中久哉少尉を伴っていた。

出迎えた永暦公主は、少佐の姿を見て、花が開いたかのように顔を綻ばせたが、すぐに憂いの表情を浮かべ、

「侯爵様のこと、心よりお悔み申し上げます。たいへんなご心痛だったこととお察しいたします。それなのに、何もしてさしあげることができず、まことに申し訳ありません」

と、頭を下げた。

「いや」

塙少佐は、首を振った。

「謝らなければならないのは私の方だ。常日頃、あれだけ大言壮語をしていながら、祖父が亡くなった途端、何もできなくなった。そのせいで君にも、そして鄭雷峯氏にも多大な迷惑を掛けてしまった。申し訳ない」

今度は、少佐の方が公主と鄭雷峯に向かって頭を下げている。

そして、琢馬と風巻、高瀬と使用人たちにも謝った。

「君たちにもすまないことをした」

それから少佐は、口元に自嘲めいた笑みを薄っすらと浮かべた。

「今回のことで自分がいかに愚か者だったかということをいやになるほど痛感させられたよ。なにしろ祖父が亡くなった途端、誰も私の言葉には耳を貸さなくなった。いや、誰もというのは正確ではない。中には祖父の方針を支持し続けてくれる人たちもいたのだが、少数派に過ぎず、大勢は掌を返すように強硬策を主張し始めた。日本の支援する奉天派が天下をとった今こそ、積極策に打って出なくてどうするとね。私にはそれを止める力はなかった。自分の力だと思っていたのも、結局は全て祖父の威光によるもので、所詮は、そのおかげでちやほやされていた道化に過ぎなかったのだ。それに今更気付くとは情けない」

永暦公主は、そんな塙少佐を慰めた。

「ご自分をお責めになってはいけません。力がないのはわたくしも同じ。いえ、そもそも私が偉そうなことを言って、皆様をお仲間に引き入れておきながら、肝心な時に何もできなかった。時の魔女などとおだてられ、いい気になっていたのは私だったのです」

「そんなことはない」

二人は、慰め合いをするかのような様相を見せ始めたが、そこへ風巻が割って入った。

「今はそんなことを言っている場合ではないと思いますが――。過去のことよりもこれからを考えるべきでしょう」

「そうだ」

と、塙少佐も認める。

琢馬たちは、応接室へ行き、そこで話を続けた。

紫檀のテーブルを真ん中に置いて、そのまわりに豪華なソファが並べられた、琢馬が初めて紫仙館へ来た時に、案内された部屋である。

ここに全員が集まっている。琢馬と風巻、公主と鄭雷峯、そして二人の軍人がソファに座り、高瀬をはじめとする四人の使用人は、公主の背後に立っていた。

そこで風巻が、改めて塙少佐に尋ねた。

「どうしてここへ来られたのですか」

「ふむ」

と、少佐は頷き、意外なことを言った。

「それは日本が——というか軍が乾隆の黄金象を欲したからだ」

「まあ、黄金象を——」

永暦公主は、目を大きく見開いて、口に手を当てている。

「今回、日本は欧米七ヵ国と共同して不平等条約堅持の表明をしたが、このまま彼らと協力関係を維持していくつもりはない。なにしろ北京政府を牛耳っている奉天派の首領は、日本がずっと支援をしてきた張作霖だ。今は便宜上他の者が政府の首班となっているが、日本はできるだけ早く張作霖をその座に就ける方針なのだ」

「——」

「そして、張作霖を意のままに操り、中国から西洋諸国を追い出して、日本が権益を独占する計画を立てている。諸墨中将の案だ。中将は、それであなたのお父さんが私の祖父や祈藤智康氏と交わした約束を守った気になっているのです」

塙少佐の言葉の最後は、鄭雷峯に向けられていた。

勿論、鄭雷峯は、異を唱えた。

「それは違う。父が願っていたのは中国と日本が対等の立場で協力し、西洋を追い払うことです」

「それに――」

と、永暦公主も同調する。

「張作霖閣下も中国人です。なんでも日本の意のままにできるとお考えになるのは、少し甘いのではありませんか」

しかし、公主は、そこで言葉を途切らせ、ハッとした表情になった。何かに気付いたようである。

「もしかして、それで黄金象なのですか」

「その通りだ」

と、塙少佐は、表情を険しくさせた。

「軍は、黄金象を手に入れることで、張作霖を意のままにできると考えている。張作霖も、黄金象を持っている日本に逆らうことはないだろうとね。いや、そんなまどろっこしい考えよりも、幻鶴楼で黄金象の力を見た諸墨中将は、黄金象さえこちらのものにすれば、どんな願いもかなう、中国どころかアジア全体を支配することができると思っているのだ」

「まあ、そのようなことを――。黄金象は乾隆帝が造らせたものだということをお忘れなのでしょうか。中国のために造られたものが、中国を苦しめることに、その力を使うようなことがあるわけはないと気付かれないのでしょうか」

「気付かないのですよ」

塙少佐は、語気を強める。

「しかも、軍は、黄金象を張作霖へ示す時に、鄭雷峯氏、あなたも同席させるつもりでいます。黄金象が、イギリスやフランスのように円明園から奪ったものではなく、あなたのお父さん、鄭秀斌氏が、日本に中国を助けてくれと頼み、渡したものであることを証言させ、日本が黄金象の正当な所有者であることを主張するつもりなのです。あなたは今や国民から熱狂的な支持を受けている孫文氏の片腕、革命派の重鎮です。そのあなたが証言すれば、国民も納得せざるを得ない。これも諸墨中将の発案に他なりません」

「なんということを――」

鄭雷峯は、唇を嚙み締め、身体を震わせていた。

「おそらく――」

と、塙少佐は続けた。

「諸墨中将は、幻鶴楼にいた時から、こういうことを考えていたのだろう。祖父は高齢だ。こんなに早く亡くなるとは思っていなかったにせよ、近い将来、そういう日が来ることは充分に予想ができた。だから、黄金象を日本のものにしておけば、何かと役に立つと思っていたに違いない」

「それであの時、黄金象をしきりに欲しがっていたわけですか」

と、琢馬も口を挟んでいた。

「アジアのための黄金象を自国の利益のためだけに使おうとするなんて――。そのようなことは許されません」

永暦公主は、きれいな眉をひそめて、きっぱりと言う。

「実は――」

と、塙少佐は、そんな公主につらそうな目を向けた。

「私がここへ来たのは、その黄金象を引き取る役目を命じられたからだ。いや、自らその役を買って出たといった方が正しい。それでここへやって来たのだ。あなたから黄金象を受け取り、あなたと鄭雷峯氏を連れて、北京へ行く」

「私まで連れて行くのですか」

「明の末裔であるあなたまでが日本の黄金象所有を認めれば、その正統性にますます箔がつき、あなたの血筋を背景に明から禅譲する形で張作霖を皇帝にすることもできる」

「そんな――そんなことに公主を利用するつもりなんですか」

琢馬は、ここでも口を挟まずにいられなかった。

「それがついこの間まで公主と一緒によりよい未来を作っていこうとしていた人のやることですか」

「よさないか」

と、風巻が制してきたが、

「でも――」

琢馬は、昂ぶる感情を抑えることができない。

これに対し、塙少佐は、

「ふふ」

と笑った。自嘲めいた笑みに見えた。

「確かに祖父の後ろ盾をなくして、ついこの間の威勢さえ見る影もなくなった私だが、そこまで落ちぶれてはいないつもりだ」

「えっ」

「私がこの役を買って出たのは、我々の手で黄金象を先に押さえるためだ。それを見抜かれないよう、今後は祖父の遺志とは関係なく、軍の方針に従うことを誓ってきた。しかし、軍に黄金象を渡してはならない」

「塙少佐！」

琢馬から、さっきの感情が嘘のように引いていき、今度は、賛嘆の目で少佐を見つめる。

塙少佐は、琢馬に向かって頷くと、里中少尉の方へ向き直った。

「私がここへ来たのは、こういう次第だ。君には不本意であろうから、もう一緒に付いてくる必要はない。ここに残り、それは私の命令だったと後で説明すればいい。ただ今の話は聞かなかったことにして、通報はしないでおいてくれないか。私からの最後の頼みだ」

そう言って、少佐は、部下に頭を下げていた。

里中少尉は、童顔を強張らせ、明らかに不服そうであった。

琢馬は、彼がこのまま外にいる監視兵のもとへ走り、全てをぶちまけようとするのではないかと思い、もし彼が動いたら摑み掛かってやろうと身構えていた。

しかし、里中少尉は、動かなかった。そればかりか、目に涙を浮かべ、

「少佐こそ、私がそこまで落ちぶれた人間だとお思いになっておられたのですか」

と、悔しそうに言った。

「落ちぶれたなどとは思っていない。上官の命令に従うのが軍人の本分だ。たとえどんな状況であろうとも、一度《ひとたび》突撃命令が出たならば、まっしぐらに突っ込んでいくのが軍人のあるべき姿なのだ。しかし、私は、その上官の命に逆らおうとしている。従って、君には私に従う義務はない。それに君は、我々の融和策に批判的だったではないか。日本が多くの血を流して得た権益を手放すことに憤っていただろう」

「確かにそうですが、それでは侯爵閣下がお亡くなりになった途端、閣下の方針をあっさり変えてしまうやり方はどうなのでしょう。侯爵閣下は陸軍元帥でもあられました。上官の命に逆らっていることにはならないのでしょうか。それに、これまで日本が多くの血を流してきたのは、西洋の侵略から国を守るためであります。西洋は、阿片戦争や円明園焼討ちなど正義も道義もない戦争をやって来ました。私は、そうした戦争を憎みます。しかし、このままでは、日本自身がそんな西洋の非を糾弾できないようなことになるのではないかと、私には思われてならないのです」

「それはつまり――」

「最後までお供させて下さい」

里中少尉は、流れ落ちる涙を拭おうともせず、真正面から塙少佐を見返している。

琢馬は、じっとしていられず、少尉のところへ駆け寄って、手を差し出していた。

「ご立派です、少尉。一緒に黄金象を守りましょう」

里中少尉は、涙目のまま強面の表情になって、琢馬を睨んできた。琢馬は、また浪人風情がと怒鳴られるのではないかと思ったが、少尉は、その表情のまま逡巡しながらも、手を差し出してきた。

琢馬は、その手をしっかりと握る。

「よしっ！」

と言って、風巻が立ち上がり、永暦公主の方を見た。

公主は、一同を見渡して、凄絶な笑みを浮かべた。

「では、みんなでまいりましょう。紅島へ——」

その言葉に、全員が頷いていた。

第三章　再び紅島へ

一

紅島から慌ただしく引き揚げることになった時、実は、黄金象を幻鶴楼に置いてきていた。このことを結城琢馬が知ったのは、紫仙館で軟禁状態に置かれてからであった。風巻顕吾から聞いたのだ。言われるまで、琢馬は、黄金象のことを全く失念していた。

しかも、それは、琢馬だけではなかった。引き揚げの時、黄金象のことを口にした者など誰もいなかった。軍人たちは、塙侯爵についての急報を受けて、それどころではなかったであろうし、鄭雷峯も、突然の異変に黄金象のことまで思いが至らなかったようだ。鄭雷峯も、黄金象のことに気付いたのは紫仙館に来てからであったらしい。

しかし、永暦公主と風巻だけは違っていたようである。

黄金象のことを忘れてはいなかった。ただ軍人たちの慌てぶりから、明らかによくない事態が起こったことを察し、わざと口にせず、そのまま置いてきたのだという。もし口にすれば、黄金象は、紫仙館へ戻されることなく、軍に取り上げられることとなっていたかもしれない。

公主と風巻には、そうした懸念があったらしい。

紫仙館を出た琢馬たちは、貴賓車付きの列車に乗り、祈藤線で台北へ出て、そこからは南北縦貫線に乗り入れ、台南まで行った。そして、台南港から船で紅島へ渡ったのである。船は、前の時と同じ給水用運送船の『龍田丸』だ。この日もよく晴れ、穏やかな海には漁船が出ていて、その中を『龍田丸』は、紅島へ向かっていく。

紅島へ上陸したのは、紫仙館から一緒に来た十人だけであった。琢馬と風巻、永暦公主と鄭雷峯、塙少佐と里中少尉、それに高瀬を含む四人の使用人だ。

赤い煉瓦壁の間の道を歩き、迎象門を潜って高台の上に上がると、十二体の象が並ぶ噴水が見えてくる。しかし、この時も、象の鼻から水は出ていなかった。人がいなかったのだから当然といえるが、琢馬には、象がなんとなく寂しげに見えた。

そして、噴水の向こうに、壮麗な幻鶴楼が建っている。噴水にも洋館にも、周囲の庭を見渡しても、とりたてて変わっている様子はない。

「黄金象は大丈夫でしょうか」

琢馬は、不安を口にした。

無人の館に二ヵ月以上も残されていたのだ。不測の事態が全くなかったとはいいきれない。

これに対し、永暦公主は、不安な様子など微塵も見せずに、笑みを向けてきた。

「大丈夫です。黄金象は簡単には見つからない秘密の場所に安置してあります。たとえ泥棒が入っても盗まれることはありません」

噴水の両脇から二階へ向かっている階段を上がり、バルコニーから幻鶴楼の中へ入ると、すぐさま永暦公主が高瀬を連れて一階へ下り、しばらくして戻ってきた。琢馬たちは、円形テーブルの部屋に集まっていた。そこへ公主が、金色の袱紗に包まれたものを持ってきたのである。

琢馬は、ふうっと安堵の息を吐き、里中久哉少尉も、ほっとしたような声を上げた。

「これで黄金象が我々の手に入りました。ひとまず安心ですね」

これに、風巻が異を唱えた。

「果たしてそうでしょうか」

「なんだと」

里中少尉は、たちまち顔色を変え、今にも怒鳴り付けそうな形相になったが、自分でその感情を抑え、

「どういうことだ」

と聞いてくる。

「ここまでどうもスイスイとことが運び過ぎているように思うんです。大事なことであるにも拘らず、塙少佐と里中少尉だけに任せ、他は誰も付いてこなかった。なんだかおかしいような気がしませんか」

「すると、諸墨中将たちが何か企んでいるというのか」

風巻は、塙照正少佐の方へ向き直った。

「どう思われます？」

「うむ。確かにうまくいき過ぎているような気がしないでもないが——。しかし、諸墨中将は、今北

京を離れるわけにはいかない。二月一日に北京では孫文氏も元気なら参加する筈だった中国の将来を決める会議が軍閥政府主導で行われ、革命派は、帝国主義諸国の要望を受け入れようとする政府の姿勢に反対して、出席を拒否した。しかし、このことは中将たちにとっては却って好都合というべきで、中将は、西洋諸国と連携し、政府へさらなる圧力を掛けようとしている。それで手一杯の筈だ」

それを聞くと、鄭雷峯が、たまりかねたように尋ねてきた。

「先生の、孫文先生のご容体はどうなのですか」

塙少佐の顔は、憂色に沈んだ。

「残念ながら絶望的と言うしかないようです。あなたのお仲間が遺言の準備を始めたという噂が聞こえています」

「ああ」

鄭雷峯は、思わずよろけ、

「先生！」

と、叫んだ永暦公主に支えられる。

それを平静な目で見つめながら、風巻が聞いてきた。

「この後、どうなさるおつもりですか」

「うむ」

と、塙少佐が、今度は渋い表情になる。

「はっきりとアテがあるわけではないが、取り敢えずは『龍田丸』で中国側へ渡り、そこから北京に向かおうと思っている。中国へ行けば、鄭氏の伝手《つて》を頼ることもできるだろう。それとも君の方が北京までこっそりと行く道には詳しいかね」

「まあ、ここにいる十人全部だと人数が多くて目立ちますが、半分の人数ならできないことはないでしょう」

さすが風巻だけのことはあって、浪人としての経験の豊富さを見せ付けた。

「しかし、北京へ行くのは鄭先生だけで充分なのではありませんか。その場合、むしろコソコソせずに広州へ残っている革命派の同志を頼って、彼らの手で北京まで送ってもらうのがいいでしょう。私たちは広州にとどまっているのです。私たちまで北京に入れば、諸墨中将は公館の浪人を動かしてくるに違いありません。無道さんたちは何をしでかすかわかったものではありませんから、そうなれば少佐だけでなく、公主の身に危険が及ぶことにもなりかねません」

するると、永暦公主が、毅然とした声を放った。

「いえ、私はどうなってもかまいません。それよりも私が囮となって先に北京へ行き、諸墨中将たちの注意を引き付けておいた方が、鄭先生のためになるのではありませんか」

それを聞いて、琢馬も、思わず身を乗り出していた。

「その時は僕が鄭先生の身代わりになります。僕と鄭先生は背格好がよく似ていますから、無道さんをごまかすことができるかもしれません」

「まあ、そこまで決意して下さるのですか。ありがとうございます」

公主に感嘆の目で見つめられ、琢馬の顔は火照っていた。

一方、なんとか体勢を立て直した鄭雷峯は、

「公主や他の方々だけを危険に晒すのは本意ではありません。やはり私は自分たちの力で北京へ行きます。みなさんは広州にとどまっていて下さい」

と、これも決然とした声を放つ。

そこで、塙少佐が立ち上がった。

「いずれにせよ、ここでグズグズしているのはよくない。すぐさま紅島を出て中国へ向かおう」

これに琢馬も従おうとした時である。

「さあて、そううまく行かせてくれるでしょうか」

風巻が、そう言うと、懐から拳銃を取り出し、扉に向かって数発ぶっ放した。そして、

「みんなテーブルの下に伏せて！」

と言いながら、扉の方へ駆け出す。

しかし、風巻の言葉に従う者はいなかった。公主の背後に立っていた使用人たちが、公主と鄭雷峯を庇おうと立ちはだかり、軍人たちは、こちらも拳銃を抜いて風巻の後を追った。琢馬も同じだ。風巻と一緒で懐には拳銃が入っているのだ。それを抜きながら、琢馬も扉へ向かい、廊下へ出ていく。

すると、廊下に人の姿があった。廊下の中央——バルコニーへ出るところで、二人の男がこちらを向き、やはり拳銃を構えている。

琢馬は、その二人を見て驚いた。無道大河と和倉巌次であったからだ。二人は、中国服を着ていた。琢馬たちの足も止まり、拳銃を構えながら二人と対峙する。

「とんだところで会ったな、風巻」

無道大河は、人を射抜く目で風巻を睨み付けていた。いきなり発砲されて驚いているどころか、縦横に傷が走った恐ろしげな顔には笑みが浮かんで余裕さえ感じられる。なにしろ無道の傍らにいる和倉は、銃の達人——浪人一の腕前といわれている男である。人数ではこちらが上まわっているとはいえ、侮ることはできない。

風巻は、無言で無道の目を睨み返している。

「塙少佐」

風巻が黙っていたので、無道は、話す相手を変えた。

「諸墨中将が危惧されていた通りでしたな。侯爵家を継ごうとしているお方が、軍の方針に逆らいなさるとは何事ですか。亡き侯爵閣下に対し、すまないと思われないのですか。中将は嘆いておられますぞ」

中将の危惧だけではなく、風巻の危惧も当たったようである。諸墨駿作中将は、塙少佐の態度に不審を感じ、無道と和倉に少佐の動静を探るように命じたのであろう。

無道と和倉が、琢馬たちの後をこっそりとつけてきたのか、あるいは紅島へ行くことがわかっていて先まわりしていたのかはわからないが、二人は、扉の外から中の会話を盗み聞きしていたらしい。それに風巻が気付いて、銃をぶっ放した。

無道の言葉に猛然と反論したのは、里中少尉である。

「浪人風情が何を言うか！」

と、いきなりおハコの言葉が出て、

「そもそも亡き侯爵閣下のご方針に逆らおうとしているのはどっちだ。諸墨中将の方こそ、閣下のご霊前に謝るべきではないのか」

そう堂々と言い放ち、無道に、

「ちっ」

と、舌を打たせた。

「それじゃあ、どうあっても黄金象とやらを渡す気はないと言うのですな」

「勿論だ」

塙少佐が、きっぱりと断言する。

しかも、永暦公主までが廊下に出ていて、

「黄金象は日本のためではなく、アジアのために使われるべきなのです」

と、これまたはっきりと言いきった。

高瀬が公主を庇い、塙少佐も、

「危ないですよ」

と、注意したが、永暦公主に恐れる様子はない。

「仕方がありませんなあ。それなら改めていただきにまいるとしましょう」

無道の呆れたような言葉に、和倉が続いた。

「念のために言っておきますが、それまでにここを出ていこうとしたって無理ってもんですぜ。あんたちが乗ってきた船は、すでにちょうだいしてある。なにしろこっちは五十五人という大勢で来ているんでね」

和倉が、ニヤリと笑う。

「五十五人もいるんですか」

琢馬は、思わず上ずった声を上げていた。

琢馬がいた当時、諸墨公館にそこまでの人数はいなかった。だから琢馬がいなくなってから人数が増えたか、琢馬がいた時もそうであったが、他から助っ人のような者が参加しているのであろう。

いずれにせよ、和倉の言葉が本当だとしたら、人数の差は圧倒的だ。

「なあ、風巻よ」

と、無道は、余裕の表情を崩さずに言った。

「お前の腕はなんといっても惜しい。もしお前が前非を悔いて頭を下げるなら、中将閣下にとりなしてやってもいいぜ。坊やもそうだ。鄭雷峯の身代わりに名乗り出たり、人に銃を向けたりと、随分勇ましくなったじゃねえか。どうだい、俺たちと一緒に今度こそ日本のために働かないか」

しかし、無道の言葉をまともに信じることなどできない。

「日本のためだなんて——。軍閥と組んで阿片を売ったり、国を守ろうと帝国主義に反対する若者を殺したりすることのどこが日本のためなんですか。日本はむしろ彼らのような人たちと手を組んで西洋の帝国主義と戦うべきだとは思わないんですか」

琢馬は、身体の中から湧き上がってくる熱いものに突き動かされるようにして、無道の目を睨み返していた。

しかし、無道には、何の痛痒も与えることができない。しようがねえなあ。こっちが出直してくるまで、そこで首を洗って待ってな」

「けっ、すっかり風巻に感化されちまったのか。しようがねえなあ。こっちが出直してくるまで、そこで首を洗って待ってな」

そう言うと、無道は、和倉を促し、扉から外へ出ていった。バルコニーから階段を駆け下り、高台の下へ逃げていこうとする。

琢馬は、里中と共にバルコニーへ出て、そこから数発撃ったが、うまく当たらなかった。むしろ和倉の適確な反撃を受け、バルコニーの両脇にいる象の陰に隠れることを余儀なくさせられたほどだ。

二人の姿が高台から消えると、琢馬は、里中と共になおも後を追い掛けようとしたが、

「やめなさい」

「やめるんだ」

塙少佐と風巻に止められた。

琢馬の息は、すっかり上がっていた。実は、これまでに銃を抜いた経験こそ何度かあるものの、実際に人に向けて撃ったのは初めてだったのである。しかも、撃った相手は見知った人間だ。興奮するなという方が無理であったかもしれない。

琢馬が銃を構えた姿勢のままで固まっていると、風巻が近付いてきて、そっと銃を下ろしてくれた。そして、琢馬に向かい、頷いてみせる。

それから琢馬は、風巻や塙少佐、里中少尉と共に船着場の様子を見にいった。無道たちが逃げてい

った後を追うように、迎象門を出て煉瓦壁の間の道を行くのではなく、壁の上から行った。

幻鶴楼がある高台は、下へ下りなくとも、そのまま壁の上を伝いながら船着場がある崖際まで行けるようになっていたのだ。もともとこの壁は、下の道を攻め上がってくる敵に対し、上から攻撃する役割を持っているので、こういう構造になっていたのである。

そこで琢馬たちは、和倉が言った通りの光景が広がっているのを見た。船着場に琢馬たちが乗ってきた小型の蒸気船はなかった。海の方へ目をやると、蒸気船は沖合へ向かっていて、その両脇に二艘の漁船が付いている。蒸気船の上に見えているのは、無道と和倉だ。琢馬たちを送ってくれた乗員がどうなったかはわからない。

一方、蒸気船が向かっている先には、『龍田丸』の姿が見えるのだが、『龍田丸』の周囲も何艘もの漁船に取り囲まれ、双眼鏡で覗いてみると、こちらの船上に見えたのも、琢馬が知っている乗組員のものではなかった。その中に諸墨公館にいた浪人の姿もあれば、全く見知らぬ顔もあった。そうした連中が少なくとも十人以上はいるのである。

どうやら無道たちは、海上で漁をしているように見えた漁船に乗っていたらしい。無理やり奪い取ったのであろう。操船は、漁師を脅してさせているか、浪人の中に船を動かせる者がいて、そいつにやらせているかのどちらかだ。そして、『龍田丸』と小型の蒸気船も奪い取った。

「乗組員の人たちはどうなったんでしょう」

琢馬は、心配であったが、

「お前も無道さんの下にいたならわかっているだろう。期待しないことだ」

風巻は、そう言って、蒸気船の航跡がまだ波立っているところを指差した。双眼鏡を覗くと、何かが浮かんでいる。人であった。

琢馬は、唇を嚙み締めた。

二

その夜、結城琢馬は、風巻や塙少佐、里中少尉、それに四人の使用人と代わる代わる崖の上から海を見張ることになった。

出直すと、無道大河は言っていた。それは、五十五人の浪人を引き連れて、黄金象を手に入れるため、ここを襲ってくるということだ。

「でも、夜はないでしょう。なんといっても地の利はこちらにありますし、人数は向こうが圧倒的に上まわっている。まわりがよく見えない夜にやるよりも堂々と明るい時にやって来た方がいいと思っている筈です」

と、風巻顕吾は言い、

「しかし――」

と続けた。

「暗いうちに上陸して夜が明けると同時に襲ってくる可能性は充分に考えられます。そういう点からしても夜通し見張っていることは大事でしょうね」

この意見に、みんなが同意したのである。

これには、塙照正少佐自らが見張り役を買って出た。鄭雷峯もやると申し出たのだが、孫文が危篤の今、中国の将来にとってとても大切な身体であることから引き止められた。見張りは二人一組で交替し、琢馬は風巻と、塙少佐は里中少尉と組んだ。

結局、風巻の指摘通り、暗いうちは何も起こらなかった。起こったのは、夜がすっかり明けてからだ。この時の見張りは高瀬と他の使用人で、『龍田丸』の周囲に集まっていた漁船が動き出したことを知らせてきたのである。

琢馬たちが駆け付けると、船はこちらへ——紅島へ向かっていた。

琢馬が双眼鏡で覗くと、先頭を行く船の舳先に無道大河が仁王立ちをして、まわりの連中になにやら喚いているような、怒鳴っているような光景が見えた。無道の傍らには、やはり和倉巌次が控えている。

「武器はこれだけですか」

琢馬は、自分が持っている拳銃を取り出しながら尋ねた。拳銃は、風巻や二人の軍人も持っている。しかし、これだけの備えでは心もとない。

「いえ」

と、首を振ったのは高瀬である。

「幻鶴楼には他にも武器・弾薬が保管庫に置いてあります」

そもそもここは明朝の末裔を他から隠して住まわせていたため、万が一の備えもしてあったらしい。

勿論、軍の援助を得てのことだ。

「では、それも持ってこないと――」

琢馬は、取りにいこうとしたが、風巻が止めた。

「弾薬にも限りがある。無駄に使うわけにはいかない」

「それじゃあ、彼らをどうやって防ぐんです？」

琢馬は、海の方へ目を向けた。漁船が確実に近付いている。

「策はある」

と、風巻は答えた。そして、

「この場には私と琢馬が残って、上陸してきた彼らに二、三発撃ち、脅しをかけておきます。彼らは、こちらにどんな備えがあるのかわからないわけですから、それで用心し、まわりの様子を見ながら慎重に進んでくることでしょう。その間に準備を進めておいて下さい」

と続け、高瀬となにやら頷き合っている。

「策とはなんだ」

里中少尉が、怪訝な表情を浮かべて詰め寄ってきたが、塙少佐に止められ、彼らを含め、他の者たちは、幻鶴楼の方へ戻っていった。

風巻と共に残った琢馬も、

「本当に策ってなんですか」

と聞いてみたが、

「じきにわかる」

と、にべもなく言われただけである。

琢馬と風巻は、崖上に生えた木の陰に身を潜ませながら、じっと海を見つめ続けた。

しばらくして、無道たちの乗った漁船が、桟橋の側までやって来た。無道の船と、もう一艘が桟橋の両側に接岸し、他の船からは、武器を頭の上に載せて海に飛び込む者が続出している。

それを見て、琢馬は、風巻と共に銃を構えた。昨日発砲を経験したので、その時よりは落ち着いている自分を、琢馬は認識していた。

「別に狙う必要はない。脅せばいいんだ」

という風巻の言葉に、しっかりと頷く。

やがて船着場には、浪人たちが続々と上陸してきた。全員が中国服である。一応、中国人がここを襲ったように見せ掛けるつもりらしい。

悠々と船から降りてきた無道は、いつもの目でまわりを見渡しながら、

「ヤツらは銃を持っている。はやるんじゃねえぞ」

と諭していたが、それを無視して駆け出していこうとする者が何人か出た。

風巻が、そんな連中に向かって銃を二発撃ち、琢馬も、それに続いた。勿論、当たりはしなかったが、連中は慌てて身を伏せている。

すると、風巻が、木の陰から飛び出し、崖の上にすっくと立った。船着場を見下ろしながら、

「ようこそ紅島へ――」

と、大きな声を上げる。

琢馬も、その隣に立った。

「やっぱり、てめえらか！」

二人の姿を見て、和倉が喚き、銃を構えた。

風巻は、平然とした様子で続ける。

「和倉さん、そんなにいきり立たなくともいいですよ。我々は、みなさんを大いに歓迎するつもりでいるんだ。なにしろここはかつてオランダが敵に攻め込まれた時の最後の防壁として築いた砦があったところでね。敵を撃退するためのさまざまな備えがなされ、中には今でも通用するものがある。だから、みなさんがそれをどうやって打ち破るか、楽しみにしているんですよ。まあ、充分に注意をしながらやって来ることですな」

風巻の言葉には、明らかに相手を嘲笑・揶揄する響きが含まれていた。しかも、言い終わると同時に、風巻は、琢馬に目配せをして、再び木の陰に飛び込んだ。琢馬も、それに続く。琢馬にも、この後の展開がすっかりわかっていたのだ。

事実、和倉が、その直後に、

「勝手なことをほざきやがって！」

と、怒鳴りながら発砲してきた。

しかし、弾は随分と離れたところを通り過ぎていく。和倉にしては珍しく、怒りに任せたせいで狙いが大きく外れてしまったようだ。

そんな相手に、風巻は、木の陰から、

「もし助かりたいのなら、今すぐ引き返すことをお勧めするぞ」

と付け加え、琢馬を促して、その場を離れた。

「なんて野郎だ！」

「許せねえ！」

と、今度は別の怒声が聞こえ、何発もの銃声が一斉に轟いたかと思うと、

「よさんか！　弾を無駄に使うんじゃねえ」

それを無道が戒めている。

琢馬と風巻は、赤い煉瓦壁の上に身を潜ませて、下の道を進んでくる浪人たちの様子を窺いながら、幻鶴楼の方へ戻っていた。さっきの脅しが効いたのか、浪人たちは慎重に進んできていた。どことなく腰が引けているような感じさえしているほどである。

そして、迎象門のところまでやって来た。

ここまで来ると、浪人たちの間からは、

「なんだ。なんにも起こらねえぞ」

「はったりだったんだな」

そう気を緩める声が上がった。

無道大河も、怒りに顔を真っ赤にさせ、壁の上を睨み付けると、

「やい、風巻!」

と吠えた。

勿論、向こうから琢馬と風巻の姿は見えない筈である。だから、壁の上をぐるっと見まわし、

「そこにいるのはわかっているんだ」

と続けた。

「よくも人をコケにしやがったな。今に吠え面をかかせてやるぞ。なあ、みんな!」

威勢のいい呼び掛けに、

「おお!」

と、他の者たちは歓声を上げ、拳を空に向かって突き上げている。

それで、勢いよく迎象門の中へ飛び込もうとした。

その時であった。

ドッカーン!

と、突然、爆発音が鳴り響いたのだ。

それも一発だけではなく、二発、三発と続いた。

琢馬は、立ち上がって、音がした方へ目をやった。幻鶴楼の方角だ。

そして、琢馬は、驚きの余り、目を飛び出さんばかりに見開くこととなった。信じ難い光景を見たのである。

象がいた。象の姿が見えた。それが凄まじい速さで、こちらへ向かってくるではないか。一頭だけ

ではない。二頭、いや、三頭——余りにも異常な光景であったため、琢馬にも確かめる余裕はなかった。ただ数頭いたとしかいえない。そうした象が、地面を揺るがせる不気味な音を響かせながら、高台の下を迎象門へ向かって真っ直ぐに突き進んできたのである。

その迎象門へ目をやれば、浪人たちの先頭が姿を現わしたところであった。彼らの先頭には、やはり無道がいて、傍らに和倉の姿も見えた。勢いよく門の中へ突っ込んだものの、爆発音に驚き、門を出る時の様子は、恐る恐るという感じであった。

いや、その時には、彼らにも自分たちの方へ向かってくる象の姿が見えていたに違いない。だから彼らは、それに驚き、脅えていた筈だ。筈だというのは、これも確かめる時間などなかったからだ。

琢馬が彼らの方へ視線を移した途端、象が怒濤のように突進してきて、浪人たちを、その中に呑み込んでしまった。浪人たちの上げる悲鳴が聞こえたように思うが、それはたちまちにして掻き消され、浪人たちの姿も瞬く間に見えなくなった。

しかも、驚くべきことに、迎象門の反対側から象は姿を現わさなかった。あのスピードからして、門の中で立ち止まったとは考えられない。それなのに、象は姿を見せなかった。忽然と消えてしまったのである。まるで、あの象の正体が門の中にいた象で、それが幻鶴楼から現われ、門の中へ帰っていったような感じではないか。

しかも、この時、琢馬は、押し寄せてきたのが象だけではないことに初めて気付いた。琢馬は、それが迎象門から出て、煉瓦壁の間の道を疾風のように駆け抜け、船着場まで達して、そこから海に出ていくのを茫然と見送っていた。

爆発音がしてからそこまで、おそらく三十秒もかかっていなかったであろう。迎象門へ達するまでは、数秒というところだったのではないか。門を出てきた無道たちの姿を見たのは、一瞬のことに過ぎない。それでも、琢馬の目には、象と無道たちの姿が、はっきりと焼き付いている。

その様子を何度も思い返しながら、琢馬は、しばらくの間、声を出すことも動くこともできなかった。突っ立ったままで目を見開き続け、息を大きく喘がせていた。

我に返ったのは、風巻に揺すぶられて、声を掛けられたからだ。それでも放心状態から完全に醒めきるまでには至らず、

「今のは――」

と、まるで夢遊病者が呟いているような声で聞いていた。

それに対し、

「あれが策だ」

と、風巻が答える。

「策？」

琢馬が、なお茫然としていると、二人のいるところへ塙照正少佐がやって来た。少佐の傍らには、里中久哉少尉がいて、彼も放心状態といっていい表情で、煉瓦壁の間の道へ目を注いでいる。琢馬と同じで、策の具体的な中身を知らされていなかったようだ。

そこへ、永暦公主も、鄭雷峯と共に姿を見せ、公主の後ろには、高瀬をはじめとする使用人が付き従っている。

「わかっていたこととはいえ、凄惨な光景です」

公主が、じっと前方を見つめながら、痛ましげに言った。

琢馬は、公主の姿を目にしたことで、その背後に見えている幻鶴楼へ再び目をやる意識を取り戻した。なにしろ、この余りにも信じ難い出来事は、幻鶴楼から始まっているのである。

そして、主屋から工字棟へ目を移し、

「あっ！」

と、大きな声を上げる。

そこがすっかり様変わりしていたのだ。

琢馬は、いったい何が起こったのかを、おぼろ気ながらも理解できるようになっていた。

「あそこにあんなものがあったんですか」

と、誰にともなく言う。

答えてくれたのは、こういう時でも永暦公主である。

「はい。あそこにあれがありました」

「それじゃあ、あの象は？」

「あの象は――」

と、応じて公主が語ったことは、余りにも衝撃的であった。

「そ、そんなことだったんですか」

琢馬は、思わず呻いてしまう。

里中少尉も同じだ。

「申し訳ありません」

永暦公主は、そう言って琢馬と少尉に頭を下げた。

「お二人のことを以前仲間だ、同志だと申し上げました。しかし、私は、あなた方お二人に幻鶴楼の本当の姿を見せてはいなかった。お話しすることもありませんでした。今日のことだけではありません。お二人には、バーンズとモンゴメリが死ぬことも前もってお知らせしなかった。同志と言いながら隠しごとをしていたのです」

琢馬が、すっかり戸惑っていると、塙少佐も、口を開いた。

「公主のことを悪く思わないでくれ。少尉と琢馬君は、何かにつけすぐに顔に出る。事前に知っていれば、相手に悟られる可能性があると思ったのだ。それを私も認めた」

「俺もだ」

と、風巻も続く。

「バーンズとモンゴメリ――」

琢馬は、そう呟いてハッとした。あの時、何が起こったかについても、やはりおぼろ気ながらではあるが、なんとなくわかってきたのである。

「もしかしてあの時もあれが使われたんですか」

と、琢馬は、幻鶴楼を指差した。象が出てきたところだ。

「はい」

と、永暦公主が頷く。

「いったいどういうことなんです」

里中少尉は、まだわからないようであった。

そこで、永暦公主が話し始めた。

幻鶴楼でいったい何が起こったのかを――。モンゴメリとバーンズがどうして死んだのかを、詳しく話してくれたのである。しかも、話は、それだけで終わらなかった。紫仙館で起こった剽檄麟の死と、塙照正少佐が体験したという過去へ行った話についても、本当のことを教えてくれた。

里中少尉は、剽檄麟の死については真実を知っていたようであったが、少佐の体験の方は、琢馬と同じ内容しか知らなかったようで、

「本当でありますか」

と、塙少佐に確かめている。

「本当だ」

と、少佐は答えていた。

「但し、私は、君たちに決して嘘は言っていない。全ては私がその時に見聞きした本当のことばかりだ。ただ話にいくらかの省略はあった。そんな話し方をしたのは、君たちにも私が最初に味わった衝撃を、できるだけ同じように感じて欲しかったからだ」

それを、永暦公主が引き取る。

「しかし、全ては私が最初にやったことです。少佐も風巻さんも鄭先生も私の意を汲み、私の夢の中

へとどまって下さったに過ぎません。タイムマシーン・ウィッチ——時の魔女と呼ばれていた女の夢に付き合って下さったのです。全ての責めは私にあります。もしお怒りなら私に向けて下さい。そして、もう私に付き合えないのなら、このまま彼らが乗って来た漁船で出ていかれてもかまいません。漁船の操縦なら高瀬にもできます」

「いえ」

琢馬は、即座に首を振っていた。

「僕もいい夢を見させてもらいました。そのおかげで、僕は、正しい道へ入ることを決断できたんです。公主のおかげです。しかし、夢はあくまでも夢。夢を本当のものとするためには、厳しい現実の中で、それを変えていく努力をしなければなりません。いつまでも夢を見つめ続けるわけにはいかないんです。僕は、これからもみなさんと一緒にいます」

「自分もであります」

と、里中少尉も背筋を伸ばす。

琢馬と少尉は、他の人たちと頷き合い、一同は、それから高台の下へ下りいった。幻鶴楼側から迎象門を潜ると、そこから桟橋へ向かう道のあちこちに浪人たちが倒れていた。象に吹き飛ばされて煉瓦壁に叩き付けられたとしか思われない死体がたくさん転がっていたのだ。

琢馬は、それをしっかりと見ていた。

永暦公主も同じであった。かつては剽檄麟の無惨な死体も気丈に見つめていた公主は、この時も気丈であった。どのような光景であろうと、決して目を逸らそうとはしない。

「これは私たちがやったことです。ですから、私も、その結果から目を逸らすわけにはいきません」

そうしっかりした声で言う。

赤い煉瓦壁の間の道が二度目に曲がるところでは、無道大河を見つけた。無道も、壁に叩き付けられていたが、驚いたことにまだ息があった。凄まじい気力と生命力だという他はない。

風巻は、無道を助け起こした。

無道は、薄っすらと目を開け、風巻だとわかったようである。無道は、このような状態になっても、不気味な笑みを浮かべていた。そして、

「よくやった。しかしな、これで勝ったと思うなよ。象がいたって、かなわねえものがあるってことを忘れるな」

と、振り絞るように言葉を吐き出し、

「へへへへへ」

と、ひとしきり笑ってから、がくりと首が折れ、息絶えた。

風巻が、無道の身体を横たえる。

「悪辣なヤツだが、その意気だけは見上げたものだと誉めておいてやろう」

と、塙少佐が言った。

これに永暦公主も続く。

「この人たちも、本当は哀れな人たちなのかもしれません。力こそが正義だと思い込み、その力で中国へ進出することが日本のためだと信じきっていた。結局は、それをいいように利用されてしまった

のです」

公主の切れ長の目は、悲しみの色をたたえているように、琢馬には見えた。

「そうですね」

と、塙少佐も頷いている。

「彼らは軍人が嫌がる汚れ仕事を一手に引き受けていたというか、やらされていた。その挙げ句がこれだ」

琢馬は、無道から目を逸らし、その先にさっき聞いた象がぐちゃぐちゃになって散乱しているのを見た。猛然と疾走してきた時とは違って、この象にも、無道の死体と一脈通じるような哀れさを感じる。

それから一同は、煉瓦壁の間の道をさらに進んでいったが、そこにも浪人たちの死体が転がり、ぐちゃぐちゃになった象もいた。

そして、一同は、船着場までやって来た。海の上にも死体が浮かび、浪人たちが乗ってきた船も波間に揺れている。無道と和倉が乗ってきた船は、桟橋につながれていたのだが、幻鶴楼から突進してきたもののせいであろう、結び付けられていた縄がほどけ、沖の方へ漂い出していた。漁船の向こうには、浪人たちに奪われた『龍田丸』の姿も見える。

しかし――。

海の上にいるのは、それだけではなかった。『龍田丸』の向こう側に、また別の船が姿を現わしていた。まだ遠くて、船影をはっきりと確かめることはできないが、『龍田丸』よりも大きいことはわかる。それが一隻ではなく、五隻もいて、こちらへ近付いてくるのである。

「あれは――」

琢馬は、風巻の方を見た。

それに答えてくれたのは、塙少佐であった。

「あれは軍艦だ」

少佐は、厳しい声でそう言った。

三

塙照正少佐の言う通り、近付いてきたのは軍艦であった。

その中には、見慣れた一等巡洋艦『香芝』の姿があり、残り四隻のうち二隻は二等巡洋艦で、二隻は駆逐艦であるらしい。

五隻の軍艦は、『龍田丸』の後方で停まり、『香芝』から、琢馬たちが乗ってきたものよりもやや立派な小型の蒸気船が出てきた。紅島へ向かって進んでくる。

「公主は、幻鶴楼へ戻られた方がいいのではありませんか」

里中少尉が、拳銃を構えながら言った。

琢馬も、その通りだと思い、少尉に倣って拳銃を構えたが、永暦公主は、きっぱりと首を振った。

「いいえ、戻りません」

「しかし、襲ってきたらどうするんです」

里中少尉は、なおも気遣ったが、永暦公主は、ニッコリと笑った。

「少尉、お優しいですね。ありがとうございます」

「あっ、いや」

笑顔の公主に真っ直ぐ見つめられて、少尉は、すっかり動揺していた。琢馬とほとんど変わらない、同じような童顔だから、こういう表情をされると、なんとなく親近感を覚えるほどだ。

一方、公主は、冷静であった。

「襲ってくるつもりならもっと大勢で来るとお思いになりませんか。それに、ここであの人たちをやっつけたとしても、五隻の軍艦が残っています」

「公主の言う通りだ。なにしろここは島だ。ジタバタしたところで逃げ場はない」

塙少佐に諭されて、里中少尉も琢馬も拳銃を下ろした。

その間にも、『香芝』を出た小型蒸気船は、ぐんぐんとこちらへ近付いてくる。琢馬は、双眼鏡を覗いた。船上に海軍の軍人だけではなく、陸軍の軍服が混じっている。その中には見知った顔もあった。

「余部大佐と本多大尉もいます。それと渡会中佐も――」

と、琢馬は報告する。

渡会中佐は、北京の支那駐屯軍にいた人物で、諸墨中将の腹心として知られていた。他に陸軍の姿が三、四人見えているが、そちらはわからない。

「渡会中佐の他は台湾軍の連中だな」

と、風巻が教えてくれる。こちらへ銃を向けている様子はない。

蒸気船は、途中、海上に漂う浪人たちの死体から、誰かのものを引き上げたようであった。そして、桟橋の側まで来ると、

「随分と派手にやってくれたな」

余部大佐が、苦々しい表情で言った。

蒸気船は、桟橋の突端で横向きに止まり、どうやら接岸するつもりはないようだ。いつでも沖へ戻れる体制になっている。

船の中から一人の人間が桟橋の上に放り投げられ、その人物から、

「うっ」

という呻き声が聞こえる。

渡会中佐が、そちらへ向かって顎をしゃくった。

「こいつが象にやられたと言っている。しかも、象が物凄い速さで襲ってきたらしい。どういうことだ」

勿論、答えようとする者など、琢馬の側にはいない。

琢馬が放り投げられた人間に目をやると、和倉巌次であった。しかも、死んではいなかった。苦しそうに息を喘がせ、消え入りそうな声で

「象が、象が――」

と、うわ言のように繰り返している。どうやら和倉にまだ息があったので、事情を聴こうとして船に引き上げたらしい。

しかし、無道の片腕にして浪人一の銃の腕前と恐れられた男も、最早命の火が燃え尽きようとしているのは、明らかであった。

和倉も、薄っすらと目を開け、その先に琢馬と風巻の姿をとらえると、何か言いたそうな表情を見せたが、すでにその力はなく、そのままゆっくりと目を閉じ、動かなくなった。

「ちっ！　くたばりやがったか。役立たずめ」

渡会中佐が、和倉へ向かって唾を吐きかける。

「な、なんてことを――」

琢馬は、思わず大きな声を上げていた。

無道大河も和倉巌次も、確かに相容れることのない者たちであった。彼らのやることを嫌ってさえいた。だから離れたのだが、琢馬には承服できないものがあったとはいえ、彼らは彼らなりの信念で軍のため、諸墨中将のために働いていたのではなかったか。その彼らに、このような仕打ちをするとは――。

琢馬は、下ろした拳銃を握る手に力を入れた。風巻が、その手を押さえてくる。

渡会中佐は、それに気付いたようだ。

「撃ちたければ撃つがいい。しかし、ここで俺を斃したとしても何も変わりはしないぞ」

中佐は、背後の軍艦へ目をやった。永暦公主と同じことを指摘している。

琢馬の力は萎えた。

それを見た中佐は、嘲るような笑みを浮かべ、公主に目を移した。

「お前が永暦公主か。何をやったかはわからんが、いくら抵抗したところで無駄だ。それよりも黄金象を持って、我々と共に北京へ行こうではないか。北京では中国の将来を決める会議が開かれている。日本も、そこで中国に安定した政権ができることを願っている。それに黄金象を役立ててもらいたいのだ。これは中国のためでもあるのだぞ」

それから中佐は、鄭雷峯にも呼び掛ける。

「君も我々が責任をもって北京までお送りしよう。なにしろ孫文氏の体調が思わしくないものだから、革命派は誰が会議へ出るべきか決めかねている。だから、孫文氏の片腕である君が出ればいい。但し、黄金象をこちらに渡してからだ」

しかし、永暦公主も鄭雷峯も、

「お断りします」

「私もだ」

と答えた。

「なんだと――」

そう凄む中佐に、琢馬が、思いきって口を挟む。

「当たり前ではないですか。すでに我々は無道さんたちに襲われています。その時、和倉さんは、諸墨中将の意志でここへ来たことをほのめかしているんです。あなたは、彼らの首尾を見届けに来たんでしょう。そんなあなたたちに黄金象を渡せるわけがありません」

「お前は我々軍人よりも、あんな連中の言うことを信じるのか。ヤツらは、勝手にここへ来たのだ。諸墨中将は、あくまでも話し合いで解決しようとなさっている。私が来たのもヤツらを止めるためだ。しかし、残念ながら間に合わなかった」

琢馬は、唖然とするしかなかった。よくもそのようなことを平然と言えるものだと思う。

「信じられません」

琢馬は、きっぱりと言った。

「僕は諸墨公館にいたんだ。軍のやり方は身に沁みています。勿論、あなたのなさりようもしっかりと見ていました」

「彼の言う通りだ。そもそも五十五人もの浪人が武器を持って勝手にここまで来られるわけがない。軍の支援があったればこそですよ」

と、風巻も加勢してくれる。

「貴様も公館にいたヤツだな。浪人崩れのくせに偉そうな――」

渡会中佐は、それ以上言い返すことができず、身体をブルブルと震わせ、悔しげに唇を嚙み締めていた。

そこへ余部大佐が、肥満気味の身体を前に出してきた。大佐は、塙少佐を見つめ、

「照正君」

と呼び掛けた。

「私は残念でならない。私はかつてしばしば侯爵閣下のお屋敷に呼ばれ、まだ幼かった君の相手をよくしたものだ。君も私には大層なついてくれた」

「そうでしたね」

「なのに君は私の言うことを聞いてくれないのかね。軍の方針は変わったのだ。このままそれに逆っていては偉大なる侯爵閣下の功績に瑕を付けてしまうことになるぞ。君も軍人なら潔く従いたまえ。黄金象を持って我々のところへ来るんだ」

「私も残念でなりません。祖父が存命の時はその方針に心から賛意を表《ひょう》されていたあなたが、祖父の死からいくらも経たないうちに変節をされてしまうとは――。このことをあの世の祖父が知ったら、どう思うでしょうね」

「な、な――」

塙少佐の辛辣な物言いに、余部大佐は、顔色を変え、すっかりうろたえていた。

「大佐。どうやら無駄のようですな」

と、渡会中佐が言った。

「で、ではいったいどうする」

大佐の戸惑ったような言葉に、渡会中佐は、冷然と応じた。

「諸墨中将は、別に黄金象などに固執してはおられない」

そして、琢馬たちの方へ冷徹な顔を向ける。

「もしこれが中国側の手に渡ったりすればたいへんなことになると危惧され、どうしても手に入らない場合は、黄金象もこの世から消してしまえと言われている」

「なんですって！」

琢馬は、目を剝いた。

渡会中佐は、かまわずに続ける。

「さあ、もう一度聞く。これが最後だ。黄金象と一緒にこちらへ来い」

しかし、応じる者はない。

「そうか。では、ここでみんな一緒に消えてもらおう。さあ、戻るぞ」

中佐の声で、蒸気船は沖合へ戻り始めた。

「おい。本当に照正君まで始末するのか」

余部大佐は、狼狽した声を上げるが、渡会中佐は、取り合おうとしない。

「させるか！」

里中少尉が、とうとう拳銃を撃ち、向こうからも反撃してくる。

琢馬は、慌てて身体を伏せ、銃撃戦はほんの数秒でやんだ。見ると、少尉は、拳銃を構えたままで仁王立ちしていて、蒸気船は、どんどん離れていく。

琢馬は、さらにまわりを見渡し、永暦公主のところに人が集まっているのに気付いた。

「しっかりしなさい」

と、公主の悲痛な声が聞こえてくる。

慌てて駆け寄ると、使用人のうちの二人が倒れていて、鄭雷峯と高瀬も傷を負っていた。

永暦公主は、倒れている二人をしきりと揺さぶって声を掛けていたのだが、風巻が、ダメだというように首を振った。それから、鄭雷峯と高瀬のところへ行くと、自分のチャイナドレスを引き裂き、塙少佐と協力して、二人の傷口に巻いてやっている。

どうやら他の人々は、公主を守ろうと駆け付けたようだ。それなのに、琢馬は、自分のことしか考えていなかった。

琢馬は、突っ立ったまま忸怩《じくじ》たる思いで、ただぼおっと手当ての様子を眺めていると、永暦公主が近寄ってきて、

「大丈夫ですか」

と、声を掛けてくれた。

「ええ、大丈夫です。公主は――」

「私はご覧の通り傷一つありません。しかし――」

永暦公主は、倒れている二人に目をやった。

「すいません。僕は自分のことしか――」

琢馬は、謝ろうとしたが、公主は、その口を遮った。

「自分で自分の身を守ろうとするのは当然のことです。むしろ多くの人に助けてもらわなければならない私の方が未熟者なのです」

公主の自分自身に向けた厳しい言葉に、

「そ、そんな――」

と、琢馬は愕然とする。

永暦公主は、そもそもこんなことになるきっかけを作った里中少尉にも、

「大丈夫ですか」

と、気遣う言葉を掛けた。

しかし、少尉は、相変わらず拳銃を構えた姿勢のままで何の反応も示さない。

琢馬は、背後から近付き、その肩にそっと手を掛けた。すると、少尉の身体がぐらりと揺れ、琢馬の方へ倒れてきた。仰向けになった少尉の胸には、弾痕が開いている。

少尉の童顔は、精一杯の強面を作り、相手を睨み付けるかのように目を開けていた。

塙少佐と風巻もやって来て、少佐が少尉の身体を抱き起こし、何度も呼び掛けたが、里中久哉少尉の身体が、再び動くことはなかった。塙少佐が、少尉の目を閉じさせてやる。

「この人たちを幻鶴楼まで運んでいっていただけますか」

永暦公主の言葉に、塙少佐が里中少尉を、風巻と琢馬で二人の使用人の身体を背負って、幻鶴楼まで戻った。公主は、傷付いた鄭雷峯を、そして、もう一人の使用人が、同じく傷付いた高瀬の身体を支えてやっている。傷を負った二人は、重傷というほどではなかった。

三人の死体を主屋一階の部屋に安置させると、
ズウウウウーン！

という低くて鈍い音が響き、その後、ヒューンと何かが飛来する音が聞こえた。

「伏せろ！」

という風巻の声に、一同は身を屈めた。

直後に凄まじい炸裂音がして、幻鶴楼が揺れる。

琢馬たちが窓から窺ってみると、幻鶴楼へ来る道の途中に濛々と黒煙が上がっていた。同じ音が二度目・三度目と続き、やはり大地が揺れる。

「艦砲射撃だな」

と、塙少佐が言った。

そうだと、琢馬は思い出す。

前にここへ来た時もこんな音が響いていた。あの時は、演習だと言っていたから実弾は発射していなかったかもしれない。ところが、今回は本物なのだ。

「なるほど。艦砲射撃が相手だと、確かに象がいたところでかなわないでしょう。無道さんは、自分たちが失敗すれば、こうなることを知っていたんですね」

風巻は、こういう場合なのに薄っすらと笑っていた。

永暦公主も、落ち着いている。他の者たちもそうだ。

琢馬も、不思議と恐怖心は湧かなかった。女性である公主がしっかりしているのに、無様な姿を見せられないという思いが全くなかったといえば嘘になるかもしれない。しかし、そんな空虚な見栄よりも、やはり公主と一緒だということが大きかった。永暦公主と一緒であれば、何も恐れることはない。みんなもそう思っているのだ。

やがて、四発目・五発目も飛来して、今度は、庭に命中した。だんだんと近付いてくるようだ。窓も割れ、天井と壁からは、建材の破片が剝がれ落ちてくる。

(終わりだな)

と、琢馬は覚悟した。

たったこれだけの人数で軍艦を相手に戦う手段などあるわけがなく、塙少佐が言った通り、島に逃げ場はない。

西洋の侵略から中国を解放する。琢馬が大陸へ渡ったその目的は全く果たすことができず、よりよい未来を築くためのきっかけも失ってしまった。しかし、琢馬は、ほんの僅かな期間に過ぎなかったが、そのためにいささかなりとも働けたことを誇りに思っていた。間違った道へ進まずにすんだ。それが救いである。少しの間だが、いい夢を見たのだ。

全ては、永暦公主のおかげであった。その公主と最期を共にする。むしろ幸せというべきであろう。いずれあの世で故郷に残っている両親と会った時、自分は一生懸命に生きたと胸を張って報告できると思う。そして、両親がいつまでも元気であることと、日本と中国の今の不幸な関係に終止符が打たれ、アジアに平和が来ることを祈らずにはいられない。

ズウウウウーン!

もう何発目かわからないが、またどこかが被弾して、天井から破片がパラパラと落ちてくる。

琢馬は、ふとまわりを見て、誰もいないことに気付いた。一階の部屋をいくつか覗き、窓から庭を見たが、人の姿はない。どうやら意外と長い時間、一人の世界に入り込んでいたようだ。

（みんなどこへ行ったんだ？）

戸惑っていると、そのみんなが二階から降りてきた。

負傷した二人は、風巻と使用人が支え、先頭に永暦公主がいて、金色の袱紗に包まれたものを持っている。乾隆の黄金象が入っている箱だ。昨日出してきて、二階の円形テーブルの部屋に置かれたままであったようだ。

永暦公主は、琢馬の前までやって来ると、袱紗に包まれたものを差し出した。

「これを持って、ここから出ていって下さい。そして、いつの日か中国と日本が、いえ、アジア全体が平和になる時のために役立てて下さい」

「ど、どういうことですか」

琢馬は、心外といわんばかりに言葉を尖らせた。

「ここから出ていけるのなら、みんなで行きましょう。僕だけだなんて――」

「それができないのです。ここからは一人だけしか出ていくことができません」

「それなら公主ご自身か、鄭先生や塙少佐が行かれるべきです。あなた方には、アジアに平和をもたらすことのできる力があります。しかし、僕にはそれがない。僕は、しがない浪人でしかありません」

「いえ。私たちには、もうそれができないのです。なぜなら、私たちの手は血に染まっています。私たちは何人もの人を殺してきました。ジャンルカ・ゲロ、ルキアンチコフ、剽檄麟、ジョージ・モンゴメリ、マイケル・バーンズ、そして、今日の浪人たち。実に多くの人たちが、私たちの手によって命を奪われました。中国を苦しめる者たちに天罰を下したり、我が身を守るためだったとはいえ、人を殺したことに違いはありません。中国で多くの血を流させた連中に、血でお返しをした。ある意味、彼らと同類といえるでしょう」

「血で汚れていることなら僕も同じです。僕も抗日デモのリーダーが殺されるのにかかわりました。僕が彼の家を突き止めたせいで、彼は殺されてしまったんです」

「いいえ。琢馬さんは最初からそうなるとわかっていたわけではないのでしょう。今日のことでも、あなたは策のことなど知らなかった。私たちとは違います。これからの平和は、そういう血で汚れていない手で、血を流さないやり方でやっていくべきだと思います。戦争が日常的になっている今の時代では難しいことでしょうが、いつかきっとそういう時代が来る筈です。なんといっても、戦争を欲している人より戦争などなくしてしまいたいと思っている人の方が多いのですから——。多くの人は平和を望んでいるのです。しかも、ここでは里中少尉や、私のためにとても尽くしてくれた部下も二人まで失ってしまいました。私のために働いてくれた方々を残して、私だけ生きることはできません」

「し、しかし——。だからといって、僕が——」

琢馬は、なお渋って、周囲を見まわしていたが、塙少佐が、穏やかに口を挟んできた。

「私も公主を残して生きることはできない。罰は、私も受けるべきものだからね。でも、公主のおかげでいい夢を見させてもらったよ。よりよい未来が来る瞬間を、すぐ目の前まで引き寄せてもらったのだから——。それに里中少尉だけを置いていくわけにはいかない」

「私も同じだ」

と、鄭雷峯も続く。

「私の手も血に染まったが、公主のおかげで、少なくとも亡き祖父や父が望んだ夢をかなえることができた。これだけでも感謝に堪えない」

「でも、それは私の力などではなく、全て祈藤智康様がご用意なさったことです」

「それでも実行してくれたのは公主、あなただ。あなたがいなければ、かなうことはなかった。それに私は、孫文先生と同じ時にあの世へ旅立てることで、これに優る幸せはないと思っています。あの世で、塙侯爵や祈藤智康氏、そして、あなた方のことを先生に報告させてもらいますよ。先生も、日本の中に中国とアジアの苦難を必死に救おうとしていた人たちがいることを知って喜ばれることでしょう」

「これでわかっただろう」

そう言ったのは、風巻だ。

「俺も公主のもとで働き、諸墨公館にいた時犯した多くの間違いを、いくらかは償うことができたのではないかと思っている。それでも、無道さんのもとで殺した人数の方が遥かに多い。俺の手は、そうした血に染まり過ぎている。だから、ここを出ていくのはお前しかいない」

「顕兄さん」

風巻は、無言で頷いただけであった。

永暦公主が、また口を開く。

「おそらく彼らはここにあったものを全てなくしてしまおうとするでしょう。紫仙館も同じ運命をたどる筈です。祈藤財閥自体が、この世から消されてしまうかもしれません。ですから、歴史の中にこういう出来事があったことを、なんとかアジアに平和を築こうとした動きがあったことを、後世に伝えていって下さい」

永暦公主は、袱紗に包まれたものを再び差し出してきた。

「さあ、これを――」

琢馬は、おずおずと、それを受け取る。

その時、また砲弾が降ってきて、主屋の前にある噴水に当たり、続けてやって来た砲弾は、主屋の背後にある工字棟に飛び込んでいった。今までで最も強い衝撃が幻鶴楼を襲い、窓がさらに割れ、天井から落ちてくるものも一層激しくなる。

「時間がない！」

と、塙少佐が叫び、琢馬は、少佐と風巻に両側から押されるようにして、どこかへ連れられて行った。その後を、永暦公主をはじめ残りの者たちが付いてきている。

そして、結城琢馬は、一人だけで紅島から脱出したのである。

第三部 真相

一

「なんということだ」

結城琢馬氏の長い話を聞き終えた私は、さらなる驚愕に打ちのめされていた。

彼の話の中で若い頃の結城氏自身が何度も茫然・愕然となったように、私は、しばらく言葉を失い、身体が硬直して、指一本動かすことさえできないでいた。

そんな私を見て、

「無理もないな」

と、ダーク探偵が唸る。

「なにしろ疾走する象の他に、消える怪人と姿の見えない怪人まで出てくるのだ。それが曰く因縁のある洋館で起こっている。正しく館物のミステリーだ」

しかし、私は、慌てて首を振っていた。

「違います。私が愕然としたのは、そのことではなくて――」

「なんだと、あのミステリーに関心がないのか」

「いえ。勿論、関心はあります。関心はありますが、それよりも、孫文氏も関与して、日本との間に融和・提携の話が進められていたことに驚きました。本当のことなんですか」

「本当です」

結城氏は、しっかりと頷いていた。

孫文の大アジア主義演説は有名である。結局、孫文は、病に倒れたまま、紅島が襲撃されてからおよそ一ヵ月後の一九二五年三月十二日に死去した。

革命、なおいまだ成功せず。

そう記す孫文の遺言には、彼の無念の思いが表わされている。実際、孫文の革命は、未完に終わっていた。

つまり日本での演説は、孫文が公の場で行った最後の演説となったのである。従って、その意味も意義もたいへん大きい。

そうした演説の裏面で、孫文たちと日本の提携が図られていたとは——。

「確かに信じ難いことではあるが、そういわれれば、この時の孫文の動きはちょっとおかしかったな」

と、ダーク探偵が、ソファに深々ともたれながら言った。

「孫文は、北京政府の呼び掛けに応じて北上を決意したんだろう。だったら、真っ直ぐ北京を目指せばいいではないか。もし彼自身が自分の病状をある程度自覚していたならば尚更のこと、早く北京へ行きたかった筈だと思われるのに、どういうわけか、わざわざ日本へ立ち寄っている。その理由については今もはっきりしないようだな」

「ええ」

と、私は応じた。

「天津へ直行する船便がなかったからとか、商団事件などでイギリスと対立していたため、イギリスの船に乗りたくなかったのだとか、いろいろといわれていますが――」

「それで納得できるかね」

「できません」

「どうやら孫文には、自国の実力者と話をする前に、どうしても日本へ行き、日本人に向かって訴えたいことがあったようだな」

私は、黒マスクの探偵をまじまじと見ていた。

「どうした。俺の顔に何か付いているか」

「いえ。あなたから乾隆帝のことだけではなく、孫文氏の話まで聞けるとは思ってもいなかったので――」

「ふん。これも結城氏の経歴を聞いて、ちょっと調べてみたのだ。孫文だけではない。鄭雷峯という人物のことも調べた。彼は、師匠である孫文の日本行きに同行せず、そのまま行方不明になっているようだな」

探偵の言う通りである。鄭雷峯の消息については、イギリスによる謀殺説が根強いのだが、日本に殺されたという説も囁かれている。

「歴史というものは、必ずしも最初から一つの方向に進んでいるわけではない。途中にいくつもの分岐点があって、違う歴史が存在した可能性も充分に考えられるのだ」

確かに、日本は、ワシントン会議の頃から外国との融和協調政策をとっていた。アメリカやイギリスに劣る軍艦の制限案を受け入れ、中国に対しては、満州の特殊権益をアメリカに認めさせた石井・ランシング協定を廃棄し、中国の領土保全を唱える九ヵ国条約に署名している。

この時、山東の旧ドイツ権益が返還されたのも事実であり、不平等条約についても九ヵ国それぞれの事情があって即時撤廃にはならなかったが、将来の撤廃が目標として確認されたのである。もし日本が、この路線を推し進め、孫文たちと提携していたとしたら、違う歴史が存在していたかもしれない。

しかし、欧米の帝国主義諸国と共に不平等条約堅持の要求を北京政府に突き付けた日本は、張作霖の支援を続けた。孫文の葬儀には、三十万にも及ぶ民衆が集まったというが、帝国主義反対を支持するそうした中国民衆の声を無視して、日本は、旧来の軍閥を支援し続けたのである。

北京政府の首班となった張作霖は、皇帝にはなれなかったものの、安国軍総司令兼大元帥を称して、中国の主となった。

だが、日本と張作霖の蜜月は長く続かなかった。革命派の北伐によって北京を追われ、満州へ引き上げることとなった張作霖の列車を日本軍が爆破して、殺してしまったのだ。大元帥となってからの張作霖は、さらなる権益を要求してくる日本と対立するようになっていたらしい。永暦公主が言った通り、彼も中国人であったのだ。日本の意のままになることなどあり得なかったのである。

この後、日本は、力ずくで満州を奪い、中国と日本は泥沼の戦争に突入していく。

これが実際の歴史だ。

私は、深い溜め息をつかずにはいられなかった。

私は、きっと思い詰めたような顔をしていたのであろう。ダーク探偵が、ゆっくりと身体を起こし、黒マスクの奥から鋭い眼差しを注いできた。

「歴史もいいが、俺は、やはり事件の謎に興味をそそられる。しかも、結城氏は、永暦公主から真相を聞かされていたようだ。それでいて、疾走する象の話も、肝心なところはぼかして我々に話した。決して嘘を言ってはいないが、話に省略――はしょったところはあったわけだ。いわばこの謎が解けるかねと、ミステリー好きの結城氏から挑戦されているようなものだな。ならば、その挑戦を受けて立とうではないか。君はどうかね」

そう聞かれて、私は、ようやく我に返った。

「ええ。是非とも解き明かしてみたいと思いますが――」

私は、結城氏を見た。

結城氏は、この時も口元に穏やかな笑みを浮かべていた。サングラスの奥は、やはりわからない。それでも、なんだか探偵に劣らない、いや、それ以上の鋭い視線が私に注がれているような気がする。

私は、そのサングラスから逃れるように、パソコンで検索を始めた。

まず塙照正を調べる。

彼の名前はどこにも出ていなかった。これに対し、塙照道侯爵のことは出ていた。結城氏の話では、塙侯爵の死は軍によってしばらく秘匿されたに違いないといわれていたが、どの記述を見ても、公式に発表された一九二四年十二月九日が死亡日とされている。そして、塙侯爵家は、照道の死後、絶家になっていたのだ。

祈藤財閥のことが歴史から抹消されているのは、以前に調べている。念のために永暦公主で検索してみたが、これも全くヒットしなかった。そればかりか、台湾で明の末裔が匿われ続け、日本が台湾を接収した時、軍によって庇護されたという記録も残っていない。

私は、マイケル・バーンズとジョージ・モンゴメリも調べてみた。今度は、二人ともヒットした。但し、どちらも一九二四年に行方不明ということで終わっている。阿片の売買をめぐって中国の闇社会とトラブルを起こし、密かに始末されたのではないかといわれているらしい。

しかも、バーンズ・モンゴメリ商会は、共同代表を同時に失ったことで、バーンズ家とモンゴメリ家の間に内紛が起こり、会社は分裂。以後、かつての勢いを失って戦争が終わるまでには、バーンズ・モンゴメリ商会の系譜を引く会社は、どこも倒産してしまったようである。

デビット・オーウェンという秘書については全く出ていない。

つまり日本軍は、彼らの死も隠し通したということだ。勿論、幻鶴楼という洋館のこともネット上にはなかった。

かんばしくない結果に、私がまた溜め息をついていると、

「調べるポイントがずれているのではないか」

ダーク探偵が、憐れむかのような口調で言ってきた。そして、テーブルの上に置かれた象の頭に触れ、

「これは幻鶴楼の噴水にあったものだな」

と、結城氏に確かめていた。

「そうです」

と、結城氏が答える。

「俺が幻鶴楼の話を聞いていて、もどかしく思ったのは、この館の全体像がどうもよくわからないことだ。俺も館物のミステリーは好きだ。特に本を開けた途端、館の見取図なんかが出てきた時には、どうしようもなくワクワクしてしまう。君もそうならんかね」

「なりますね」

「しかし、今の話を聞く限りでは、この見取図が出てきそうにない。幻鶴楼は、全体がTの字の形をして、主屋と工字棟の二つに分かれていた。その中で、Tの横棒に当たる主屋については、二階に客室や円形テーブルの部屋があったり、一階に結城氏や永暦公主の部屋があったりと、内部の様子がある程度語られている。これに対し、Tの縦棒に当たる工字棟はどうだ」

「――――」

「工字棟の屋上は、周囲に回廊がめぐり、工字の両端部分には四阿があって、屋上から出るには、両方の四阿のところに設けられた外階段を使って主屋へ戻るか、地上へ下りるしか方法がないというように、怪人が消えるところで語られていた。それだけだ。普通は建物の中から屋上へ出られるようになっていると思うのだが、幻鶴楼の工字棟には、そういうものがなかったらしい。そのため、屋上から工字棟の内部へ逃げることができなかった。では、工字棟の内部が、いったいどうなっているのか。それについては何も語られていない。これでは見取図が書けん」

「それはそうですけど、幻鶴楼については本当に何にもないんです」

私は、未練がましくキーボードをカタカタいわせていた。

「だから、ポイントがずれていると言ったのだ。幻鶴楼は、円明園にあった海晏堂を模しているのだろう。主屋の内部は、海晏堂とかなり違っていたようだが、工字棟については、調べてみる価値があるのではないか。なにしろ結城氏たちが円明園の廃墟を訪れた場面で、塙少佐は、海晏堂のTの横棒部分について皇帝の住居と説明していながら、縦棒部分は工字形になっているとしか言わなかった。結城氏たちが幻鶴楼へ来た時もそうだ。海晏堂のTの横棒の二階は玉座の間になっていたと永暦公主が話しているが、工字棟の内部についてはどの場面でも語られてはいない」

「それじゃあ、工字棟は内部も海晏堂と一緒だと――」

「だから調べろと言っているのだ」

私は、すぐさま海晏堂を検索した。

私は、勿論、円明園のことを知っているし、英仏連合軍によって略奪・放火されたという悲惨な歴史も知っていて、今も残っているその廃墟を見にいったこともある。しかし、建物の名前や構造までは知らなかった。

ただ十二支像の噴水は有名である。英仏連合軍によって奪い去られたが、近年、そのうちの何体かは取り返されているのだ。だが、結城氏の話では、十二支像は英仏の略奪後になくなったと語られていた。

私は、まずこれについて調べてみた。

そういう説は確かに存在するらしい。十二支像が、略奪から数十年後の写真にも写っていることなどが根拠になっているようだ。

その真偽については、今は問わないでおこう。

私は、本筋に戻り、海晏堂を調べた。

十二支の噴水時計があり、建物全体はTの形をしていて、横棒部分が居住空間で、やはり皇帝が滞在できるようになっていたらしい。これに対し、縦棒部分は、正確には両端が突き出た工字形をしていて、工字楼などと呼ばれていたそうである。

そして――。

私は、この工字楼について書かれた文章を読んで、大きく目を見張った。そこには、こんなことが記されていた。


――外側から見ると、見事な装飾を施された西洋館にしか見えないが、内部は貯水タンクであった。


「貯水タンク！」

私は、思わずそう叫んでいた。

ダーク探偵は、別に驚いた様子を見せなかった。

「やはりそうだったか」

と頷いている。

「知っていたんですか」

「知っているわけがないだろう。結城氏の話を聞くまでは、円明園が焼かれ、そこに西洋風の宮殿があったことぐらいしか知らなかった」

私と余り変わらない。

「それでも推理はできる。やはり円明園の廃墟に来た場面で、塙少佐が建物などの説明をしていた時だ。そこに蓄水楼というのが出てきた。諧奇趣という建物の前後にある噴水へ水を供給するための貯水場で、永暦公主が、確かこう言っていたではないか。貯水場だとわからないように、わざわざ西洋楼と同じ外観に造ってあるのだと――」

「――」

「当然のことだが、噴水には水が必要だ。紫仙館は、近くに湖があったので、そこから水を得ていた。ヴェルサイユ宮殿では、セーヌ川から水を引き、確か地下に貯水場があったと記憶している。従って、蓄水楼が諧奇趣の噴水へ水を供給するものであったのなら、海晏堂の噴水時計には別の供給源がなければならない。海晏堂のすぐ側には大水法もあったのだから、尚更必要だろう。そして、蓄水楼が西洋楼と同じ外観に造ってあったというのなら、別の供給源もそうだったと考えたところで、おかしくはあるまい。蓄水楼は単独の建物だったのだが、それが海晏堂では居住部分とくっ付き、一つの洋館と思わせていたため、擬装がより一層進化して、わかり難くなっていたのだ」

「すると、幻鶴楼の工字棟も――」

「貯水場だった」

と、ダーク探偵は断言する。

そうだと、私も、結城氏の話を思い出していた。

幻鶴楼へは、給水船から水を汲み上げていたではないか。だから、それを貯めておく場所がなければならなかったのである。

私にも、何かが見えかけてきた。しかし、はっきりと像を結ぶにはなかなか至らない。

私は、もどかしさの余り、

「幻鶴楼の工字棟が貯水場だったなら、怪人はどうして消えることができたんでしょう」

と、探偵に問い掛けた。

「簡単なことだ。そこへ飛び込めばいい」

そうダーク探偵は答える。

「しかし、結城氏が他の人たちと一緒に乾隆帝らしき怪人を追って四阿まで来た時、工字棟の屋上に水がたまっているところなど誰も見てはいなかった。床が広がっているだけだと言っていたではありませんか」

「それも擬装されていたのだよ。実際の屋上は、プールのようになっていたのであろう。まわりに人が歩けるぐらいのスペースがあり、その中に水がためられていた。そして、怪人が消えた時、そのプールは床に見えるように擬装されていたのだ」

「――――」

「おそらく床に見えるような模様を描いた大きな紙か布のようなものを広げて、屋上全体をすっぽりと覆っていたのではないかな。たくさんの紙か布を貼り合わせていたのであろう。勿論、これは永暦公主か塙少佐が職人に命じて、そういう紙か布を作らせ、屋上を覆う作業は使用人たちがやった筈だ。まわりに人が歩けるぐらいのスペースがあったと言ったのは、そのためだ。そこを使って擬装用の床を広げたに違いない。風巻とかいう男も手伝ったのではないか。風でまくれ上がったりしない工夫もされていたに違いない。子供騙しのような擬装だから、もしそこへ昼間にでも案内されていれば、すぐに気付いたと思われるが、月明かりがあったとはいえ夜のことだ。その暗さに紛れ、まさかそこが貯水場になっているとは思ってもいなかったから、結城氏や余部大佐、里中少尉、そして、マイケル・バーンズとデビット・オーウェンは、擬装に気付かなかった」

「しかし、そこが本当に貯水場で、乾隆帝らしき怪人は水の中へ飛び込んでいたのだとしたら、当然、それらしき音がしたと思うんですが、このことについても聞いた者が――」

私は、反論をしかけて、ハッと気付いた。

「そうか、海軍が演習をしていたんだ。それでずっと砲声が――」

「その通り。海軍の砲声は、それまでは間隔がいくらか開いて響いていたようだが、怪人が現われた時は、間断なく続けざまに聞こえていたそうではないか。そのせいで、怪人が水の中へ飛び込む音は聞こえなかったか、聞こえたとしても、砲声に紛れてわからなかったのだよ」

「つまり海軍の演習は、それをカモフラージュするために行われていたというわけですね。ということは、海軍もモンゴメリ殺しに協力していたわけか」

「さあ、どうかな。結果としては協力したといえるだろうが、前もってモンゴメリ殺しのことまで知っていたとは思えん。もしそうだとすれば、何かのトリックが使われていると、誰かに気付かれてしまう恐れがあるのではないか。塙少佐や永暦公主がそんなことをした筈はないと思うが――。おそらく海軍は詳しい事情を知らないまま演習を行い、あの時間になると、砲声を続けざまに響かせるよう言われていたのであろう。当然、砲声をやめる時間も決めてあった。なにしろ剽檄麟を大連へ迎えに来た時や、鄭雷峯を上海から連れ出す時にも軍艦が使われている。塙侯爵の威光によることは間違いがない。だから、あの時も、塙少佐から侯爵を通じて、そういう命令を出してもらい、海軍は、これに従っただけだと思う」

「――」

「ジョージ・モンゴメリ殺しと怪人の消失は、こういうふうに行われた筈だ。海軍の砲声が続けざまに聞こえる時間になると、満州服の怪人は、モンゴメリの部屋へ行って彼を殺した。そして、大きな物音をわざと立てて、隣の部屋にいるデビット・オーウェンに聞かせた。わざとではない可能性もあることはあるが、怪人が、オーウェンに気付いて欲しかったことだけは間違いがない」

「人を殺したなら、さっさと逃げればいいものを、わざわざ見つかろうとしたわけですか」

「そうだ。なぜなら怪人の目的は、モンゴメリを殺すことだけではなく、その姿をきちんと見せ、みんなの前で消えることにもあったからだ。永暦公主が、結城氏へ話していただろう。幻鶴楼にあのメンバーを集めたのは、黄金象の力で中国を苦しめる西洋人に天罰を下すところを見てもらうためだと――。だから、モンゴメリを殺したのが普通の人間ではない、過去からやって来た乾隆帝だと思わせる必要があった。それで、あの怪人は、みんなが集まってくるまで廊下にとどまったまま待っていたのだ」

「――――」

「しかも、マイケル・バーンズは、対立するモンゴメリに黄金象の力で天罰を下してあげようと永暦公主に言われて、あそこへ来ていた。あの時点では、彼も協力者であったわけだ。だからオーウェンに公主を呼びにいかせ、怪人と一対一になっても、自分は二階にとどまっていたのだ。公主との間で、そういう打ち合わせになっていたのであろう。まさか自分に次の天罰が下るとは思わず、お手並み拝見とでもいうような気持ちで待っていたに違いない。そして、怪人は、目撃者が集まったところで工字棟へ向かって走り出し、階段を駆け上がって四阿から水の中へ飛び込んだ」

「さっきあなたは、貯水場の上を紙か布で覆っていたと言いましたが、紙だと破れて、穴が開いてしまうのではないですか。布の場合だと、そううまく破れるでしょうか。うまく破れたとしたら、そこも穴になって、いくら夜とはいえ、上から見てわかると思うんですが――」

「それなら、予め切れ目を入れておけばどうだ。×の字のような形のものでも入れておけばちょうどよかったのではないか。怪人は、その×の字の中心に向かって飛び込んでいったのだ。四阿から屋上の床部分までは二メートルほどということだから、この高さなら的を外すようなことはなかったであろう。切れ目も四阿のすぐ下に入れてあったに違いない。実際、結城氏は、屋上の床に亀裂や染みを目撃している。ところどころにあったということだから、何ヵ所もあったのだろうが、その中で四阿の下にあった亀裂だけは本物だったのだ。他は偽物で、そうした模様を描き、四阿の下にだけ注意を向けられないようにしていたのではないか」

「――――」

「それに、四阿へ駆け付けた結城氏たちは、下の亀裂へすぐに注目することなどなかった。結城氏の話によっても、彼らは、怪人を捜して、まずはまわりを——工字棟の全体をじっくりと見渡していたではないか。四阿の下は、その一つに過ぎなかったのだ。そこが貯水場だとはわかっていないのだから当然だといえるだろうがな。そして、下の石畳に薄く砂を撒いておいたのも、単にそうしていただけではなかった筈だ。怪人がなんらかの方法で地上に下りて、逃げた可能性を排除するためのものだったのであろう」

「では、飛び込んだ後の怪人はどうしていたんでしょう。結城氏たちは、四阿のところで結構長く話をしていましたよね。怪人が水の中に潜っていたとしたら、それだけの間、息を止め続けることができたとは思われないのですが——」

「おそらく貯水場の上を覆っていたものと水面との間には隙間があった筈だ。まわりに人が歩けるぐらいのスペースがあり、そこを使って擬装の床を敷いたとすれば、貯水場の水面より高い位置に、そのスペースがあったと考えられる。だから、飛び込んだ怪人は、すぐに水面から顔を出し、呼吸をしていたに違いない。もしかしたら、切れ目に穴が開かないよう、顔を出すと、下から切れ目のところを押さえていたかもしれんな」

「そうだとすれば、とても過去からやって来た乾隆帝だとは思われませんね」

「勿論だとも——。そんなことがあるわけはない」

「いったい、あの怪人は誰だったんです」

するとダーク探偵は、ニヤリと笑った。

「君にもわかっているのではないか」

確かに閃くものはある。

祈藤財閥は、巨大な財閥であったわけだから、永暦公主の使用人も、結城氏の話に出てきた四人だけだったとは思われない。しかし、幻鶴楼でモンゴメリを殺し、怪人が消えることは、孫文との提携にかかわる大事な行為であった。生半可な人間に任せることなどできなかった筈である。

しかも、幻鶴楼の円形テーブルがある部屋に一堂が会した時、永暦公主は、今、幻鶴楼にいるのはこれで全員だと言っていた。結城氏は、公主から真相を聞いているのである。もし幻鶴楼に別の誰かがいたのなら、その言葉を私たちに話すことなどなかったのではないか。

つまり、乾隆帝に扮していたのは、あの時、幻鶴楼にいた誰かなのだ。

しかし、結城氏が怪人のいる二階へ駆け付けた時、そこにはほとんどの人間が姿を見せていた。いなかったのは、諸墨中将と鄭雷峯だけである。そのうち諸墨中将は、結城氏たちが主屋へ戻ってきた時、モンゴメリの部屋にいた。

もしそうでなくとも、中国での権益を維持拡大しようと考えていた諸墨中将が、怪人の役を買って出たとはとても思われない。彼は、余部大佐と共に幻鶴楼で永暦公主の言うようなことが本当に起こるのかどうかを見届けに来たのである。年齢的にも、水の中へ飛び込み、そこにしばらく潜んでいることはきついであろう。

——ということは。

「鄭雷峯氏ですね」

と、私は言った。

「その通り。簡単な引き算だ。なにしろあの時、最後まで姿を見せなかったのは彼なのだからな」

鄭雷峯は、結城氏が公主たちと一緒に彼の部屋を訪れ、そこにいたことが初めて確認できたのである。しかし、果たしてずっとそこにいたのかどうかについては、一人きりであるため確かめようがない。

「鄭雷峯氏は、泳ぎが得意でした」

と、私は続ける。

このことは、彼自身が言っていた。子供の頃から円明園の廃墟にあった湖や池で遊んでいたからだという。孫文の片腕となった後も、その特技を生かしている。陳炯明の叛乱で孫文夫妻が永豊艦へ閉じ籠ることを余儀なくさせられた時、海を泳いで他と連絡を取り、永豊艦が脱出できるようにしているのである。

「そして、鄭雷峯氏は孫文氏と共にイギリスと対立する立場にあった。商団事件で断固討伐を主張したのは、彼だったということなのですから、イギリスに根深い怨みを持っていたことでしょう。しかも、鄭雷峯氏は、その穏和な外見に似合わず、革命戦に参加して何度も修羅場を潜っています。モンゴメリごときに引けをとることなどあり得なかった筈です」

「そうだな」

「鄭雷峯氏は、みんながモンゴメリの部屋へ集まっている時に、水の中から出て部屋へ戻っていたんですね。しかし、結構濡れていた筈だと思われるのに、廊下などが濡れていたということは、結城氏の話に出ていません。話し忘れていたのではなく、もし濡れているところがあれば、それで誰かが、諸墨中将あたりが疑惑の目を向けたに違いないと思うんです」

「結城氏たちが四阿へ駆け付けた時、永暦公主は、羽織っていたガウンを工字棟の屋上へ向かって脱ぎ捨てていたであろう。ガウンの下には塙少佐がアメリカで初めて公主に会った時、着ていたというバビロンの巫女の衣装を身に着けていて、公主は、夜空に向かって手を広げ、乾隆帝が過去から来たことを告げるという正しく巫女の託宣めいた芝居がかったことをやっていた。だから、どうしても公主のその姿に目を奪われがちとなってしまうのだが、あの行為、やはりわざとらしいと思わんか。あれの本当の目的はガウンを工字棟へ脱ぎ捨てることにあったのだ」

「ガウンですか」

「結城氏たちが四阿から去った後、鄭雷峯は水から出て満州服を脱ぎ、公主が落としていったガウンで濡れた身体を拭き、自室へ戻ったのだ。裸のままでいるよりは、そのガウンをついでに羽織って戻ったのではないだろうか。これで廊下に水が滴ることはないし、この時、モンゴメリの部屋のドアのところには使用人がいた。彼らは廊下を通っていく鄭雷峯が部屋の中から見られないように壁の役目も果たしていたのであろう。今通ってもいいというような合図を送っていたかもしれんな。また高瀬だけは、公主の新しいガウンを取りにいっていたようだが、持ってくるのが少し遅いように思う。水から出て四阿へ上がろうとする鄭雷峯を助けていたのではないか」

「――――」

「こうして鄭雷峯は、自室へ戻り、身体の具合が悪くて寝ていたふりを装ったのだ。しかも、しばらく水の中にいたせいで顔色が本当に悪くなり、演技に思わぬ迫真性を与えることにもなった。しかし、いつまでも彼がいないままだと、後でいらざる詮索を招くことになりかねん。もし結城氏や他の誰もが彼の不在に気付かなかったら、公主か塙少佐、もしくは風巻あたりが頃合を見計らって言い出すことになっていたのであろうな」

「鄭雷峯氏が幻鶴楼へ来るのは、あの時が初めてのようでした。でも、彼の家は代々円明園を守ってきましたし、彼自身も子供の時は父と一緒に円明園にいたそうですから、海晏堂の構造もよく知っていたのでしょうね。だから、幻鶴楼の工字棟が貯水場であることと、屋上が擬装されていることを、公主に教えてもらえばよかった。ただほとんどぶっつけ本番のような状態で、切り目のところへ見事に飛び込み、水面から顔を出して下から押さえるようなことをうまくやったものだと思わないでもないですが――」

「一度ぐらいは練習したのではないか。勿論、その時の水音も砲声に紛れて聞こえなかった。だから、彼の顔色が悪かったのは、上海で襲われ、そこから軍艦に乗り、紅島へ着くと、休む間もなく二度も水の中へ入ることになった、そうした疲労の蓄積にあったのかもしれんな」

そうだったのであろうと、私も思う。

「ただモンゴメリは、当然、部屋に鍵を掛けていた筈です。それなのに、どうして深夜にドアを開けたのでしょうね。マイケル・バーンズが、ひと役買っていたんでしょうか」

「モンゴメリとバーンズも仲が悪かったようだから、そう易々とドアを開けたとは思えんな。ひと役買っていたのは、おそらく永暦公主であろう。公主があの時間、モンゴメリの部屋を訪れると言っておいたのだ。あの時、客人たちは別々に夕食をとり、イギリス人も一人ずつとっていた。そして、公主は、客たちのところへ分け隔てなく顔を出していたと、結城氏も話していたではないか」

「その時に、公主が深夜の訪問を――」

「バーンズには内緒ですよと言って、約束させたのであろう。秘書のオーウェンがパジャマに着替えていながら、バーンズが昼間と同じ服装だったのは、何かが起こることを知っていたからに違いない。軍人たちが軍服姿だったのもそうだ。しかし、モンゴメリがあの時間になってもパジャマへ着替えていなかったのは、単に砲声で眠れなかったのではなく、訪問者を待っていたからであろう。バーンズは、公主に並々ならぬ関心を持っていたが、モンゴメリも同じだったのだ。だから、まだかまだかという思いで、ドアがノックされるのを待っていた。まさか、あんな目に遭うとは知らずにな」

そういえば、親しげにしているバーンズと永暦公主を見たモンゴメリが、バーンズを睨み付け、公主には好色な視線を向けていたという場面があった。

「なるほど。これで怪人が消えた謎は解けましたね。すると、マイケル・バーンズが見えない乾隆帝に突き落とされた件はどうなるんですか。あれも鄭雷峯氏がやったことなのでしょうか。でも、そんなことはありませんね。なにしろあの時はバーンズを除く全員が下に集まっていたんです。誰もバーンズに手出しをすることなどできなかった」

これについては、私に見えそうなものなど何もなかったが、ダーク探偵は、余裕の表情であった。

「おそらく、これも本物の海晏堂に擬えることで解ける筈だ」

と言って、私に、貯水タンクのことが書かれたところの先を読むように命じた。

私は、パソコンの画面に目を戻した。

さっきのところが表示されたままになっている。海晏堂の工字楼が西洋館を模した貯水タンクであることを記し、その先には――。

私は、またもや目を見張ることとなった。そこには、次のような文章が続いていたのだ。


――この貯水タンクは、水が浸み出さないようタンクの内側に錫《すず》の板が貼り付けられていたため、錫海《しゃくかい》と呼ばれた。工字楼の両端――その横棒部分には皇帝が見学するための四阿が設けられたが、錫の板は、太陽の光が当たると反射して眩しいので、皇帝が屋上へ来た際に支障があるとして、水の表面には藻が浮かべられ、魚も放たれていたという。


私が、その箇所を読み聞かせると、ダーク探偵は、

「そうだったか」

と、満足そうに頷いていた。

「屋上に四阿があったのは、皇帝が見学するためのものだったのだな。それからしても、屋上には何かがなければならなかったわけだ」

探偵が独り言のように続けていたので、私は、

「これで見えない怪人の何がわかるというんです」

と、聞かずにはいられなかった。

「ライの正体だよ」

と、探偵は、こともなげな口調で応じる。

「幻鶴楼の貯水場にも、海晏堂と同じく内側に錫が貼られていたに違いない。しかし、藻を浮かべたり、魚を放したりはしていなかったと思う。もしそんなことをしていれば、水の中へ飛び込んだ鄭雷峯が、随分と苦労したことになったであろうからな。だから、遮るものが何もない幻鶴楼の貯水場は、昼間かなり眩しかった筈だ」

「眩しい！　ということは――」

「おそらくバーンズは、あの時間に工字棟へ行くよう永暦公主から言われていたに違いない。昨夜の手品のタネを見せるとでも言ったのではないかな。公主に並々ならぬ関心があるバーンズは、それに嬉々として従った。その一方で、公主は、噴水の象の一つ――海晏堂の十二支像では馬があったところに乾隆帝が書いたかのような呼び出しの紙を括り付けておいた。高瀬か他の使用人、あるいは風巻にやらせたのであろう。そして、誰かにそれを発見させ、バーンズを除いた全員が、これから起こる出来事を目撃するように仕向けた。但し、その前にやっておかなければならないことが他にもあった。工字棟の屋上を覆っていた擬装の床を全て取り去るか、一部分だけを切り取っておくことだ」

「――――」

「そして、指定の時間になり、バーンズがやって来る。バーンズは、四阿からみんながいた方の回廊に出て、十歩ほど歩いたところで屋上の方を見るように言われていた。それでバーンズに何が起こったか。擬装の床がないということは、そこでは水の中にまで太陽の光が当たり、それが錫によって反射されるということだ。しかし、バーンズは、そんなことなど知る筈もない。屋上へ目を向けたバーンズは、反射された光を受けて眩しさに目がくらみ、後ろへ下がろうして低い手すりに足をとられ、転落してしまった。落ちる前に手を顔のところまで上げ、何かを防ごうとするような、あるいは何かから身を守ろうとするような仕草を見せたのは、眩しい光を遮ろうとしていたのだ。そして、そのまま後ろへ下がろうとした行動が、見えない何者かに押されたように見えてしまった」

「――――」

「勿論、あの時間、あの場所へ光が当たることは、客たちが来るまでに前もって実験を行い、確認をしていたに違いない。バーンズが見えない何者かに突き落とされるところは、やはり目撃してもらう必要があるので、あの場所が選ばれたのであろう。おそらくバーンズには、指定の場所へ行くまでは決して屋上側を見てはいけないと言っておいたであろう。そうでないと、屋上を見た時点で、そこが貯水場だとわかってしまい、その場所が四阿だったら、あそこは広さがあるから、たとえ目がくらんでも下に落ちなかったかもしれない。それに、もし擬装の床の全てを取り去っていたら、貯水場全体から光が反射されてくることになり、指定の場所へ行くまでにバーンズが光に気付いてしまう恐れがある。そういったことから、俺は、擬装の床の一部分だけが切り取られていたのだと思う。だから、さっき十歩ほど歩いたところと言ったが、歩数は正確に決めていた筈だ。そうやって、光がピンポイントで当たるように仕向けていたに違いない」

「つまり遠隔殺人だったわけですね」

犯人はバーンズが死ぬ時、側にいる必要などなかった。罠を仕掛け、それに相手が嵌まるように仕向けておけば、犯行時は離れた位置にいることができたのである。

「だとすると、バーンズが言い残したあのライという言葉は？」

「勿論、乾隆帝のことを言ったわけではない。『乾』の文字を指すドライの聞き違えなどではなかったのだ。但し、バーンズが、自分の見たものを必死に伝えようとしたことだけは確かだった。バーンズは、光のことを言っていたのだよ。光を英語でなんという？」

「ライト！」

私は、その言葉を口にして愕然としていた。

「すると、あれは、アジア版『バスカヴィル家の犬』とでもいうべき事件だったんですか。夜の闇に光る魔犬ではなく、太陽の光に過去の皇帝の幻影を見たんですね」

「なるほど、なかなかうまい表現をするではないか。さすが小説家だ」

「しかし、あの時の状況からして、マイケル・バーンズがダイイング・メッセージを残すことなど、誰にも予想できなかった筈です。それなのに、永暦公主は――」

「公主は英語がわかっていた。だから、ライと聞いて、すぐさまその意味を悟ったに違いない。そして、公主は、それを咄嗟に乾隆帝と結び付けた。実に聡明な女性だ」

と、ダーク探偵も感心している。

あの時、公主の他に英語がわかっていたのは、高瀬とデビット・オーウェンだけであった。高瀬は、公主に忠実な使用人であり、オーウェンは、脅えきって使いものにならなかった。だからバーンズが言い残した英語について、あれこれ詮索する必要はなく、わからないですませてもよかったのだ。

なのに、永暦公主は、そうしないで咄嗟に機転を利かし、ドライを出してきた。

「なんて頭のいい女性だったんだ」

と、私も思う。

それで、あの時、塙少佐も鄭雷峯も風巻も、公主を崇敬に近いような目で見ていたのに違いない。

私は、結城氏の方を見た。ダーク探偵も、そちらへ顔を向けている。どちらの顔にもというか、黒マスクの探偵は、顔の大半が隠れているのでわかり難かったと思うが、少なくとも、私の顔には、これが正解なのかと問い掛ける表情がありありと出ていた筈だ。

結城氏の口元は、相変わらず綻んでいた。そして、いかにも嬉しそうに、

「よくおわかりになられた。さすがに探偵さんだ」

と、ダーク探偵のことを称賛している。

「お二人の言う通り、彼女は実に美しくて、聡明なだけではなく、決断力も行動力もある女性でした」

結城氏の声には、探偵に向けて言った時以上の賛嘆の響きがあった。いや、これも崇敬といった方がいいであろう。

「永暦公主の本当の名前は、なんというんですか」

私は、興味に駆られて聞いてみた。

「さあ、それがわからないのですよ。誰も教えてはくれませんでしたし、わしもとうとう最後まで聞かなかった。わしは、知っている者など誰もいなかったに違いないと思っています。しかし、それでいいのです。彼女は、永暦公主以外の何者でもあり得ない」

ありし日の姿を思い出しているのであろうか。結城氏の口元は微かに震え、サングラスの奥の目が、どことなく遠くを見ているように思われた。しかも、その頰には、ほんのりと赤みがさしている。しばらくの間、それぞれがそれぞれの物思いに耽っているかのような沈黙が続いた後、

「ふむ」

と、ダーク探偵が唸った。

「確かに怪人が消えた謎や見えない怪人の謎は解けたが、わからないこともある。永曆公主は、どうして海晏堂にこだわった殺人を実行したのだ。しかも、モンゴメリの時は、鄭雷峯が自ら犯人となって水の中へ飛び込んでいる。塙少佐も当然一連の真相を知っていたに違いない。彼らも海晏堂にこだわった殺人を認めていたのだ。しかし、なんとも大掛かりなトリックではないか。それに、怪人が水の中へ飛び込んで消えた方法などは蓋然性も高いといえるだろうが、それに比べると、今言ったバーンズ殺しは極めて不確実なものだ。たとえバーンズが指示通りの場所に立って光を受けたとしても、後ろへはよろめかずに前へ落ちていったかもしれない。その時は擬装の床の上か水の中か、いずれにせよ助かった可能性が高い。下の地面に転落した場合でも、薄い砂地の下に石畳があるとはいえ、確実に死ぬとは限らない。それなのに、どうしてあのような遠隔殺人を行ったのか」

「――――」

「疑問はまだある。工字棟へ上がる階段とその先の四阿は、大人の腰の上ぐらいの高さに手すりが作ってあったが、回廊は、階段より幅が狭く、手すりの高さも大人の膝辺りと低かった。これは、転落しやすいようにするためであろう。しかし、海晏堂の四阿には皇帝が来ていたわけだから、通路も皇

帝が歩いた筈で、そんなところを狭く、手すりも低く作るわけがない。つまり幻鶴楼の回廊は、海晏堂と同じようにせず、最初から人が落ちやすいように考えて作られていたことになる。あなたが紅島へ行った時、幻鶴楼が完成したのは十年ほど前だと、永暦公主が言っていた。幻鶴楼を建てたのは祈藤智康という人物だ。つまり、その頃から光の反射を使った転落死を考えていたということになるのではないか。これはいったいどういうことなのだ」

ダーク探偵に鋭い視線を向けられても、結城氏は、泰然としていた。そして、辮髪帽にちょっと手をやってから、悠揚とした口調で、

「若い頃の塙照道氏と祈藤智康氏が北京で鄭雷峯氏の父親と会った話がありましたでしょう」

と話し始める。

「あの時、二人は、鄭秀斌氏から乾隆の黄金象を受け取るのですが、それと一緒に薄い冊子のようなものも渡されました。その時、鄭秀斌氏は、自分の身勝手な願望が書いてあると言っていたそうです。しかも、それは中国人の願望でもあると――。その冊子は、祈藤氏が受け取り、持って帰りました。そこにはこんな話が書かれていたといいます」

まだ円明園が、略奪と放火に遭う前のことである。

乾隆帝の命を受けて円明園を守ってきた家の人間が、阿片を売って中国人を苦しめている西洋人たちを海晏堂に呼び出す。そして、自ら乾隆帝に扮し、まず一人を殺して工字楼の四阿から水の中に飛び込む。水の上には偽の床を作り、工字楼が貯水場とは知らない西洋人たちは、過去から来た乾隆帝が消えたのだと思い込んでしまう。

その人物は、次にもう一人の西洋人を四阿近くの通路まで呼び出して、錫海の光を浴びせ、転落死させる。しかも、その様子を他の西洋人に見せ、彼らは、見えないものに突き落とされたとしか思われない第二の事件も乾隆帝の仕業だと思い、恐怖に駆られた西洋人たちは中国から出ていく話だという。

「なんですって！」

私は、驚いていた。

それは、明らかに幻鶴楼で起こった事件と同じであった。阿片を売って中国を苦しめている西洋人といえば、真っ先に名前が挙がるのはバーンズ・モンゴメリ商会ではないか。

「なんということだ。これは立派なミステリーではないか」

と、ダーク探偵も、黒マスクの奥の目を見張っている。

私は、またパソコンで調べた。

塙照道と祈藤智康は、台湾出兵の談判を行う大久保利通に同行して北京入りをしている。それは一八七四年のことであった。イギリスでシャーロック・ホームズが登場するのは一八八七年であり、その冊子が本当にこういう話であるのなら、ホームズに先立つアジアのミステリー作品になるではないか。なにしろ犯人消失と見えない犯人という不可思議な現象が描かれ、『乾隆魔象』とは違って、それがきちんと合理的に説明されているのだ。

正しくダーク探偵の言う通りである。

「その冊子はもう残っていないのか」

探偵は、身を乗り出していたが、

「残っておりませんな」

結城氏は、あっさりと言った。

「残念！」

と、探偵は、ソファに深々ともたれ、私も、思わずうなだれてしまう。

それにかまわず、結城氏が話を続けた。

「乾隆帝の命を受けて円明園を守ってきた家というのは、明らかに鄭秀斌氏の家のことです。その家の人間とは、時代的にみて秀斌氏の父親を想定していたと思われます」

鄭秀斌氏の父親は、英仏連合軍の乱入を知ると、玉座の間にあった黄金象を持ち出して、妻と子供にこれを持って逃げるように告げ、自分は、乱暴狼藉を行う兵士たちを止めに入って殺されたそうだ。

「秀斌氏は、そんな父親が円明園で西洋人を退治する話を書き、無念の最期を遂げた父親へのささやかな手向けにしていたのでしょう。それと同時に、父親の復讐を紙の上で行った。しかも、それは単に秀斌親子の復讐にとどまりません。円明園が西洋人を退治する舞台となり、西洋人が追い払われるという話は、確かに中国人の願望といってもよかったのです」

「――――」

「だから祈藤智康氏は、アジアから西洋を追い払うために日中が提携するという秀斌氏との約束を果たそうと決めた時、秀斌氏が書いた話を実現させることで、その決意の表明にしようと考えたのです。だから、あのような幻鶴楼を造り、その遺志を永暦公主が受け継ぎ、鄭雷峯氏も、乾隆帝に扮する犯人になることを買って出た。雷峯氏は、それで父の遺志を継ぎ、祖父の無念を晴らすつもりだったのですな」

円明園の破壊は、西洋が中国に行った蛮行を代表するものである。だからこそバーンズとモンゴメリは、海晏堂を模した幻鶴楼で殺されなければならなかった。海晏堂の構造を活かした方法で殺される必要があった。

そういうことなのであろうと、私は理解する。

「さて——」

結城氏は、いささか悄然としている私と探偵を見渡し、

「これでまだ謎を解き明かしていない紅島の事件は、疾走する象が浪人集団を壊滅させた件だけとなりましたな。これも何が起こったかわかっているのですか」

と促してきた。

ダーク探偵は、私の方へ視線を送ってきた。ここまで話したのだから、もうわかっているだろうと言いたげな感じである。疾走する象の事件は、私をここへ来させるきっかけとなった出来事だ。それぐらいは自分で解き明かしたいと思うし、幻鶴楼の工字棟が貯水場だとわかった今となっては、こちらの謎もほとんど解けているといってよかった。

結城氏は、浪人たちが壊滅するのを見た後、幻鶴楼に目をやり、主屋から工字棟へ目を移して、大きな声を上げていた。工字棟がすっかり様変わりしていたのだ。結城氏は、象の疾走を目撃する前に爆発音を聞いているから、それによって工字棟は様変わりしたに違いない。

貯水場であった工字棟は、爆破されたのである。

幻鶴楼の工字棟は、迎象門から真っ直ぐのびた道の、その先に建っていた。幻鶴楼は、高台の上に建っていたので、工字棟の真ん中辺り――その地下に相当するところが、行き止まりとなっている道の真正面に位置していた。

つまりあの時――。

策があると言っていた塙少佐たちは、ちょうどそこを爆破したのだ。幻鶴楼には、武器・弾薬が保管されていたのであるから、そこから使うことができた。そして、工字棟の貯水場は、高台の下――地下に相当する部分まで水がたまっていたに違いない。

すると、どうなるか。

爆破されたところから、水が凄まじい勢いで流れ出してきたのだ。そして、左右に赤い煉瓦壁の聳える道が絶好の水路となり、流れてきた水は他へ分散することなく、正しく怒濤の奔流となって船着場まで達し、海へと出ていった。

その水が、浪人たちを呑み込み、壊滅させてしまったのである。浪人たちのある者は煉瓦壁に叩き付けられ、ある者は海まで流されてしまったのだ。無道大河や和倉巌次も、そうであった。そして、壁に叩き付けられた者は、身体が押し潰され、象にやられたとしてもおかしくないような姿になった。

その時まで工字棟が貯水場であるとは思いもしなかった結城氏は、突然の水の出現に驚くこととなったのである。

私は、そこまでを二人に話し、

「でも、疾走した象の正体がいったい何であったのか、私にはわかりません」

と、正直に言った。

すると、ダーク探偵が口を挟んできた。

「そこまでわかっているのなら、象の正体も推理できるだろう」

「推理――ですか。まあ、本物の象でなかったことだけは確かだと思いますが、具体的にどういうものだったかということになると、これだと言いきることができません。なにしろ迎象門を通り抜ける僅かな間に消えてしまったというのですから――」

「俺は今、怪人が消えるトリックとして、大きな紙か布を使った擬装の床があったことを見破った。そして、結城氏たちが集まった円形テーブルの部屋の壁には、両脚をついて正面を向いた象の絵が壁に描かれていた。これで一つの可能性を指摘することができるのではないか。水と一緒に幻鶴楼から出てきた象は、大きな紙か布に描かれていた、本物の象とほとんど同じ大きさの絵ではなかったかと――」

「絵だったと言うんですか」

「おそらく円形テーブルの部屋と同じ構図で描かれていたのであろう。あの時、永暦公主は、壁画の象のことを祈藤智康が我が家の守り神にしようとして描かせたものだと言っていた。そして、幻鶴楼の工字棟を爆破して水を噴出させるという策は、幻鶴楼が何者かに襲われた時の最後の手段だったと考えられる。明の末裔を密かに匿う場所だったので、祈藤智康が、そういう万が一のことに備えて、あのような仕掛けを造らせていたのであろう。武器・弾薬が保管してあったことからして、軍の協力・

承認も得ていた筈だ。そして、貯水場の水の中に、護符のようなもののつもりで守り神である象の絵を等身大にして潜ませていた。それも一枚ではなく、何枚も――」

「すると、工字棟が爆破された時――」

「絵は破損することなく、水と一緒に出てきたというわけだ。しかも、うまい具合に象の絵がきちんと正面を向いて広がり、水の先頭を行くような形になったため、象が向かってくるようにしか見えなかった。そして、迎象門を通り抜ける間に象の絵も水の中に呑み込まれ、広がっていたのもしぼんでしまったので、門を出てくる時には消えてしまったように見えた。結城氏が道の途中で見つけたのは、そうした象の絵の残骸だったのだ。破れたり、ちぎれたり、丸まったりと、ぐちゃぐちゃになっていた。中には、海まで流れていったものがあったかもしれない。しかし、紅島やその周辺の海で象の絵が見つかったという話は出ていないようだな」

「ええ。私を紅島へ案内してくれた人も、象はどこにもいなかったと話していました」

「おそらく島にあったものは軍の攻撃で吹き飛ばされたか、燃えてしまい、海へ行ったものもどこかへ流れてしまって、一枚も見つからなかったのであろう。見つかっていたとしても、破れたり、ちぎれたりした断片だったので、象だとわからなかったのかもしれんな。いずれにせよ、そうしたことから、象の謎は暴かれることなく、伝説だけが残った。君に疾走する象の話をした者は、象が飛行機にも劣らない速さで襲い掛かってきたと言っていたようだが、これも物凄い速さだったという話が、伝えられていくうちに表現を変えていったのではないか」

私は、結城氏に目を向けた。

「お見事ですな。まるで実際に目撃されたかのようだ」

と、結城氏が、やはり探偵を讃えている。

「公主も、象の絵があれほど見事に揃って出てきたことをとても驚いていました。やはり象は自分たちに奇蹟を起こしてくれるものだったと言っていました」

「象の奇蹟ですか。確かに公主のまわりでは、バビロンの象や燃え盛る円明園に現われた象と、他にも奇蹟を見せてくれていますね」

「それと、龍骰殿の象もいます」

「龍骰殿の象？　どういう意味です」

しかし、結城氏は、私の問いには答えず、ダーク探偵に聞いていた。

「紅島の謎を鮮やかに解いたあなたなら、こっちの謎ももうわかっているのではありませんか」

「そうだな」

探偵は、緋色の裏地をした濃紺のマントをびゅんと翻し、傲然とふんぞり返っていた。

「さっき結城氏が教えてくれた幻鶴楼の事件には、そのもととなるようなミステリーめいた小説があったことと、今の龍骰殿の象という言葉で、この事件にも確信が持てた。やはり、あの密室は『乾隆魔象』に倣い、そして、密室を解く鍵は象だったのだ」

象？

いったいどういうことなのか。私には、全くわからなかった。

二

「ミステリーでいえば、紅島の事件は、ハウダニットというべきものであろう」

と、ダーク探偵が、また説明を始めた。

ハウダニットとは、どのようにしてそれが起こったのかという謎を追究するものである。

「だから、フーダニットについての興味は薄い」

フーダニットとは、犯人は誰かということだ。

「確かに紅島以外で起こった事件も、永暦公主とその仲間たちがやったことのようですね」

と、私は言った。

「うむ。龍骰殿の事件は、里中少尉も噛んでいたようだから、少尉は勿論、彼らと一緒に来ていた五人の兵も協力して、あの密室を作り上げたのだ」

「しかし、いったいどうやって――」

「あれが、アジア版『まだらの紐』だということを忘れるな」

龍骰殿の密室は、『まだらの紐』と同じように穴が開いていた。五本の指が通るかどうかというぐらいの、『まだらの紐』に出てくるものよりも大きな穴だ。

「どうして穴を開けているのか。単に五行の気を取り込むという観念的な問題だけだったのか。そして、もう一つ重要なことは、龍骰殿という建物の名前だ」

「龍は皇帝の象徴であり、骰はサイコロのことですね」

「これも、どうしてサイコロと同じ形の建物にしたのか、大いに疑問だとは思わんか」

龍とサイコロとは、確かにおかしな組み合わせである。

「すると、どちらにももっと現実的な理由があったということですか」

「サイコロとは何かわかっているだろうな」

「転がして一から六までの数字を出すんでしょう」

私は、サイコロが転がっている様子を脳裏に思い浮かべる。

「そうだ。転がすのだ」

ダーク探偵は、ニヤリと口元を歪めていた。

それを見て、私は、愕然とする。

「ま、まさか。龍骰殿も転がしたというんですか」

「サイコロと同じ形にする必要性となれば、まずはそれが考えられるだろう。そして、そう考えれば、龍骰殿の屋根に龍の五本爪に擬えた突起が付いていることにも合点がいくではないか。あれも、現実的な理由があってのことに違いない」

「――――」

「龍骰殿は、地面の中に基礎があって、その上に建てられていたものではなかった。地面の上にただ置かれていただけだった。だから転がすことができた。それに龍の五本爪の突起が使われたのだ。あの突起は、花びら状の形をしていた。その花びらの根本のところにロープか鉄の鎖を引っ掛けるのだ。そして、その端を自動車に括り付ける」

「自動車！　紫仙館には、アメリカの大統領も使ったというキャデラックのツインシックスがありましたね」

「それも五台あった」

そう、五台目の車があった。結城氏が、紫仙館へ着いた時に目撃している。

「あれも考えてみればちょっとおかしいのではないか。あの時、紫仙館にいた使用人は四人で、その四人が運転手をしていた。しかし、車は五台あった。勿論、祈藤財閥の使用人はもっといた筈で、五人目の運転手がいたとしてもおかしくはない。しかし、結城氏の話に、五人目の運転手は出てこなかった。それなのに、どうして五台あったのか」

「――――」

「俺は、こんなふうに考えた。五つある龍の突起は、どれも屋根部分の端の方にあり、そのうちの三つは、扉がある南側の両隅と真ん中、残りの二つは、それとは反対になる北側の両隅にあった。そこで、まず北側の二つの突起にロープか鎖を通し、それぞれ二台の自動車に括り付ける。車は、勿論、黒い北面の壁の前――突起と同じ両隅のところにとめてあったのだろう。そして、二台の車の間にはもう一台――こちらはロープや鎖ともつながっていない車をとめておいた。位置的には両隅の二台が壁から離れていて、真ん中の一台は壁のすぐ前といったところだ」

「――――」

「そして、両隅の二台を動かし、ロープか鎖を引っ張る。すると、龍骰殿は、引っ張られる方へ傾き、北面を下にする形で倒れていく。しかし、一気に倒れてしまうと大きな衝撃があり、扉に貼り付けた封印の紙が剝がれてしまうかもしれない。そこで、真ん中の一台が壁の支え役となるのだ。この車を龍骰殿の傾き具合に合わせて動かし、一気に倒れてしまうのを防ごうというわけだ。こうして徐々に徐々に倒していった」

「――――」

「しかし、これでは車の方が傷付いたり、へこんでしまうのを防ぐことができない。それで五台目が必要だったわけだ。結城氏たちが紫仙館を出ていく時、四台のうちの一台が壊れていたら、いやでも注意を引くことになってしまうが、乗る予定のない余計な一台なら、傷付いた車体をどこかへ隠しておいたとしても気にすることはなかったであろうし、実際、誰も五台目の車など気にしていなかった」

「確かに、それはその通りですが、今の方法だと、龍骰殿の壁を覆っていた四神の幕も傷付いたり、破れてしまったりするのではないですか」

「その場合は、幕を取り替えるか、車を動かす前に外しておけばいいではないか。しかし、どちらの場合にせよ、壁も傷付くのを防ぐことはできない。だから、龍骰殿は、四神の色を表わした幕で覆われていたのだ。あれも単なる装飾ではなく、中の壁を見せないようにするためだったのだよ」

「――――」

「こうして龍骰殿は、北面を下にして倒れることとなった。そして、この北面には、五行に擬えた五つの穴が開いていた。つまり、この穴が地面に接することとなったのだ。龍骰殿の床部分の四隅と中央に穴が開いている形になったわけだな。しかし、中央の穴は完全に見えなくなっているから、外からはどうすることもできない。これに対し、四隅の穴はまだ外とつながっている。この時、剽轍麟は、いったいどうなっていたであろうな」

「北面が床になったんですから、剽轍麟が縛り付けられていた床部分は、南側の壁になったということですね」

「そうだ。北側を頭にして×の字のような形に縛り付けられていた剽轍麟は、頭を下にする格好で——つまり逆さまになっていたことになる。しかも、彼の手足を縛っていた縄は随分と余っていた。そこで外にいる人間は、四隅の穴から先端が鉤状になったものを差し入れ、余った縄を引っ掛けて穴の外へ引っ張り出した。頭に近い手を縛り付けていた縄は遠い方の穴まで引っ張り、足のところから垂れていた縄は、手の近くにあった穴から引っ張り出したに違いない。そして、この縄を別の縄とつなぎ合わせ、それぞれの縄を四台の自動車に括り付け、車を動かす。すると、どうなる？　中国にはこうした例があったのではないか」

「あっ！」

私は、結城氏が剽轍麟の白系ロシア人部隊によって虐殺された村へ行った時のことを思い出していた。

あの時、惨殺死体の中には、凌遅の刑にさせられたものがあり、他にも中国ではさまざまな酷刑が行われていたことを、和倉巌次が話していた。車裂・皮剝ぎ・腰斬・抽腸などである。今、ダーク探偵が語った剽轍麟の格好は、車裂の刑に似ていた。

私は、パソコンで検索する。

車裂の刑とは、凌遅よりも古い時代——紀元前の頃から行われていたもので、地面に横たえられた人間の頭と手足を車に縛り付け、馬に引かせるものであった。頭と両の手足を全く別方向へ引っ張るのである。

すると、しばらくは頭と手足が別方向へピンと伸びた状態になるが、それも限界を超えると、頭や手足が引き裂かれてしまうという恐ろしい刑罰だ。車を介在させず、直接、馬や牛に引かせることもあるらしい。

「つまり剽檄麟は、正しく車裂の刑にさせられたわけですか」

私は、その光景を想像して、胃の底から苦いものが込み上がってくるような感覚に襲われた。

四台の自動車が、それぞれ床部分に開いた四隅の穴の延長線上に前進していく。すると、まず剽檄麟の手足を縛った縄とつながっていた突起物がとれて、剽檄麟の身体は、自動車に引っ張られる縄の動きに合わせて、新たな床部分となったところに、また×の字のような形で貼り付けられる格好となった。

剽檄麟の手足は、四隅の穴の方へ向かって伸び、手足を縛った縄は穴を通って自動車とつながっているのだ。しかも、車は、前進を続けるので、剽檄麟の手足も四方向へ引っ張られ続け、そして——。

中国の歴史上で行われていた車裂の刑と違うのは、引っ張られていなかった頭だけはそのままだったということである。

「ことが終わると、車は動きを止め、まず縄の処理を行ったであろうな」

ダーク探偵は、むしろ淡々とした口調で、説明を再開した。

「本来なら、剽轍麟の手足を縛っていた縄と自動車につないだ二つの縄をほどけばいいのだが、おそらく二つの縄は相当に強くつなぎ合わされていたのであろう。なにしろ車に引っ張られても外れないようにしなければならなかったわけだからな。もしかしたら、ここでも鎖というか何か金属製のものを使って二つの縄をつないでいたかもしれん。あるいは最初から車につないだのは金属製の鎖だった可能性もある。いずれにせよ、つなぎ合わされた二つを丁寧にほどいている時間などなかった。そのため、龍骰殿側の縄をすっぱりと切断しておいた。しかし、剽轍麟を縛った時と縄の先の状態や縄の長さが変わっていたら、死体が発見された時に、誰かが気付くかもしれない。そこで、龍骰殿側の縄を燃やしておくことにしたのだ」

「――――」

「翌朝、扉を開けた龍骰殿の中には、五行にまつわるものが残されていた。燃えた痕があり、木の枝や鉄の欠片、土などが落ちていて、濡れているところもあった。これは、縄を燃やしたことが怪しまれないようにやったことだったのだ。縄以外に剽轍麟の身体もいくらか燃えていたようだが、燃えた痕だけであれば、やはり誰かが怪しむかもしれない。そこで、燃えたのは五行の一つだと思わせるために、他の四つも残しておいたのだ。そうしておいて、次は龍骰殿を元の状態に戻した。これは、最初の時と逆にやればいい」

　つまり使う突起も、最初とは逆のものになるというわけだ。扉側に付いていた二つの突起のうち、両隅の二つにロープか鎖を引っ掛け、それを自動車につなぐ。この時、扉側の壁は、龍骰殿全体が北側へ倒れたことによって、屋根部分になっていた。そこの突起と自動車をつなぎ、今度は南側へ引っ張るのである。勿論、二台の自動車の間には、支え役の自動車も用意して、この時も一気に倒れないように配慮した。

しかも、この時、五台目の自動車によって支えられていたのは、倒れた時に床部分となる壁であった。つまり元の状態に戻ると、この壁は外から見えなくなるのだ。従って、今度は壁がどんなに傷付いてもよかったということになる。

「勿論、これだけのことをやるには、何度も練習をしたに違いない。床の突起物は、最初から外れやすいように作っていたのであろうし、縄も自動車の引っ張りに耐えられるよう強靭なものにしていたのであろう。もしかしたら、龍骰殿自体も何度か造り替えていたかもしれんな。こういうことを事前に試していたのだ」

「――――」

「そして、剽檄麟の身体に合わせた人形なども使っていたのではないかな。それで車も何台かはすでに壊していたことであろうが、祈藤財閥の力からすれば、龍骰殿を何度造り替えようが、高価な車を何台購入しようが、どうということではなかった。しかし、どれほど事前に試していたとしても、実際に生身の人間を引き裂くのはあの時が最初であった筈だ。だから、龍骰殿を倒すのと併せ、うまくいくまでは結構時間が掛かったと思われる。それがわかっていたからこそ、縄の後処理を迅速にして五行でごまかす方法を行ったのであろう」

自動車を運転したのは、高瀬をはじめとする四人の使用人であった筈だ。龍骰殿を倒す時は、支え役の車を入れて三台、剽檄麟の手足を引っ張った時は四台だから、彼らで充分に間に合うのである。

しかし、龍骰殿の倒れ具合を見たり、手足を引っ張られる剽檄麟の様子を確かめたり、また縄や鎖などの状態を見ることも必要だったであろうから、そういうことは風巻や里中少尉でやっていたのではないか。他にも縄や鎖を突起や自動車などにつなぐ作業、四神の幕を取り外したり、取り付けたりする作業など、やることは一杯あったので、やはり五人の兵の協力も必要である。

だから、彼らも事前の練習から加わっていたに違いない。

そして、永暦公主と塙照正少佐も、龍骰殿に来て立ち会っていた筈だと、私は思っている。二人の性格からして、あのような時に部屋でじっと籠っていることなど考えられない。もしかしたら自ら作業に手を貸していたことだってあり得たかもしれないのだ。

「とにかく、これで龍骰殿は元の状態に戻った。そこへきれいな四神の幕をかぶせておけば、その中の壁に付いた傷などは隠れて見えなくなる。ロープか鎖をつないだ龍の五本爪の突起も傷が付いた恐れはあるが、予めタオルのようなもので突起を覆っておけば、それほど付かなかったのではないか。なにしろ、あの現場で真相を知らなかったのは、結城氏と無道大河、和倉巌次、郭岐山の四人だけだ。彼らは、剽檄麟の無惨な姿に驚き、龍骰殿の中やまわりをじっくりと調べる余裕などなかった。少々の傷があったとしても、気付かなかったであろう」

「確かにわしたちは、わざわざ中を検めたり、幕をめくったりなどはしませんでした」

と、結城氏も認める。

「龍骰殿のまわりの地面では龍骰殿が倒れたり、自動車を動かした痕跡なんかもあったかもしれません。おそらくことが終わった後は地面を均したりしたんでしょうが、それでもなんらかの痕跡が残っていた可能性はあります。しかし、あなたたちは、それも確かめなかったんでしょうね」

私の問いにも、結城氏は頷く。

「なにしろ剽の死体を見つけた直後に、乾隆帝を目撃するということもありましたからな。過去の人物に密室の死体。信じ難い出来事の連続に、それどころではなかった」

「そうだ。乾隆帝があの時にも現われましたね。幻鶴楼に現われた乾隆帝が鄭雷峯氏だったのですから、あれもそうだったんでしょう。勿論、あなたが紫仙館へ着いた時に見た満州族姿の人物も彼だった。そう考えて、あなたの話を思い返してみれば、あなたと風巻氏が鄭雷峯氏を連れて紅島へやって来た時、紅島へ来るのは初めてだったようですが、紫仙館のことは知っていたと思われます。鄭雷峯氏は、永暦公主が鄭氏と交わした挨拶からして、明らかに初対面ではなかったですね。しかも、鄭は、幻鶴楼の噴水に興味を示していましたが、紫仙館のことが何度か話に出ても、それについて聞いたりはしなかった。鄭雷峯氏は、紫仙館のことをすでに知っていたんでしょう」

「そうです。鄭雷峯氏は、紅島へ来る前から永暦公主や塙少佐と知り合いで、紫仙館にも行ったことがあるのです」

と、結城氏は、これも認める。

「そして、鄭雷峯氏自身も、あの時、永暦公主と一緒に剽檄麟が引き裂かれる現場に立ち会い、あいつの最期を見届けたそうです。公主から聞いたところによりますと、剽は、公主たちが深夜、龍骰殿へやって来た時、すでに薬が切れて目覚めていたといいます。それで助けてくれと泣き喚いていたのですが、聞き届けられることはなく手足を引き裂かれて死にました。あの外道《げどう》に相応しいみじめで醜い最期です」

結城氏は、その口元に歪《いびつ》な笑みを浮かべていた。その言葉に死者を悼む響きなどは微塵もない。随分と昔のことなのに、鼠鬼将軍への嫌悪と憎悪は、今なおおさまっていないようである。

私は、慄然とした思いに捉われていたが、ダーク探偵は、そうした感傷などないかのように、また推理を披露した。

「龍骰殿の密室には、他にも協力していた連中がいたな。幻鶴楼の時と同じように、あの時にも軍の演習が行われ、砲声が一晩中響き渡っていた。龍骰殿の時は、台湾軍がやっていた。なにしろ一気にではないとはいえ、龍骰殿を二度も倒しているのだ。このために、自動車も動かしている。自動車は、剽檄麟の手足を引き裂くのにも使っていたから、相当長い間動かしていたと思われる。紫仙館と龍骰殿の間は、歩いて十分ほどかかるとはいえ、こうしたことによって生じる音が紫仙館に全く届かないという保証はない。剽も盛大に悲鳴を上げた筈だ。だから演習が行われ、途中からは間断なく砲声を響かせて、そうした音を掻き消していたのだ。それと龍骰殿の場合は、幻鶴楼の時と違って兵まで協力しているわけだから、おそらく台湾軍も、何が行われているかは知っていたのであろうな」

「ええ。中国の人々から忌み嫌われている剽を抹殺することに異論はほとんど出なかったと聞いています。日本の中にも剽の悪行を嫌っている者が少なくなかったのです。ただ剽は張作霖の子分でしたから、日本軍が関与したことを張に知られないよう死体の後始末も台湾軍で密かに行ったようです」

と、結城氏は言った。

これも台湾軍に配属されていた塙少佐から塙侯爵に話が通され、台湾軍が協力することになったのであろう。

「これで龍骰殿の密室の証明は終わりだ」

ダーク探偵は、またマントを翻し、満足そうにふんぞり返っていたが、私は、消化不良のような思いを拭い去ることができなかった。

「あれっ、さっき龍骰殿の象が密室の鍵になるということを言ってなかったですか。でも、今の推理に象は全く出てこなかったですよね」

すると、黒マスクの探偵は、マスクの奥から、どことなく嘲るような目を向けてきた。

「それまでの話をどう聞いていたのだ。俺は象のことを言う前に、幻鶴楼の事件に元ネタがあったことを指摘したではないか。そして、龍骰殿には明らかに元ネタがある」

「『乾隆魔象』ですね。あれには象が出てきます。すると――」

「『乾隆魔象』も、もともとミステリーだったのだ。密室を合理的、論理的に解くような話になっていたのだよ。あの話を読んで、おかしいとは思わなかったか。龍骰殿は、どうして転がることを前提にしたサイコロの形をしているのか。龍の五本爪の突起はどうして必要だったのか。どうして四神の絵は幕に描かれなければならなかったのか。もし最初から五行による天罰の物語を構想していたのであれば、建物の形はもっと普通の中国風か西洋風のものにして、五行の穴も『まだらの紐』と同じような鼠さえ通り抜けられるかどうかという小さいものにしてもよかった筈ではないのか。いや、穴など登場させずに、現場は完全な密室にして、そこへ五行にまつわるものが出現したり、龍が引っ掻いた五本爪の痕があったりした方が、もっと不思議さが増したであろう。しかし、そうはしなかった」

「つまり、そうしたものはミステリーでいうところの伏線だったというわけなんですね」

「そうだ。自動車ではなく、象を使って龍骰殿を倒し、五行の穴から出た縄を引っ張るという話だったに違いない。龍骰殿が円形の壁に囲まれた広大な空間の中で、ぽつんと建っていたこともおかしいといえばおかしい。あれは象が動くスペースを確保する意味もあったのではないか。しかし、そういう話は、他の人々に余り喜ばれなかったのであろう。なにしろ当時の中国では、阿片戦争でのイギリスの正確な砲撃をまじないによるものだと思っていたぐらいだ。誰も出入りのできない場所で人が殺されるという謎がきちんと解かれるよりも、五行の力で天罰が下されることにした方が受け入れられたに違いない。だから、ああいう形に直され、人々の間に広まっていったのだ。しかし、謎解きの伏線として書いていた部分は、そのまま残されることになった。書き直すのが面倒だったのか、敢えて元の形をとどめておいたのか、理由はわからんがな」

「象を使った密室ですか」

『モルグ街の殺人』と同じ頃に書かれたであろう『乾隆魔象』が象を使っていた。これは、『モルグ街』と充分に対抗しうる作品となるのではないか」

「なります。なりますよ」

私は、すっかり興奮していた。

「そして、当時の中国でそうしたミステリーめいた話が何の関係もない人間の間で複数書かれたとは思われない。海晏堂を使った話が鄭秀斌なる人物の手によるものであるなら、『乾隆魔象』を書いたのは、彼の父親ではないかな」

「なんですって！」

私は、ダーク探偵と一緒に結城氏へ顔を向けていた。

すると、結城氏は、

「その通りです」

と、ここでも認める。

「鄭秀斌氏の父親は、英仏の狼藉から円明園を守ろうとして命を落としたことでもわかるように、イギリスが阿片という害毒を中国へ押し付けている現状に大きな憤りを抱いていたそうです。それで秀斌氏の父親は、『乾隆魔象』を書いた。最初の形は、確かに象を使ってイギリス人を殺す話だったと聞きました。それを書いた時は、まだ二十代だったそうです」

結城氏の話によれば、塙照道と祈藤智康が北京で鄭秀斌と会った時、彼は、祈藤智康と余り変わらない年齢であった。この時、祈藤は二十二歳だから、鄭秀斌も同年齢だとすれば、彼は一八五二年の生まれ。阿片戦争は、その十二年前に起こっている。息子が生まれた時、父親が三十二歳であれば、ちょうど二十歳になるのだ。

しかし、二十歳では少し若過ぎるように思われる。『モルグ街の殺人』が発表された時、ポーは三十二歳であったから、実際はもう少し年齢が上だったのであろう。それでも、ポーより若かったことだけは間違いがない。

「それにしても、よくそのような話を書きましたね」

と、私は、感心していた。

「秀斌氏の父親は、いったいどこからミステリー的な話の知識を得たんでしょうか」

「そこまではわしにもわかりませんな」

「私はこう思うんです。代々の鄭家が守ってきた円明園には、西洋楼を造った宣教師が残していった西洋の書物もたくさんあったのではないでしょうか。『モルグ街の殺人』は、世界最初のミステリーといわれていますが、それ以前にも推理的要素を持った作品は存在しているんですよね。となると、宣教師が取り寄せた書物にも、そういうものがあったのかもしれない。秀斌氏の父親は、そうした本を読んで解決編のある『乾隆魔象』を書いたのではありませんか」

しかし、これには、ダーク探偵が、

「さあ、どうかな」

と、賛同しなかった。

「円明園の西洋楼には、外からでは西洋館としか見えない貯水場があったのだろう。そういうふうに造れと命じたのは、当然、乾隆帝に違いない。貯水場を洋館に見せ掛けるとは、正にミステリー的な発想ではないか。鄭秀斌の父親は、そうしたことから、ミステリー的な話を思い付いたのではないか。そして、その知識と才能を息子の秀斌も受け継ぎ、海晏堂の話を書いた。どちらの作品も、ミステリーとして、ポーやドイルに決して引けをとるものではない」

「確かにその通りですね。――ということは、アジアのミステリーは、西洋の知識を借りたのではなく、アジア人が独自に創り上げたということになるんですね」

「その方が夢があっていいだろう」

そう言って、ダーク探偵が、ここでも身体を乗り出しながら、結城氏に、

「書き直す前の謎が解かれる話の原本は残っていないのか」

と尋ね、私も、大いに期待したが、

「それも書き直した段階で破棄されたそうです」

と、あっさり否定されてしまった。

「なんということだ」

ダーク探偵は、地団駄を踏まんばかりに悔しがり、私も、激しく落胆していた。

しかし、結城氏は、そんな私たちにかまうことなく言葉を続けた。

「象の代わりに自動車を使うことにしたのは、やはり永暦公主の提案だったそうです。そのようなことを思い付くとは、さすがという他ありません。祈藤智康氏は、鄭秀斌氏との約束を果たそうと決めた時、息子の鄭雷峯氏と接触しました。すでに秀斌氏は亡くなっていましたのでな。しかし、祈藤氏も亡くなってしまい、その遺志を永暦公主が引き継いだのです。つまり塙少佐と出会う前から、公主と鄭雷峯氏は知り合っていました。そして、まずは円明園の略奪で富豪となったジャンルカ・ゲロをその円明園で殺し、次に塙少佐も仲間に加わって、雷峯氏の祖父が書いたという『乾隆魔象』の原形に擬え、剽を殺した。こうして鄭氏と公主・塙少佐の間には同志的な結び付きが強まり、これに塙侯爵も賛同して、幻鶴楼の事件に向かっていったというわけです」

紅島で軍艦の砲撃にさらされていた時、鄭雷峯は、祖父や父の夢をかなえることができたと言って

いたが、それは、祖父と父が文字で表現した中国人を苦しめる者への復讐を、実際に果たすことができたということを指摘していたのであろうと、私は思った。

三

「さあ、これで残るのは、塙少佐が過去へ行った話、そして、過去の円明園でジャンルカ・ゲロが殺された事件になりましたな。これについても探偵さんは、もうわかっているのではありませんか。この象と同じものが見えそうだと言っていたでしょう」

そう言って、結城氏は、私が紅島で見つけた象の頭を、また懐かしげに見ていた。

確かに、ダーク探偵は、そんなことを言っていた。しかも、それだけではなく、私に対しても――。

「あなたは、私もこれと同じ象を見ていると言っていましたね。あれはどういうことでしょう」

落胆の表情をなんかと拭い去った探偵は、

「ああ」

と言ってから、

「それは君の受賞作を読んだからだ」

と応じた。

「君の受賞作は、カリスマ映画監督と有名女優の夫婦が暮らす豪奢な館に一癖も二癖もある人物が集まるという話だったな。だから、映画の蘊蓄《うんちく》がいろいろと出ていた。この象についての話は出ていなかったが、映画のことを調べたのなら、それと出くわしているのではないかと思ったのだ」

「この象と――」

私も、象の残骸に目をやった。そして、結城氏の話に出てきた象の全体像を思い浮かべる。前脚を大きく上げ、後ろ脚だけで立つような格好をして、長い鼻も高々と上げている、あの姿だ。

すると、私の脳裏に浮かんでくるものがあった。慌ててパソコンで検索する。しばらくの間、いろいろなサイトをさまよい、遂にこれだというものに行き当たった。

私は、思わず叫んでいた。

「イントレランス！」

「見つけたな」

ダーク探偵が、ニヤリと笑う。

『イントレランス』は、一九一六年にアメリカで公開された映画である。監督は、D・W・グリフィス。当時の巨匠といっていい存在で、『イントレランス』は、一説には百九十万ドルともいわれる巨費をかけ、当初は八時間にも及ぶ超大作であったという。その後、カットされて、現在観ることができるのは二時間から三時間程度になっている。

映画も長大なら、物語も雄大であった。四つのストーリーが、同時進行的に描かれていくのだ。

一つは、古代の都バビロンが滅ぼされる話。そう、バビロンが出てくるのだ。

そして、キリストの処刑と十六世紀のフランスで起こった聖バルテルミーの虐殺が描かれる。聖バルテルミーの虐殺とは、プロテスタントとも呼ばれるユグノー教徒――つまりキリスト教の新教を信仰する人たちが、カトリック側の政権に虐殺された事件である。

四つ目は、この映画が創られた同時代を舞台にしていた。一人の若い労働者が、いわれのない罪を着せられ、死刑判決が下されるという話だ。

探偵の言う通り、私の受賞作に『イントレランス』の話は出てこないが、映画の歴史を調べて、この作品に行き当たっていた。『イントレランス』は、映画史を語るうえにおいて欠かすことのできない作品だったのである。

そして、その『イントレランス』で最も有名なものといえば――、
私は、パソコンの画面に出ている写真を結城氏に見せた。

「この象の全体の姿はこうだったのではありませんか」

「おう！」

結城氏は、嘆声を洩らしていた。サングラスの掛かり具合を直して、じっと見入っている。その奥の隠れた目を含め、顔全体に激しい興奮が隠しようもなく表われていた。

「これです、これです。懐かしい、実に懐かしい」

結城氏は、両手でパソコンを摑み、画面に顔を近付けていた。

そこに映っていたのは、『イントレランス』のバビロンのパートで使われていたセットの写真であった。中央に石畳の道が伸び、その先に階段があって、昇りきったところに壮大な門のような建物が見えている。そして、階段の左右にも巨大な柱が林立して、その上に象が並んでいるのだ。

勿論、造り物の象である。それが後ろ脚で立ち、前脚と鼻を高々と上げるというポーズをとっていた。同じ写真に写っている人間の姿から、かなりの大きさであることがわかる。『イントレランス』では、こうしたセットが野外に造られていたのだ。

その写真に見入って、しみじみと感傷に耽っている結城氏から、ダーク探偵が、パソコンを取り上げ、そこに出ている『イントレランス』の情報を読んで、

「うん、うん。俺の思っていた通りだ」

と、一人で悦に入っている。

「これが、『イントレランス』が、あの塙少佐の体験とどうつながるんですか」

私は、いてもたってもいられないという感じで尋ね、一方、黒マスクの探偵は、濃紺のマントをびゅんと翻してから、悠然と話し始めた。

「祈藤財閥の一番の商品は樟脳だったそうだな。台湾では樟脳の生産が一時世界の九割を占めていたと聞く。樟脳からは、さまざまな化学製品が造られるが、その一つにフィルムがある。当時は、映画のフィルムも樟脳などを原料としたセルロイドから造られていて、それが戦後のある時期まで続いていたのだ」

確かに祈藤財閥は、樟脳王国と呼ばれ、傘下に大和セルロイドという企業を持っていて、そこから派生した富士見フィルムは、今も日本を代表する企業の一つとなっている。

「祈藤財閥は、世界の九割を占めたという樟脳の販売を通じて、映画フィルムの製造にかかわっていたのであろう。しかも、ただフィルムを提供するだけにとどまらず、その財力を用いて映画そのもの

の製作にもかかわっていたのではないか。それで永暦公主は、アメリカへ行っていた。公主がいたのは、アメリカにおける映画の都ハリウッドだ。だから、あの時、塙少佐が連れて行かれたのもハリウッドだったのだよ」

第一次世界大戦が終わった後、空前の繁栄を迎えたアメリカでは、映画も隆盛を極め、ハリウッドは、第一次黄金時代というべき栄華を誇っていた。

「塙少佐が結城氏に話したことを思い返せば、そのことがはっきりしている。塙少佐が余部大佐と一緒に日本人移民の会合へ行ったのは、二月六日にワシントン会議が終わった後だ。それなのに、塙少佐をバビロンの廃墟へ連れて行った永暦公主は、パーティーで踊っていたのと同じ薄くて露出の多い衣装を着たまま野外に立ち、塙少佐は、その衣装の公主に何もしなかった」

本当に時間の壁を超えたのかと、呻くように尋ねることとしかしていない。

「北京で円明園の廃墟へ行った時、少佐は、毛皮のコートを着ていた公主にさえ自分の外套を渡そうとしていたではないか。しかし、アメリカでは薄着の公主に何もしなかった。二月のワシントンは結構寒い筈なのに何もしなかったのだ。あの時の塙少佐は、軍服の上に外套を着ていなかったのではないか」

「つまりワシントンほど寒いところではなかったということなんですね」

「塙少佐と余部大佐が行った移民の会合が何であったかを思い返せば明らかだろう。あれは、カリフォルニア州の排日土地法に不満を抱く者たちの集まりだった。そのことを考えれば、あの会合がカリフォルニアで行われたと考えても問題はない。移民たちが塙少佐と余部大佐をワシントンに訪ねてきたのではなく、二人をカリフォルニアに招待したのだ。そして、ハリウッドもカリフォルニアにある」

ハリウッドは、カリフォルニア州のロサンゼルスにある。

探偵からパソコンを取り戻し、検索してみると、ワシントンの二月は、日が暮れると氷点下になることもあるが、ロサンゼルスは、おおよそ十度前後だ。九十年前は、今よりももう少し気温が低かったかもしれないが、それでもワシントンとの差は歴然としている。

「円明園の廃墟で塙少佐が永暦公主に外套を渡そうとした時、こんなことも言っていただろう。ここまで寒いのには慣れていないでしょうと――。もし冬のワシントンで、それも夜に薄着の衣装をさらした公主を見ていたならば、こう言わなかったのではないか。寒さにも強いと思った筈だ。それに、塙少佐と永暦公主が出会ったパーティーの様子を思い起こせば、『イントレランス』を擬えた仮装をしていたことが明らかだろう」

ダーク探偵の言う通りであった。

会場の前にあった象は、バビロンのセットにあった象と同じで、会場の中ではキリストの『最後の晩餐』と同じ趣向があり、十字架を背負ったキリストや、中世ヨーロッパ風の衣装の人々にユグノー教徒の伝道師がいた。そして、永暦公主の衣装は、バビロンの巫女。正に『イントレランス』の世界である。

『イントレランス』は、膨大な製作費をつぎ込み、壮大なセットを造りはしたが、それに見合うほどのヒットとはならなかった。そのため、バビロンのセットも撤去をする費用が捻出できず、長い間放置され、廃墟のようになっていったと、さっきのサイトに出ていた。塙少佐が永暦公主に連れて行かれたのは、この廃墟と化した『イントレランス』のセットだったのだ。そして、この時のバビロンが映画のセットだとわかれば、ジャンルカ・ゲロが殺された円明園も何だったかは自ずとわかってくるだろう」

「あれもセットだったというわけですか」

「塙少佐は、結城氏に嘘を言っていないと話した。全ては自分がその時に見聞きした本当のことばかりだと——。但し、少佐も、話にいくらかの省略があったことは認めている」

疾走する象が浪人集団を壊滅させた後、永暦公主たちが結城氏に真相を話していた時のことである。

「アメリカの話では、ワシントンからカリフォルニアへ行ったことを、少佐は省略していた。ゲロが殺されたことでも、それと同じような省略があったのだ。あの時、塙少佐は台湾へ行っていた。だから、少佐が忽然と現われた円明園を見た窓は、紫仙館の部屋にあるものだと思った。紫仙館にも立派な客室があっただろう。剽檄麟が殺された時、結城氏も、そこに泊まっている」

「——」

「しかし、塙少佐がいた場所は、そこではなかった。あの時、少佐がいたのは列車の中だった。台北から分岐していた祈藤財閥の私設路線である祈藤線の列車の中だ。祈藤線の列車には、高級ホテル並みの客室を備えた貴賓車があり、塙少佐は、それに乗っていたのだよ。やはり移動の場面を省略していたのだな」

「つまり、あの出来事は、塙少佐が紫仙館へ着く前——その途中で起こっていたということなんですね」

「そうだ。列車に乗っていたからこそ、僅か十分ほどの間に列車は移動して、窓の外の光景も変わっていたのだ。そして、そこに円明園のセットが造られていた。祈藤線の沿線一帯も、かなり広い範囲にわたって祈藤財閥の所有になっていたというから、そうしたところに造られていて、列車は、そのセットの側に停まっていたのだ」

「――――」

「ジャンルカ・ゲロと秘書は、そのセットの中で杭に縛り付けられていた。二人をここへ拉致してくることには、風巻という男が主要な役割を果たしていたのであろう。浪人としてさまざまな工作・謀略に携わっていたから、彼にはうってつけといっていい役割だった筈だ。その風巻に、公主の使用人たちが協力していたのではないかな。そして、縛り付けられていた二人のところへ、ここでも鄭雷峯が扮する乾隆帝を乗せた象が現われた。しかし、この象も造り物だった。はりぼて、あるいは着ぐるみというべきものであったに違いない。その中に人間が入り、それも二人の人間が入って前脚と後ろ脚を動かし、上に鄭雷峯を乗せていたのだ。象の中に入っていたのは、風巻と高瀬ではないかと思っている。象の咆哮は、映画でいうところの効果音だ」

「――――」

「その造り物の象がジャンルカ・ゲロを踏み殺したのは、象の前脚の下に鉄板のようなものが取り付けられていたのであろう。それをゲロの身体の上に落として殺した。前脚を担当していたのは、風巻だったに違いない。彼なら諸墨公館にいた時、殺人も経験していて、身体も相当に鍛えられていた。そして、象が一瞬にして消えたのは、その時、照明が強く当てられ、それを利用して、鄭雷峯が素早く象から降り、中に入っていた二人も、素早く造り物の象を畳んで、三人は姿を隠したのだ。あのセットには大きな象が隠れるところはなかったが、木がぽつりぽつりと植わっていたから、その木陰になら一人ずつ隠れることができた」

「――――」

「三人は、塙少佐が列車を出て現場へ駆け付けるまでの間に、また別の場所へ移動して現場からもいなくなった。列車にいる永暦公主が、これからそちらへ向かうという合図のようなものを送っていたのであろう。これもリハーサルが何度か行われたに違いない。そして、ゲロの死と象の消失を確かめて列車へ戻ってからは、また列車を動かし、円明園のセットが見えないところまで移動したのだ。この後、ゲロと秘書は、本物の円明園に運ばれた。これも風巻が主要な役割を果たしていたに違いない」

「――――」

「まあ、今の説明でわかると思うが、この件については、他の事件よりも多くの人間がかかわっている。円明園のセットを造るのもそうだが、そのセットで英仏連合軍や中国人に扮している人たちがいて、彼らに略奪や暴行・放火の演技をさせている。照明や音声、道具係や火を担当するスタッフなどもいた筈だ。リハーサルもやったことからして、正に映画のシーンを撮るだけの人員が参加していたことになるな。おそらく彼らは、公主がハリウッドで知り合った映画関係者だったのであろう」

「それにしても、よく協力しましたね」

と、私は、聞かずにいられなかった。

「そうだな。しかし、アメリカは帝国主義の一翼を担っていたとはいえ、全てのアメリカ人が帝国主義に賛同していたわけではなかった。戦前の全ての日本人が大陸への強引な進出に賛成していたわけではなかったのと同じだ。君は、『イントレランス』という言葉にどういう意味があったか知っているか」

「確か不寛容という意味ですね」

『イントレランス』は、そのタイトル通り、不寛容を描いた作品である。バビロンでは、新しい神と古い神の教えをめぐって対立があり、新しい神に傾倒する王に不満を抱いた古い神の神官が敵に内通してバビロンを滅亡に導く。

キリストも、新しい教えに嫌悪を示す人々によって磔となった。聖バルテルミーの虐殺も、旧教と新教の対立から生じたものだ。現代パートも社会の不寛容によって一人の若者が罪をかぶせられる。

つまりこうした物語は、たとえ違った考えであっても、わかり合おうとする寛容さがあれば悲劇は起こらなかったと訴えているのだ。そして、違った者同士がわかり合おうとする寛容さがないことから第一次世界大戦も起こったことを訴えようとしている。帝国主義が席捲する世界の現状に疑問を投げ掛けているのである。

世界よ、寛容になれと——。

「俺は、祈藤財閥もというか、祈藤智康も、『イントレランス』の製作にかかわっていたのではないかと思っている。帝国主義への疑問を訴えたかったのであろう。そして、智康の身体が悪くなると、代わりに永暦公主がアメリカへ行くようになった。そうではないかな」

探偵は、最後のところで結城氏に尋ねていた。

結城氏の口元が綻んでいることで、正解だとわかる。

「祈藤財閥は、『イントレランス』の後もハリウッドの映画製作にかかわり続けていました」

と、結城氏は言った。

「平和と寛容さを訴える映画にかかわり続けたようです。そして、智康氏のその遺志も、公主は受け継いでいた。しかも、映画はさまざまな時代を描きますから、いつしか時の魔女――タイムマシーン・ウィッチと呼ばれるようになったと聞きました。勿論、祈藤氏が『イントレランス』にかかわっていたことも一因だったそうです。あれも、四つの異なる時代を自在に行き来しますからな。ですから、塙少佐が連れて行かれたパーティーは、アメリカの、いや、世界の不寛容な政策――帝国主義や民族差別などに賛同できない人々が、『イントレランス』を偲んで開き、それに公主も招かれて参加していました。公主は、そういう人たちと交流していたのです。バーンズは、ただ公主を追い掛けていただけのようですがね。塙少佐の前に現われた円明園には、そうした人々が協力していたのですよ」

そして、探偵が指摘した通り、ゲロと秘書を拉致したのは、風巻がリーダーとなって、公主の使用人たちも加わっていたようだ。ここでもゲロは、黄金象のことを聞かされて、まんまと列車から連れ出されたそうである。不思議な力を持つという黄金象を手に入れた自分を想像して喜んでいたらしい。

「永暦公主がこれほど大掛かりなセットを造ったのは、円明園の略奪者を円明園で殺すためですね」

と、私は、結城氏に尋ねた。

「ええ。鄭雷峯氏も、それを望んでいたそうです」

「塙少佐も、おそらくはすぐにセットであることを見破ったのでしょうが、公主が、本当の過去であるかのように思わせたのはどうしてなのでしょうか」

「円明園の破壊という世界史上に類のない蛮行と、それへの怒りを同じアジアの一員として実感してもらうためにやったと、公主は言っていました。『イントレランス』のセットへ案内したのは、その場の思い付きだったようですが、過去の歴史を見るということが決して絵空事ではないと実感してもらうための小手調べのようなものだったそうです。実際に過去へ行くことはできなくとも、過去を再現することはできるのです」

ダーク探偵も、話に入ってくる。

「円明園のセットで行われた事件もそうだが、結城氏が見た一連の不思議な出来事も、映画のようなものだったといえるのではないかな。ゲロの時は、塙少佐を観客として壮大な円明園の復讐劇が行われた。龍骰殿の密室も幻鶴楼での怪事件も、公主たちは、結城氏たちを観客にして、それぞれ自分に与えられた役割を演じ、予め創られてあった筋書き通りに出来事を進めていった。いや、結城氏自身、単なる観客ではなく、知らないうちに芝居の中に参加させられ、やはり自分に与えられた役割を演じたということではないのかな」

「そうでしょうな」

結城氏は、感慨深げに呟いていた。

「これで全ての証明は終わりだ」

探偵の言葉に、私は、思わず溜め息をつき、ぐったりとソファにもたれかかった。長かった謎の解明に、頭が痺れたようになっている。中国と映画の歴史に彩られためくるめく真相に、茫然・陶然とならざるを得ない。

しかし、頭がだんだんもとに戻ってくると、パソコンを閉じ、テーブルの上に置かれている象の頭を何気なく見つめていた。

そして、ふとあることを思い出す。

「結城さん。あなたが受け取られた乾隆の黄金象は、これと同じ――つまり『イントレランス』の象と同じポーズをしているんですか」

もしそうであれば、これはいったいどういうことなのかと思った。結城氏の話には、それらしき会話は出てきたが、明確な答えは出ていない。

ただ幻鶴楼の円形テーブルの部屋に描かれていた象が、噴水の象と違っていることについて、同じでは畏れ多いという話が出ていた。これは、黄金象と同じポーズの象を祈藤家の守り神にしては畏れ多いということではなかったか。

つまり祈藤智康は、黄金象を見ていた。だからハリウッドの人間に教えることができたのであり、それをもとに『イントレランス』のバビロンの象が造られていたのではないのか。

「あなたは今でも黄金象を持っているんですか。そして、中身を見たんですか」

しかし、結城氏は、何も答えず、ソファの下から何かを取り出した。

私は、目を見張った。

結城氏の手に金色の袱紗に包まれたものがあったからだ。しかも、その袱紗は、一目見て古いものだとわかる。

結城氏は、それをテーブルの上に置いた。

「それは、もしかして――」

「黄金象が入っている箱です」

「中は見ていないのですか」

「わしが見るものではありませんからな」

私は、包みをしげしげと見ながら、

「紅島で永暦公主たちは、結局どうなったのでしょう。やはり全員が死んでしまったのでしょうか」

と尋ねた。

これには答えてくれた。といっても、

「私もいろいろと調べてみました。残念ながら紅島に生存者がいたというような話はどこからも出てこなかった。しかし、それと同時に紅島であの人たちの死体が確認されたという話も聞かなかった。要するにわからんということです」

そういうことでしかない。

私に紅島のことを教えてくれた人も、浪人の死体があったことは話してくれたが、それ以外の死体には触れなかった。紅島の空き地には、ジョージ・モンゴメリとマイケル・バーンズの死体も埋められたそうだが、それも見つかったという記録はない。

一切の記録が見事に消え去っていることからして、軍によって秘密裡に処理されたと考えるのが当然なのであろう。

「しかし、あなたはよく逃げ出すことができましたね。当時、紅島は象ばかりか、人間も逃げ出すことが不可能な状況にあったと聞きましたが――」

これに対し、結城氏は、またもや何も答えなかった。薄っすらと笑みを浮かべただけである。丸いサングラスの奥からは、鋭い光が放たれているような感じだ。

私は、そんな結城氏を見ているうちに、ふとある可能性に行き着き、戦慄を覚えた。もしかして、彼は、本当に時間の壁を超えて、あの現場から脱出したのではないかと思ったのだ。

結城氏の話が本当ならば、彼の今の年齢は百十歳ぐらいになってしまう。しかし、とてもそんなふうには見えなかった。老齢とはいえ、そこまではいっていないように思われてならない。記憶力も話し方も身体の動きも、百十歳の人間とは思われない。絶対にそうだとはいいきれないし、その年齢でしっかりしている人がいてもおかしくはないのだろうが、やはり信じられない。普通に考えれば、もっと年下の筈だ。

私は、それを、時間の壁を超えたことで、間の何年か、あるいは何十年かが飛んでいるせいではないかと思った。結城氏が、およそ九十年も前の出来事をこれだけしっかりと話すことができたのも、覚書のようなものがあったのかもしれないが、結城氏の中では、まだ九十年もの歳月が経っていないのではないか。

つまり、この黄金象には、本当に時間を行き来する力があるのではないかと思ったのだ。しかも、それは一人しか移動することができなかった。だから永暦公主は、紅島からは一人しか出ていくことができないと言っていたのではないのか。もしかしたら、公主自身も、黄金象を使い、何度か時間の壁を本当に超えていたのかもしれない。それで、タイムマシーン・ウィッチと呼ばれていた。

もし黄金象がバビロンの象と同じポーズをしているならば、それは、この象がバビロンの時代から時間の壁を超えて、乾隆帝の時代へ姿を現わしていた証拠になりはしないだろうか。

私が、そうした妄想に取り憑かれ、テーブルの上の袱紗と結城氏を交互に見つめていると、ダーク
探偵が、鋭い目で睨み、ニヤリと笑った。

「もしかして結城氏が黄金象を使って本当に時間を移動したかもしれないなどと思ってはいないだろうな」

「あ、いや――」

私は、図星をさされてうろたえてしまい、思わず結城氏の方へ視線を移した。結城氏の口元にも、なにやら意味ありげな笑みが浮かんでいる。

私は、探偵に視線を戻した。

「あなたは、どう思っているんですか。時間を移動することができると思っているんですか」

「そんなこと、わかるわけがないだろう。結城氏が時間を移動して殺人事件でも起こしたのならともかく、ただ歳のわりにはしっかりしているということだけで、推理をする気になどなれん」

「それよりも――」

探偵は、偉そうにふんぞり返り、
と続けた。

「一連の話を聞いて、結城氏がどうして君になら話してもいいと言ったかわかったかね」

「いえ。わかりません」

　すると、結城氏が、身体を乗り出してきた。

「かつて孫文氏は、科学と武力によって相手を抑え付ける西洋覇道の番犬となるか、仁義と道徳を重んじる東洋王道の牙城となるかということを日本人に問われました。それなのに、日本は、覇道を突き進み、悲惨な結果を招いてしまった。不平等条約の辛さを知っていながら、それを押し付ける側の仲間になってしまったのです。しかるに今、かつて西洋の覇道に苦しめられ、世界の被圧迫民族と共に帝国主義に立ち向かおうとしていた国が、今は圧迫する側になっているようなことはないでしょうか。この時の帝国主義諸国がやったのと同じように力でもって、あらゆる問題を自分たちの都合のいいように解決しようとしていることはありませんか」

「――――」

「我々は、大きな悲劇を生んだ過去を知り、よりよい未来へ向かって正していかなければなりません。なぜあの時、帝国主義に反対したのか、その原点に戻るのです。あなた方は、帝国主義に苦しめられていた時の痛みを知っています。それをそのまま返しては、いずれまた円明園のような出来事が起こりかねません。それはアジアの、いえ、世界全体にとって不幸なことなのです。覇道による支配は、今なお世界の至るところで行われていますからな。痛みを知っているあなた方だからこそ、その流れを止めることができる筈です。不寛容なままでは、王道の世を作ることはできません」

「――――」

「わしは、もう先がない身です。それなのに、わしは、別れる時に公主から頼まれたことを未だ果たせずにいました。永暦公主とその仲間たちがやったこと、やろうとしていたこと、それで公主が訴えたかったこと、そのことを覇道へ突き進む人たちに知らせなければなりません。だから、あなたにわしが経験したことを話させてもらったのです」

ダーク探偵も、口を挟んだ。

「君はホームズの時代のイギリスが苦手だと言っていただろう。あの時代のイギリスは、世界中で植民地を獲得し、君の国も苦しめていたからな。好きになれる筈はない。だからこそ、今聞いた話を君自身が書いて世に問うのだ」

結城氏は、丸いサングラスの奥から明らかに鋭さを感じさせる視線を向け、最後に私の名前を口にした。

「おわかりいただけたでしょうか。鄭さん」

この物語は、第三回島牙龍司アジアミステリー大賞を受賞した鄭理文《りぶん》氏の第二作を、訳者が日本語に改めたものである。従って、日本語表現の責任は、全て訳者に帰すものとする。

成和《せいわ》二十六年九月

あとがき

本書は小説であり、当然、虚実が入り混じっているわけで、本来なら、これから書くことは蛇足以外のなにものでもないのですが、一応書いておくことにしました。

本書は、中野美代子氏の著書と出会ったことで、大きく構想が広がりました。それ以前より円明園にある海晏堂と十二支像の噴水については大まかなことを知っていたのですが、中野氏の著書によって、より詳しい内容と他の西洋楼や噴水についても知ることができたからです。

それでも、本書の記述には作者の想像がいくつも入っています。

たとえば、海晏堂は二階のバルコニーが出入口になっていて一階に出入口がないことは、『カスティリオーネの庭』で登場人物が二階から海晏堂に入る場面があることから想像したことです。『カスティリオーネの庭』には、一階がどうなっているかについての記述はありません。

他にも十二支像噴水の馬の位置、遠瀛観が平屋で二階部分に鐘楼があり、そのまわりが回廊になっていることなどは、『チャイナ・ヴィジュアル』に掲載されていた宣教師が描いた銅版画、現代作家が描いたCG画像などの写真から作者が判断したことであります。

ですから、遠瀛観は、平屋ではなく、二階建てだったかもしれません。そういうふうに見える気もするのです。それに『カスティリオーネの庭』も小説ですから当然虚実があり、本書の描写の責任が作者にあることはいうまでもないことです。

また噴水の十二支像が英仏連合軍の襲撃後も存在していたこと、同じく連合軍の襲撃後に、おそらく中国人自身によって西洋楼から石が奪われ、廃墟化が進んだ可能性があることなども、中野氏の著書やネット上の情報によって知りました。

中野氏の研究によれば、一九三〇年代に撮影された写真にも十二支像が写っている――但し、円明園内ではなく北京の他の場所らしいということで、本書の登場人物が一九二〇年代に円明園を訪れた時は、本当なら十二支像はまだ中国に残っていたことになります。しかし、そういう設定にはしていません。

本書は、他の歴史的事項の描写についても多くの先行文献を参考にしています。

作中に登場する『馬賊の唄』は、渡辺龍策氏の著書より引用しました。同じ漢字でありながら、日本と中国では意味が異なることも、渡辺氏の著書に教えられました。

本書には中国に関する記述がふんだんに出てきますが、作者自身は、中国語も漢文も全くお手上げであります。そのため、作中のルビも日中混在の奇妙な有様となっています。作者の不勉強に他ならないのですが、ご寛恕のほどをお願いする次第です。

阿片戦争や円明園襲撃に至る経緯については、陳舜臣氏の著書を中心に記述しており、その中で特に印象に残った文章も引用させてもらいました。

阿片戦争は、世界史上、最も恥ずべき戦争であるというものです。

以下に主要な参考文献を記しておきます。

江口朴郎　責任編集　『世界の歴史14　第一次大戦後の世界』（中公文庫）
王　永寛　著　尾鷲卓彦　訳　『酷刑　血と戦慄の中国刑罰史』（徳間書店）
菊池秀明『中国の歴史10　ラストエンペラーと近代中国　清末　中華民国』（講談社）
黄　昭堂『台湾総督府』（教育社）
佐野眞一『阿片王　満州の夜と霧』（新潮文庫）
辛　倍林　著　上田正一　監訳『中国近代の軍閥列伝』（学陽書房）
陳　舜臣『山河在り　㊥』（講談社文庫）
『中国の歴史　㈥』（講談社文庫）
『中国の歴史　㈦』（講談社文庫）
中野美代子『カスティリオーネの庭』（文藝春秋）
『乾隆帝　その政治の図像学』（文春新書）
『チャイナ・ヴィジュアル　中国エキゾティシズムの風景』（河出書房新社）
藤村久雄『革命家　孫文』（中公新書）
古野直也『台湾軍司令部　1895－1945』（国書刊行会）
渡辺龍策『川島芳子　その生涯　《見果てぬ滄海《うみ》》』（徳間文庫）
『大陸浪人』（徳間文庫）

『馬賊頭目列伝』（徳間文庫）

他にも参照した文献、ネットのサイトがありますが、煩瑣になるため割愛しました。
参照した全ての文献、サイトに、この場をお借りして謝意を表させていただきます。

獅子宮敏彦

獅子宮敏彦と奇想のエンターテインメント

蔓葉　信博

1．奇想と本格ミステリー

ひとことに本格ミステリーと言っても、さまざまな傾向の作品があることは強調するまでもないだろう。カー的な本格やクイーン風本格という言葉で評されるとおり、作家の傾向によって本格ミステリーの特長を区分する場合もあれば「端正な本格」「壊れた本格」など本格ミステリーが持つべき「本来の格式」に則っているかどうかで傾向を表す場合もある。

なかでも、「奇想の本格」とされる作品は独自の地位にある。奇想という言葉は、山田風太郎や大坪砂男などの鬼才が生み出した荒唐無稽で奇想天外な物語にしばしば用いられていたものだが、それをミステリーの一傾向として大々的に示したのは、鮎川哲也と島田荘司により一九九一年からはじめられた叢書「ミステリーの愉しみ」だった。

第一巻は「奇想の森」と題され、江戸川乱歩の「屋根裏の散歩者」や大坪砂男の「天狗」など第二次世界大戦前後の作品が収録された。その後、第二巻「密室遊戯」、第三巻「パズルの王国」、第四巻「都市の迷宮」とそれぞれの巻でひとつのコンセプトを提示し、それにふさわしい作品を収録するというものであったが、第五巻は「奇想の復活」と題し、新本格作家による書き下ろし本格ミステリーを収録した。そのなかには、今でも問題作として語られる綾辻行人「どんどん橋、落ちた」や麻耶雄嵩「遠くで瑠璃鳥の啼く声が聞こえる」などが収められている。

「奇想の森」には島田荘司による当該叢書の解説があり、奇想に対する彼の思いを読み取ることができる。島田の考えによれば奇想とミステリーはほぼ同じものなのだが、当時の本格ミステリー作品といえば「器の本格」というある一定のルールに従って創作されるものばかりで、奇想の名にふさわしい作品が乏しいという見解であった。そして、「人間が書けていること」「現実的な作品であること」にはこだわらず、これまでなかった新しい発想を追い求めるべきというのだ。そこで、「器の本格」といわれるような作品が数多く書かれる状態を打開すべく、第五巻では「奇想の本格」作品の書き下ろしアンソロジーとしたのだ。第一巻のような奇想をたたえたミステリー作品をもとに、新本格作家に「奇想の本格ミステリー」を生み出してほしいという意図だったのである。その後、綾辻行人や麻耶雄嵩のさらなる躍進、そして京極夏彦、森博嗣らの登場などを見るに一定の成果があったとするべきであろうか。

しかし、驚くべきことに島田はその後も、二〇〇一年には「21世紀本格」というアンソロジーを企画し、二〇〇七年から「ばらのまち福山ミステリー文学新人賞」、二〇〇八年から「島田荘司推理小説賞」に関わり、新人作家と新しい作品の発掘にその力を注いできた。そして二〇一一年から「本格ミステリー・ワールド・スペシャル」という叢書を二階堂黎人とともに監修することとなる。その根本には島田が考えている奇想が息づいていることは、第一巻となる小島正樹『龍の寺の晒し首』の帯にある「《奇想》と《不可能》を探求する革新的本格ミステリー・シリーズ」という惹句からも明白であろう。そして、そのような叢書の書き手として、獅子宮敏彦という作家が選ばれたことは必然であった。

2. 奇想と架空の舞台

獅子宮敏彦は、別名義でオール讀物推理小説新人賞を受賞しているが、この名義では架空の中国風世界を舞台に奇想を広げた「神国崩壊」で、二〇〇三年の第十回創元推理短編賞を受賞し、ミステリー文壇にデビューを果たす。その後、二〇〇五年に室町時代末期の日本を舞台にした連作伝奇ミステリー『砂楼に登りし者たち』で長編デビュー。二〇〇九年には「神国崩壊」を巻頭に書き下ろし短編をまとめた『神国崩壊』を刊行、二〇一一年にデビュー短編と同じような架空の中国風世界で繰り広げられる少年少女たちの冒険活劇を描いた『天命龍綺 大陸の魔宮殿』を発表する。

これらの作品では、天罰によって人の命を奪う神の水、跡形もなく消えてしまう姫君の死体、城壁をすり抜ける軍勢、人が消失してしまう宮殿などいずれも実に神秘的な現象や不可解な謎が提示され、それが大胆なトリックによるものであることが明らかとなる。

さて、ここでいうトリックの大胆さとはなんであろうか。それはまず既存の約束事や常識的な判断にとらわれないということだ。たとえば、人の命を奪う神の水という大胆でありえないはずの仕掛けは、その舞台となる中国風世界の文化風俗に溶けこむよう描かれていた。神の水のトリック自体は、現実の日本を舞台にしたとしても原理的には成立しうる。だが、その場合であっても、そのトリックに必要な事物はこの現代社会のそこかしこに普通にあるものではない。トリックに必要な事物を自然に配置できるような特異な舞台をこしらえる必要がある。人里離れた屋敷に住む旧家の一族という設定や、希代の実業家が芸術的なコレクションを集めた一室など、多くのミステリー作家がその舞台の考案にも努力を重ねている。その最たる例が島田の『斜め屋敷の犯罪』だろう。とはいえ、そうした特異な舞台の多くが、この現実の日本と地続きである以上、既存の約束事や常識的な判断の立ち入る余地がある。

結果として、トリックを中心としたひとつの本格ミステリーとして成立させるには大胆さだけでなく慎重さも要求されることとになる。かつて新本格ミステリーの勃興期、そのミステリー的な遊戯性が認められなかった理由のひとつとして、現実世界とミステリー的な遊戯性とを共存させるための配慮に欠けるという指摘があった。つまり、そうした慎重さに欠けていたということだ。事実、多くの新本格作家はそれぞれ工夫をこらし、ミステリー的な遊戯性を維持しつつも、現実世界との折り合いを模索することとなる。その形骸化したモデルが「器の本格」とされるものだ。それでは奇想の名に値するミステリーが生まれるはずもない。そこで奇想を実現させる発想の転換が求められる。

その発想の転換点のひとつが、トリックが顕現する舞台を変えてしまうというものだ。大胆なトリックを用いても読者に違和感を与えないための舞台設定として架空の中国風世界や過去の日本が選ばれている。獅子宮ミステリーは、舞台となる世界の建物や移動の手段、日々の営みを巧みに用いて、その大胆なトリックを成立させている。本来、近代的な都市空間に生まれる空隙を利用して本格ミステリーは成立したのだが、その一方で現実ではない舞台だからこそ、近代的な都市空間のしがらみを気にすることなく、その大胆なトリックを披露できるのだ。

3．奇想とトリック

　ところが、二〇一二年に本格ミステリー・ワールド・スペシャル第三弾として刊行された『君の館で惨劇を』は、舞台に現実の日本を選び、富豪の館で起こる連続殺人事件を描くものであった。翌二〇一三年に上梓した『卑弥呼の密室』も同じく日本を舞台とし、『君の館で惨劇を』で登場する謎めいた美人秘書の上偶が邪馬台国にまつわる事件を追う伝奇ミステリーであり、いずれもこれまでの諸作と同様に大胆なトリックが展開される。ただし、前者は戯画化された本格ミステリーファンの富豪が用意した館を舞台とし、後者は日本の裏社会で暗躍する組織に命を狙われるという展開から物語がはじめられる。わたしたちの住む日本社会と必ずしも地続きではないことは序盤から提示されているのだ。

　とはいえ、作り事の段階がひとつ現実の世界に近づいていることは否めない。にもかかわらず、これらの作品で用いられるトリックの大胆さには驚嘆を覚えずにはいられない。とくに『君の館で惨劇を』では、関係者が皆、ミステリーファンであることがトリックをフェアなものにするための必然性を持っており、そうでなくてはトリック自体も成り立たなかった。ただ伏線を見出し、手がかりを用いてひとつの解に至るような本格ミステリーと一線を画していることには注意を促したい。

　この作品の本格ミステリーとして注目すべき点は、その奇想の名にふさわしいトリックにある。作中で描かれた「赤い乱歩の密室」の大胆極まりないトリックは、決して精緻なパズルとして提示されているわけではない。虚構の作中においてそのトリックは可能だが、現実的に実行するだけの説得力があるとは言いがたい。しかし、そうでなくては描けない奇想を本作は目指したのだ。だから、これらの作品に犯行の現実性や合理性などをピースとした精緻なパズルを求めるのは正当ではないのである。そのあやうげだが妖しい輝きを放つ欠片を集め、思うがままに積み上げられた奇想の大伽藍《だいがらん》だからこそ、これまでの本格ミステリーにはない輝きをまとったと言うべきであろう。少なくとも同年のミステリーで本作ほど奇怪なトリックを描き切った作品はなかった。

そして、その果敢な姿勢は本書『アジアン・ミステリー』も同様であり、かつさらなる高みを目指したものであった。本作は、とあるミステリー作家が『君の館で惨劇を』に登場したダーク探偵のもとに招かれ、結城という老人から聞かされた中国と台湾で起こった恐ろしい事件の数々をまとめたものとされている。

謎めいた方法で過去の中国に連れ去られたフランス人が象に踏み殺されるという奇怪な事件、五行の力が宿る密室に閉じ込められた中国人にくだった天罰、時を操るという美女の魔術で過去の世界を垣間見る話、そして台湾の館で起こった不可解な英国人連続殺人事件。結城老人が語るそれら怪事件の話だけでなく、ありえない速さで疾走し忽然と消失する象など、現実と思えない摩訶不思議な話には事欠かない。

しかも、これらの事件の舞台は一九二〇年代の中国であり、その歴史が事件に深く関わることとなる。当時の中国は辛亥革命以降の動乱期であり、各地の軍閥が戦闘に明け暮れ、欧米諸国や日本が中国の利権を求めて牙を剝いていた時代だ。そのような混沌渦巻く中国・台湾が、数々の大胆なトリックを成立させる舞台として選ばれている。なかでも、他のトリックとの関連性を紐解いた果てに明らかとなる「疾走し消失する象」の鮮烈なビジュアルイメージは、希代のトリックメーカーたる獅子宮敏彦ならではというべきだろう。

4．奇想と革命

ところが『アジアン・ミステリー』を読み終えてみると、獅子宮ミステリー全体に奇妙な変化が生じてくるはずだ。これまで論じてきたとおり、獅子宮ミステリーが大胆なトリックを成立させるために架空の歴史設定を用意しているということには間違いない。ただ、そのことばかりを若干強調しすぎていたのではなかろうか。まだ、彼の奇想に追いついていなかったのではなかろうかと。

本作では、その大胆極まりないトリックの数々もさることながら、欧米諸国に翻弄される中国で革命を目指す闘士の姿、そしてアジアの独立のために奮闘する日本人の姿が実に生き生きと描かれていた。当時の日本は、ロシアに勝利したことで、アジアではじめて欧米諸国と肩を並べる強国となったことが世界に認められ、アジア諸国の人々は第二の日本となるべく、国のかたちが変わることを切望していた。日露戦争から六年後に勃発した辛亥革命にはそのような意義もあったのだ。しかし、日本は第一次世界大戦の情勢を利用し、中国に二十一ヵ条の要求を突きつけ、ドイツが持っていた利権をそのまま獲得してしまった。さらに日本の軍部は、中国国内で権力をほしいままにする軍閥を打ち倒すのではなく、むしろ彼らと同様に一般人を虐げて私腹を肥やしていた。日本は欧米諸国と同様、中国に敵対する存在とみなされ、多くの反日活動が行われることになった。中国のためにと大陸へ赴いた日本人青年・結城はそうした中国国内の情勢を目にして、その志を失いかけるものの、中国人革命家とそれを影に支える日本人たちと行動を共にするうちに、中国と日本との共存こそが正しい道だと確信することになる。

　ちなみに本作の重要な登場人物である鄭雷峯のモデルと思われる人物がいる。作中の彼と同じく一九二四年、北京の公園にて反帝国主義運動大連盟の集会を主催した雷殷である。彼がその公園で述べた声明は神戸大学附属図書館デジタルアーカイブの「大阪毎日新聞」で読むことができる。そして彼の叫びはこの『アジアン・ミステリー』にも通底しているはずだ。

　本作では、混乱の渦にある中国情勢のなかだからこそ見事に着地するトリックを描いた本格ミステリーであることは間違いないが、その一方で列強諸国の横暴に劣勢を強いられる革命の闘士たちが、起死回生の一手として奇想天外な作戦を実行した一大活劇でもあるのだ。

　考えてみれば、デビュー短編「神国崩壊」からほぼ一貫して大胆なトリックは一国の趨勢とともに読者のまえに投じられていた。ある奇想天外なトリックは、没落する一族がこれまでの権勢を後世にまで伝えようという意志によって支えられ、また別の豪胆極まりないトリックは一大帝国を打ち倒すため犠牲を厭わず進められたものだった。今一度、その奇想のトリックに秘められた想いに考えをめぐらすべきではなかろうか。

　二〇一四年の夏、日本を取り巻く国際情勢はとてもあやういものだ。近年ここまで一触即発になったことはないはずである。虚実を取り交ぜた歴史ミステリーとして投じられた本作は、かつての日本と中国との関係を本格ミステリーというかたちとすることで、わたしたち読者に訴えかけているものがあるはずだ。その意味では、本作と『卑弥呼の密室』とは双子のような関係にある。『卑弥呼の密室』は、卑弥呼の末裔と称する人々を裏社会で暗躍する組織が付け狙う陰謀論的な伝奇ミステリーであり、そこではエンターテインメントというかたちでありながら、日本と中国との危機的な関係が描かれていた。虚構という鏡を通じて描かれる日本と中国の関係を見つめながら、わたしたちはどのような選択をするべきなのか。その手がかりは必ずしも手元にあるわけではない。現実は精緻なパズルではないのだ。

叢書「ミステリーの愉しみ」がはじめられる二年前の一九八九年。新本格ムーヴメントが人々に認知されはじめたそのときに、島田荘司は奇想が人々の胸打つ真相へと至る大作『奇想、天を動かす』を世に投じた。この作品は奇想というものが奇をてらうだけではなく、何かしらの真摯な想いから生まれることを描き切っていた。そして本作もまた、二一世紀において奇想で天を動かさんとしたエンターテインメント作品なのだと考える次第である。

アジアン・ミステリー

2014年9月17日　第一刷発行

著者　獅子宮敏彦
発行者　南雲一範
装丁者　岡 孝治
発行所　株式会社南雲堂
東京都新宿区山吹町361　郵便番号162-0801
電話番号　(03)3268-2384
ファクシミリ　(03)3260-5425
URL http://www.nanun-do.co.jp
E-mail nanundo@post.email.ne.jp
印刷所　図書印刷株式会社
製本所　図書印刷株式会社

ISBN 978-4-523-26525-2 C0093

本格M.W.S.

《奇想》と《不可能》を探求する革新的本格ミステリー・シリーズ

本格ミステリー・ワールド・スペシャル

島田荘司／二階堂黎人 監修

龍の寺の晒し首

小島正樹 著

本体1,800円

消失する首、ボートを漕ぐ首のない屍体、空を舞う龍

小島ワールド炸裂!!

群馬県北部の寒村、首ノ原。村の名家神月家の長女、彩が結婚式の前日に首を切られて殺害され、首は近くの寺に置かれていた。その後、彩の幼なじみ達が次々と殺害される連続殺人事件へ発展していく。僻地の交番勤務を望みながら度重なる不運にみまわれ、県警捜査一課の刑事となった浜中康平と彩の祖母、一乃から事件の解決を依頼された脱力系名探偵・海老原浩一の二人が捜査を進めて行くが……